騎士団の金庫番

元経理ＯＬの私、騎士団のお財布を握ることになりました

1

クロード
正騎士。冷静沈着で几帳面。フランツとは古くからの親友。氷魔法を得意とする。特技は料理。
フランツ
正騎士。朗らかな性格で、剣の腕は一流。異世界に来たばかりのカエデを救う。趣味は絵を描くこと。
カエデ
本名・久保田楓。明るく前向きな性格。異世界に転移する前、日本では経理職として働いていた。
登場人物紹介

アキ
従騎士。素直で元気溌剌な女の子。戦いの腕前はまだ未熟だが、剣士を目指して修行中。
テオ
従騎士。聡明で大人しい男の子。魔法の才能があり、精霊たちと会話することができる。
レイン
騎士団のヒーラー。穏やかな性格で、紳士的な振る舞いを崩さない。趣味は紅茶を淹れること。
サブリナ
騎士団のヒーラー。温和で上品だが、芯のある女性。カエデと騎士団を見守るしっかり者。

目次

第一章　騎士のお小遣い帳

「はぁ……終わんない」

しょぼしょぼとした目で、自分の前にあるノートパソコンを睨《にら》んだ。会社から支給されている、そっけない業務用パソコン。

ディスプレイには交通費や経費を処理する社内システムが映し出されていた。

いつも仕事で使っているシステムの見慣れた画面が、最小限の照明しかつけられていない薄暗いオフィスでひっそり寂《さび》しく点《つ》いている。

ここは経理部で、私は経理担当なんだからシステムで経費を処理するのは当たり前ではある。

でも……でも………。

「なんで、何ヶ月も前の交通費やら経費やら出してくるのよぉぉぉぉ。しかも、何件あるの、これ。何考えてんの？　忙《いそが》しくて精算する時間がなかった？　来月、友達の海外結婚式で金がいるから次の給料日に間に合うようにちゃっちゃと精算してくれ？　ふざけるなー!!」

なにもかも放り出したい気分でバンザイしつつ悲痛な声をあげると、自分しか残っていないオフィスにはやけによく声が通った。

でも、慰めてくれる同僚《どうりょう》も、労《ねぎら》ってくれる上司もいない。みんな、私を置いて帰ったから。

どっと湧《わ》き上がってくる疲労感の中に沈み込みそうになりながら、職場のデスクに突っ伏した。

うう、今日は金曜なのに。

しかも今日は同期のみんなと女子会する約束してたっていうのに。

退勤直後にいそいそと帰り支度をしているところへ、営業部の人がひょっこり経理部に現れたのを見たときは嫌な予感がしたんだよね。彼は大きな茶封筒を抱きかかえていた。案の定、中にはぎっしりと領収書の束《たば》。

それを見て、一緒に女子会に行く予定だった同期たちも「頑張《がんば》ってね……」とかなんとか引きつった笑顔のまま、私一人を残してそそくさと帰って行ってしまったっけ。

あーあ、最悪の週末だ。

しかもこれだけ頑張って処理してるのに、終電までに終わりそうな気配がない。

でも、来月の給料に反映させようと思ったら今度の月曜日までに入力を終わらせなきゃいけないんだ。そのうえ、料金改定した交通機関はあるわ、詳細《しょうさい》の不明な飲食代はあるわ。飛行機での、地方出張の領収書まであった。なんでこんな高級旅館に泊まってんだ、こいつ。無理だ。この土日も出勤しないと絶対無理だ。

「私が何したっていうのよー」

はぁ、ため息しか出ない。

ふいに、むなしさまで湧いてくる。

私の人生、これまで特筆するようなこともなく、目立つこともなく、ただただ平凡に生きてきた。

普通に大学の商学部を出て、普通に就職して、簿記の資格があったから経理部に配属になって。

就職してからはただひたすらに、領収書を処理する日々。

このまま平凡に結婚して平凡に子どもを産んで老いていくんだろうなぁと思っていたのに、それが平凡な自分には案外ハードルが高いことだと薄々気付き始めたのは、二十七の誕生日を過ぎた最近になってのことだ。

合コンにも何度か出てみたけれど、ああいうお互い値踏みしあっているようなギラギラした雰囲《ふんい》気《き》はどうも自分には合わなかった。

友人に誘われて街コンにも参加してみたけれど、結局、仲良くなった女性たちと楽しくお酒を飲んで終わってしまったっけ。あれはあれで楽しかったけど。

そろそろ婚活サイトに登録してみようかなとも思うけど、入会金の高さと、知らない人とやり取りをすることへの億劫《おっくう》さで二の足を踏み続けている。

なんだかもうこのままずっとお一人様でもいいかなぁ、なんてことも思い始めてはいるけれど、そうなると、今のこのひたすら伝票や領収書を処理する毎日が定年まで続くことになるんだよなぁ。

それもなんだか、寂しい気もする。

「あーあ……どっちつかずだなぁ、私って……」

平凡に生きるのは、案外難しい。

「どっかの石油王が迎えにきてくれないかなぁ……もういっそ、イケメンに拾われるだけでもいい……どっかにいいイケメンいない……か……な……」

デスクに突っ伏していたら、ついうとうとと眠気《ねむけ》が増してきてしまった。やばい、このまま寝てしまったら仕事が……。

頑張って起きようと目を見開いたら、目が乾燥した。いてて、最近ドライアイ気味なんだった。

乾いた目を潤《うるお》そうとぎゅっと目を閉じたのを最後に、そのまますーっと溶け込むように意識が遠のいていった。

＊　＊　＊　＊

「やばっ、領収書片付けなきゃ……て……え……？」

うっかり寝ちゃった！

仕事しなきゃ！　と、慌《あわ》てて起き上がろうとして、はたと動きを止める。

あれ？　いつのまにディスプレイの壁紙変えたんだっけ？

視線の先では、幾重《いくえ》にも折り重なった枝葉の間から、柔らかな日差しがまだら模様のようにキラキラと輝いている。こんな柔らかな日差しの中で森林浴したら気持ちも身体《からだ》もリフレッシュするのになぁ。

「て、ちょっと待って。…………ここ、どこ？」

目に見えているのがパソコンのディスプレイなんかじゃないと気がついて、慌てて起き上がる。髪や服についていたものがパラパラと剥《は》がれ落ちた。手に取ってみると、それは柔らかな落ち葉だった。いつの間にか、落ち葉が折り重なる地面の上に私は寝転がっていたみたい。

頭上を見ると、背の高い針葉樹が折り重なるように枝葉を伸ばしている。

ここは、まるで森の中のよう。

視線を下げてきょろきょろと周りを見渡してみるも、辺《あた》り一面、木々しか見えない。

え……これは、夢なんだろうか……。

それにしては、指に触れる落ち葉も、ひんやりとした空気もやけに実感を伴って感じられる。ここまではっきりした夢を見たのは初めてだ。

さっきまでオフィスの自席で突っ伏していたはずなのに。たしか大量の領収書を前に途方《とほう》にくれていて……。

「は………くしゅっ」

なんだか記憶がぼんやりしてるなぁ。それに、ひんやりどころか、だんだん寒くなってきた。腕に走った鳥肌を撫《な》で、両腕で身体を抱くようにして擦《こす》っていると、

グルルルルルルルル

そんな低い音が、すぐ間近から聞こえてきた。パソコンのファンの音？　それともエアコンの室外機？　いや、それにしてはハァハァという別の音も一緒に聞こえてくるし。

グルルルルルルルル

また、あの音だ。どこから聞こえるんだろう。

と、後ろを振り返ってみると、急に視界一面を茶色いモノで覆《おお》われた。

茶色く、もさもさとした毛がビッシリ貼りついた、壁のようなものが自分の後ろを塞《ふさ》いでいる。

なにかしら、これ？

さらに、ぽつりと何かが落ちてきて、おでこにたらっと垂れた。生温《なまぬる》くどろっとした雫《しずく》。

「え…………？」

上から吹きかけられる生臭《なまぐさ》く暖かな風。

そっと見上げると、いつのまにかそこには巨大な獣の顔があった。

熊《くま》!?

壁だと思ったのは、巨大な熊の身体だったんだ。その熊は黒く円《つぶ》らな瞳《ひとみ》でじっとこちらを見下ろしている。ハァハァと吐く生臭い息が顔に当たった。

「へ…………え？　ひゃ、えええええ!?」

自分のものとは思えないくらい、変な声が出た。

え？　森と熊さんと私？

熊は無機質な目でこちらを見つめたまま、

ガァァァオァァァ

喉《のど》から咆哮《ほうこう》をあげる。

何？　何？　どういうこと？　？　？

何が起こっているのか、さっぱり頭がついていかない。

昔、動物園で檻《おり》に入ったヒグマを間近で見たことがあったけれど、この熊はそれよりもさらに二回り以上大きく見える。

しかも、熊は右手を大きく振り上げていた。

黒光りする黒水晶のような瞳が、こちらを見下ろしている。でも、その目からは何の友好さも感じられなかった。あるのは、目の前にある無防備な食料への食欲だけかもしれない。

何が何だかわからないけれど、パニックになりそうな頭の中をなんとかギリギリのところで正気につなぎとめる。そのわずかに残った理性が警告してくる。あの腕で殴《なぐ》られたりしたらひとたまりもないって。

いますぐ逃げなきゃ。そう思うものの、ぺたんと座り込んでしまった下半身は、へなへなと力が抜けてしまって動けない。

「や……やめて……助け……」

命乞《ご》いの言葉が口から溢《あふ》れる。でもお構いなしに、巨大熊はその丸太のように太い腕を容赦《ようしゃ》なくこちらに振り下ろしてくる。その瞬間、私は恐怖のあまり頭を抱えてぎゅっと丸まった。そんなことしても無駄《むだ》だって心の奥ではわかっていたけれど、それ以外の行動なんて何もできなかった。

「いやっ……！」

完全に死んだと思った。現に、その直後、ドーンっていう大きな震動を感じたから。

これはきっと、殴られた衝撃《しょうげき》なのね。そう思ったけれど、あれ？　でも、思ったほど痛くない？　そっか、もう死んでしまえば痛みを感じないんだっけ？　でも、夢なら死んでしまえば目が覚めるんじゃないの？　それともまた別の夢の中？

頭の中をぐるぐるいろんな疑問が湧いてきては、答えを探すこともできずに降り積もっていく。

ただただ怖くて、震えも止まらなくて。頭を抱えて蹲《うずくま》っていたら、ポンと誰かに肩を叩《たた》かれた気がした。

怖かったのでそのまま無視していたら、今度はさっきより少し強く肩を叩かれる。そのうえ肩を掴《つか》んで揺さぶられた。

「大丈夫か?」

「え?」

すぐ耳元で若い男性の声がした。いつからそこにいたんだろう。熊のことで頭が混乱している間に誰かが近寄って来ていたみたい。

恐る恐る顔をあげると、金色の髪に緑の瞳をした青年がこちらを覗《のぞ》きこんでいた。

「大丈夫? 君、麓《ふもと》の村の子?」

青年はすぐそばに膝《ひざ》をついて、こちらを見ている。

「あ、えと……突然、大きな熊が……」

それだけなんとか口にすると、彼は「ああ」と笑った。

「グレイトベアーなら、俺《おれ》たちが始末したから安心して。ほら」

「え?」

彼は立ち上がって前方を指し示す。そこにはあの巨大熊が、仁王立《におうだ》ちの体勢のまま仰向けに倒れていた。胸元や腹には何本もの剣や斧《おの》が刺さり、傷口からたくさんの血が滲《にじ》み出て、赤黒く濡れたシミを作っている。

ふわんと、血なまぐさい臭いが漂《ただよ》ってきた。思わず、吐き気を催《もよお》すような濃い臭い。

熊はもう絶命しているようで、ピクリとも動かなかった。

「だからもう大丈夫だよ。危なかったね」

そう言うと彼は子どもをあやすように、ポンポンと私の頭を撫でてきた。見知らぬ男性に頭を撫でられて、私はびっくりして固まってしまう。

それに顔がとても近い。あまりの近さに、目のやりどころに困って目を逸《そ》らすしかなかった。

なんなの？　何が起こってるの？　この状況。

やっぱりこれは夢だと確信した。

だって、こんなに顔立ちの整った青年なんて現実にいるはずがないもの。いや、世界的に有名な映画俳優くらいの人になるといるのかもしれないけど、少なくとも私の平凡な人生の中でこんな美形に出会ったことなんて一度もない。

それほど、彼は整った顔立ちをしていた。

ほどよく日焼けしているきめの細かいなめらかな肌に、高くすーっと通った鼻筋《はなすじ》。絶妙のバランスで整った顔の造作《ぞうさく》は、意志の強そうな大きなエメラルド色の瞳によってさらに引き立てられている。

けれどその魅力的な双眸《そうぼう》は、いまは心配そうに眉《まゆ》を寄せて気遣うようにこちらへ視線を向けていた。

次々と訳のわからないことが続いて私の頭の中がオーバーフロー寸前。つい彼の顔をボーッと見ていたら、急に彼は両手に嵌《は》めていた籠手《こて》のようなものを外してベルトに挟《はさ》み込むと、私に抱きついてきた。

え⁉　何⁉　どういうこと⁉

びっくりしてまたもや固まっていると、そのまま身体がふわりと浮き上がる。

「クロード。この子、様子がおかしい。怪我《けが》してるかもしれないから救護班に連れて行く」

いつの間にか彼にお姫様抱っこで抱きかかえられていた。えええ⁉　ちょ、力持ちですね‼　私、一六五センチもあって大柄だし、決して細い方じゃないのに。彼は特に重そうな素振《そぶ》りもなく私を軽々と抱きかかえていた。

お姫様抱っこなんてされたの初めてだから、なんとも気恥ずかしい。彼の端正《たんせい》な顔がすぐ近くにあるのも目のやりどころに困ってしまう。仕方なく外に視線を向けると、一人の男性がこちらに近づいてくるのが目に入った。周りには彼の他にも何人かいたけれど、名前を呼ばれて傍《そば》に来たということは彼がクロードっていう人なんだろう。

「救護班なら、少し前に通った大岩の傍でテントを張ると言っていたぞ」

こちらは銀色の長い髪を緩《ゆる》く束ねた細身の青年だった。サファイアのような切れ長の青い瞳が、眼鏡の奥からこちらを鋭く見つめてくる。まったくにこりともしないその表情は銀ナイフのよう。私を抱きかかえている彼とは優劣つけがたい美形だった。

そして彼も、その周りにいる他の人たちも皆、白地に金色の装飾が施《ほどこ》された胸当てのようなものを身につけ、その上に青色のマントをつけている。それがまた、よく似合っているのだ。

いったい、何なの⁉

なんで人生二度と見ることはないだろうレベルの美形に立て続けに出会うの⁉

やっぱりこれは夢なのね。夢……そう、きっとそうなのよ。

明らかに会社とは違う場所。どう見ても日本人には見えないイケメンたち。

夢以外に説明がつかないから夢だと思い込もうとしたのに、自分の意思とは裏腹にぐーとお腹《なか》が情けない音を立てる。

そうだ。今日は忙しくて残業の合間に間食する暇《ひま》がなかったんだ。お腹がすくのも無理はないのだけど、会ったばかりの若い男性にお腹の音を聞かれて恥ずかしさにカーッと顔が熱くなる。なんて情けない初対面なの。これ以上鳴らさないようにしなきゃ。必死にお腹へ意識を集中させて腹筋に力を入れていたら、ぷっという吹き出すような声が聞こえてきた。

見上げると、私を抱っこしている彼の肩が小刻みに震えている。笑いをかみ殺しているらしい。しかしそれも無駄な努力だったようで、すぐに彼は耐えきれずに破顔した。笑った彼の顔は、どことなく少年のようなあどけなさを残していた。

「ご、ごめん。ハハ。大丈夫、あとでちゃんと分けてあげるよ。もうすぐ夕飯の時間だから、いっぱい食べるといいよ」

「は、はい……」

顔が火を噴いたように熱くなって、そう答えるだけで精一杯だった。

彼はクロードに礼を言うと、私を抱っこしたまま森の中をずんずん歩いて行く。

運ばれながら、頭を巡《めぐ》るのは今自分が置かれた状況のことだった。

お腹が鳴るってことはやっぱりこれは夢じゃないんだろうか。

だとしたら、ここはどこで、彼らは何者なんだろう。

「あ、あの」

「ん？　何？」

規則正しい歩みを止めずに、彼は視線をこちらに向けてきた。

「ここはどこで、あなた方は何者なんですか……？」

失礼にならないように言葉を選びながら尋《たず》ねる。言葉を選び……あれ？　私はいま何語をしゃべっているんだろう。すらすらと何のひっかかりもなく自分の口から出て来たけれど、聞こえた音はよく知っている日本語ではなかった。

英語でもフランス語でもない、聞いたことのない言語。

彼も同じものと思《おぼ》しき言語で返してくる。そして不思議なことだけど、聞き慣れないはずの彼の言葉が、日本語と同じような自然さで完璧《かんぺき》に理解できていた。

「ここはウィンブルドの森。ウィンブルドの街から半日くらい歩いたところにある森だよ。そして、俺たちは西方《せいほう》騎士団。この森には魔物討伐《とうばつ》の遠征の途中で立ち寄ったんだ」

彼なら自分がこんなところにいる理由を知っているんじゃないかと期待したけれど、彼の口から出た単語は聞き慣れないものばかりで、ますます頭の中は疑問符でいっぱいになるだけだった。

彼は私をお姫様抱っこしたまま、大岩の横に立てられていたテントへとやってくる。

テントと言うからキャンプ用の小さなものを想像していたのだけれど、全然違った。確かに支柱を立ててそれに布を張った簡易的なモノではあったけど、ちょっとした家くらいの大きさがある。

「失礼します！」

彼は入り口で声をかけると、垂れ下がった布を手で上げて私を抱いたまま中へと入っていった。

中には簡易ベッドが数台置かれていたけれど、いまは誰も寝てはいない。

奥にある小さな机にただ一人、小柄な女性が座っていた。彼女はこちらに気付くと、すぐに立ちあがってゆっくりと歩いてくる。グレーの髪を後ろで綺麗《きれい》に束ねてお団子《だんご》にし、ネットをかぶせてある。きっちりしているのに、どことなく柔らかな雰囲気のある上品な年配の女性。なんとなくナイチンゲールを彷彿《ほうふつ》としてしまう。

「あらあら。どうしたの？」

彼女は棚《たな》の上に置かれたランタンを手にとると、こちらにやってきた。

彼が私をそばの簡易ベッドに、そっと寝かせてくれる。

「グレイトベアーに襲われているところを見つけたんです。それで、怪我とかしてないか心配で」

「け、怪我なんかしてないです。ちょっと驚いて腰が抜けちゃっただけで」

こんな重病人扱いをされるのは申し訳なくて、私はすぐに起き上がろうとした。けれど、ランタンをベッドの脇《わき》に置いたその女性に、トンと肩を押された。

軽く押されただけなのに、なぜだろう。抗《あらが》えないものを感じて、私はもう一度ベッドに仰向《あおむ》けになった。

それを見て、彼女はにっこりと優《やさ》しい笑顔を浮かべる。

「ええ。怪我をしていないのは視《み》ればわかります。でも、アナタはとても疲れている。それにあまり睡眠も充分にとれていないのではないかしら？」

彼女の声が心の中に染《し》み渡ってくるようだった。穏《おだ》やかな、そんなに大きいわけではない落ち着いた声。それが今は耳に心地良い。

「そう、かも……しれません」

ベッドに横になったからだろうか。とろんと眠気がぶり返してきた。彼女の傍《かたわ》らでは、私をここまで連れてきてくれた彼がオロオロと心配そうにしている。そんなに心配しなくても大丈夫なのに。彼の姿を見ていると、自然と口元が笑みの形になった。

「私は、ここ、西方騎士団でヒーラーをしています。救護班統括《とうかつ》ヒーラーのサブリナ・トゥーリと申します。サブリナと呼んでくださいね」

そう言って、グレーの髪のナイチンゲールは私の額《ひたい》に手を置いた。

とてもあたたかくて、優しい手だった。頭の中までじんわりと温かさが染みこんでくる。

ヒーラーというのが何なのかはわからなかったけれど、とにかく彼女の手は心地よくてとても安心できた。とぷんと、温かい湯船の中に浸《つ》かっているような、そんな心地よさが全身を包み込む。

え……？　と自分の右手を掲《かか》げてみると、さっきまで寒くて白くかじかんでいた指が、本当にお風呂《ふろ》からあがったばかりのようにふっくらとしていた。指の先までじんわりと熱をもっている。全身の血行が急に良くなったみたい。

驚いて彼女の顔を見ると、彼女は「うふふ」と柔らかな笑みを湛《たた》えた。

「疲労を取り除いて、少し血の巡りも良くしておきました。本当は眠気もとってあげたいけれど、これはちゃんと寝て回復させるのが一番ですからね」

そう言って、彼女は私にウィンクをする。わぁ……もう、なんて上品で、そしてチャーミングなおばあちゃまなんだろう。

「サブリナ様は王国一のヒーラーなんだよ。王様に宮廷に残るように言われたのに、前線で傷ついている人々を癒《い》やしたいっておっしゃって騎士団に志願なさったんだ」

彼の口ぶりからは、彼女――サブリナ様を心から尊敬している気持ちが伝わってくる。

彼が手を差し出してくれたので、遠慮なくそれに掴まってゆっくりと上半身を起こした。

「そうだ。俺も自己紹介、まだだったよね。俺は、フランツ・ハノーヴァー。西方騎士団で正騎士をしてるんだ」

フランツ……と口の中で小さく繰り返す。私が彼の名を呟《つぶや》くと、フランツは嬉《うれ》しそうに目を細めた。イケメンなのに笑うととたんに童顔に見えるのは目元が優しいからかな、とついそんなことを考えていたら、彼の翠《みどり》の目がじっとこちらを見つめていた。そんなに見つめられると、どぎまぎするからやめてよね。また顔が朱《あか》くなるんじゃないかと内心心配になりながら、慌てて目を逸らす。

「君の名前を教えてもらってもいいかな」

そう言われてはじめて、自分がまだ名乗っていないことに気付いた。

「私は、カエデ。久保田楓《くぼたかえで》……っていいます」

「カエデか。初めて聞く名前だけど、いい響きだね。それにしても、あんなところで何してたの？キノコ狩り？」

そうフランツに言われて、はたと悩む。自分自身でも、なぜあんなところにいたのかさっぱりわからないんだもの。答えようがない。

「私、ついさっきまで東京の大崎にある会社のオフィスで仕事をしていたはずだったの。でも、その……疲れが溜《た》まって、ついウトウトしちゃって。たぶん、寝ちゃったんだと思う。それで、ハッと目が覚めたら……この森の中にいたの。自分でも、何が何やら」

もしかして夢遊病にでもかかって、近くの公園にでも彷徨《さまよ》い出てしまったのかとも思ったけれど、そもそも都内の公園にあんな巨大な熊がいるはずもない。

「そっか……」

フランツは、顎《あご》を押さえてウームと唸《うな》る。

「ここは……日本、なんだよね？　大崎の近くかな？」

ずっと疑問に思っていたことを、おそるおそる口にしてみる。さっきフランツはこの森のことを『ウィンブルドの森』と言っていた。ウィンブルドの街から半日歩いたところにある森だと。

職場の近くにそんな名前の街や森があるなんて聞いたこともないし、そもそも半日も歩くってどういうこと？　バスや電車じゃないの？　とにかく、わからないことだらけだった。

「ニホン？　オオサキ？　このあたりは毎年来てるけど、聞いたことのない地名だなぁ」

フランツは不思議そうに首を傾《かし》げてしまう。

大崎はともかくとして、日本を知らない？　どういうことなの？

考えがまとまらなくて、視線があちこちに揺らいでしまう。彼の言っていることの意味がわからない。私の言っていることも伝わらない。言葉は伝わるのに。そもそも、私がいま喋《しゃべ》っていることの言葉はなんなの？　私、こんな言語、習った覚えなんてない。

混乱しまくっていた私の肩をサブリナ様が優しく抱く。

「落ち着いて、カエデ。ゆっくりでいいから息を吐いて。そう、上手ね」

彼女に言われるままに息を吸って吐く。そうしていると、不安がぎゅーぎゅーにつまっていた肺の中が少し軽くなった気がした。

「彼女を最初に見つけたのは、従騎士のテオです。アイツが言うには、グレイトベアーを追っていたら、突然グレイトベアーの足元に彼女が現れた……って」

フランツの言葉に、サブリナ様は大きく頷く。

「それでわかったわ。……カエデ。よく聞いて」

「は、はいっ」

彼女の緑の目が、私を見上げる。凛《りん》とした知性のたゆたう瞳。その瞳に吸い寄せられるように彼女と目を合わせた。

「あなたは、おそらく。異世界から飛ばされてきたの」

「…………い、異世界。ですか……？」

聞き慣れないワードに、思わず聞き返した。

「ええ。この森は、別名『迷いの森』と言ってね。時々、人がいなくなることがあるの。そして逆に、どこからともなく人が現れることもある。数十年に一度くらいですけどね。おそらく、この森のどこかに時空の歪《ゆが》みがあって、それに触れてしまうと人はどこか遠くの世界に行ってしまうのではないかと言われているの」

そこにフランツが口を挟む。

「俺もそのお伽噺《とぎばなし》、小さいころ祖母から聞いたことがあります。だから、森の中で傍を離れちゃ駄目よって言われて。俺、すごく怖くて、それからしばらく森に行くときはずっと祖母にくっついてスカート握ってました」

「ふふふ。そうね。子どもたちが勝手に遠くに行かないように、教訓として幼い子に話して聞かせることもよくあるわね。でも、この森の中ではそれは単なる寓話《ぐうわ》ではないの。この森から人が消え、そして逆に現れることもあるのは事実。このお嬢さんのようにね」

そんな話、にわかには信じられなかった。あの大崎のオフィスから、別の世界に迷い込んでしまったということ？　でも、あの巨大な熊に、日本人には見えない人々、知らない言語……どれだけ否定しようとしても、それらの事実が、自分が別の世界に来たのだと裏付けているように思えてしまう。

「じゃ、じゃあ。また、戻れるんですよね？」

つい語気を荒くして、サブリナ様に詰め寄ってしまった。しかし、彼女は申し訳なさそうに眉を下げる。

「それは、わからないとしか言えないわ。時空の歪みは、いつどこに現れるのかわからないの。次は三日後かもしれないし、五十年後かもしれない。それは……誰にもわからないの」

「そんな……」

もう、帰れない？　じゃあ、私はこれからどうやって生きていったらいいの？　どうすればいいのかわからない。目の前が真っ暗になるようだった。

それにもかかわらず、恥ずかしいことに再びお腹がグーと大きく鳴ってしまう。音が鳴らないように腹筋に力を入れるのに、無情にも止まらない音をフランツとサブリナ様に聞かれて恥ずかしいったらありゃしない。

帰れないと聞かされて重く落ち込んでいた気持ちも、それどころじゃなくなってしまったじゃない。どうにかしてこの音を消さなきゃ。

だって、悲しいかなどれだけ落ち込もうともお腹は減るのだ。うん。水でも飲もう。水で腹を膨《ふく》らませれば音は止まるはず。昔ダイエットしてたときに、朝抜き、昼ご飯ちょっぴりであとはミネラルウォーターをがぶ飲みしてお腹を満たしていたこともあったっけ。あのときは、確かにするするっと体重は減ったけれど、ダイエットをやめたらあっという間に元の体重に戻るどころか増えちゃったのよね。

このあたりにも水ないかな。水道があったらいいんだけど、なければ井戸の水を飲むしかないのかな。きょろきょろとテントの中を見回していたら、くすっという声が聞こえた。

声の方を見ると、フランツが口に拳《こぶし》をあてて笑うのをこらえていた。

「大丈夫だって。そんな必死に探さなくても、ちゃんと君の分の夕食も用意してもらうから」

あまりの空腹に食べ物を探していたと勘違いされたらしい。

「え、ちょ、違うの！　私は水でお腹を膨らませようと」

すると、今度はサブリナ様が哀《あわ》れむような目をこちらに向けてくる。

「いままで水で空腹を紛《まぎ》らわせなければならないほど、過酷《かこく》な暮らしをしていらしたの？　見たところ、そこまで痩《や》せているようには見えなかったけれど」

あああああ、サブリナ様にまで勘違いされてる。違うの！　私はただ、お腹の音を止めようと！

あたふた事情を説明しようとしていたら、まだ笑いをかみ殺したままのフランツにまたお姫様抱っこされてしまう。

「きゃあっ！　ふ、フランツ！　大丈夫だって、私、ちゃんと歩けるから！」

「じたばたしないで。そんなに腹減ってんなら、すぐに食事のあるところに連れてってあげるから。ほら、いい匂《にお》いがしはじめただろ？」

フランツに言われて、動きを止める。本当だ。確かに、どこからか肉を焼くような香ばしい匂いが漂ってくる。

「グレイトベアーの肉は、アレで結構柔らかくてうまいんだよな」

グレイトベアーとは、たしか私がさっき襲われかけた巨大熊のことだっけ？

「えええええ？　あれ、食べちゃうの？」

直球の疑問を口にすると、フランツはニコニコと機嫌良さそうに答えてくれた。

「もちろん。退治した魔物は、食用にできるものなら皆で食べることになってるんだ。命に感謝するためにね。グレイトベアーなんてうまいからマシな方だよ。……こないだ食べたストーンスネークなんて食べられたものじゃなくて……」

ストーンスネーク？　石の蛇？　それは名前からしてなんだか堅そうね。

ってそんな会話をしながらも、フランツは私を降ろしてくれない。たぶん、意地でもこのまま食事のあるところへ連れて行くつもりだろう。変に抵抗して機嫌を損《そこ》ねたら嫌なので、そのままされるがままになっていた。

フランツがテントから出て行こうとすると、「待って」とサブリナ様が呼び止めてくる。

フランツが私を抱きかかえたまま振り返ると、彼女は机でさらさらと紙に何かを書き付けて折り畳み、フランツに手渡した。

「ゲルハルトにコレを。あとで私の方からも直接伝えますが。彼女の安全を考えると、王都まで連れて行くことを勧《すす》めます。異世界からの使者は、ときに神の御業《みわざ》ともいうべき知識や技術を持っていることがあると聞いたことがあります。……カエデがそうなのかは、私にもまだわからないけれど。そうであったにしろ、違うにしろ。誰かきちんとした後見をつけるべきだと思うの」

神の御業とか言われても、ちっとも意味はわからない。知識といったって、二十七年間普通に生きてきた経験と、仕事で培《つちか》った経理の経験くらいしかないけど？

一方、手紙を受け取ったフランツは神妙《しんみょう》な顔をしてこくんと頷《うなず》いた。

「ありがとうございます。団長には俺からもちゃんと伝えます。きっともう、団員の中でも噂《うわさ》になってるでしょうし」

フランツが入り口の垂れた布をあげてお姫様抱っこされたままテントの外に出ると、よりいっそう強く、肉の焼けるいい匂いが漂ってきた。燻《いぶ》すような焚火《たきび》の匂いもする。

また、きゅーっとお腹が鳴ってしまった。あああああ、やっぱり水飲んでおけばよかった！

救護テントからほんの少し歩いたところで、大きな焚き火が焚かれていた。キャンプファイアーみたい。その周りには肉の串がツクシのように火を囲んでたくさん刺さっている。焚き火の傍には石を積んだカマドも造られていて、その上では大きな鍋《なべ》にシチューが煮込まれていた。シチューの中にもゴロゴロとたくさんの肉が煮込まれているみたい。あれも熊の肉かな。

「ヒュー！　それがお前が拾ったっていうお嬢さんかい？」

「グレイトベアーの前に飛び出したんだって？　勇気あるなぁ」

「西方騎士団へようこそ！」

焚き火のそばに行ったとたん、火を囲んでいた人たちからそんなヤジが飛んでくる。胸当てや甲《かっ》冑《ちゅう》を脱いで傍に置いてあったり、着たままだったりといろいろだけど、みんな白地に金の細工の入った同じ胸当てに、同じ青色のシャツを身に着けていた。きっとあれがこの騎士団の制服なんだろう。

「ったく。放っといてください。この酔っ払いどもめ」

やいのやいの煩《うるさ》い野次馬《やじうま》たちにフランツはぞんざいな言葉を投げるのでヒヤヒヤしたけれど、彼らもちょっとからかってやろう程度のことだったらしく、それ以上絡《から》んでくることはなかった。

座るのにちょうどよさそうな倒木の傍で降ろされたのでそこに腰を下ろすと、フランツもすぐ隣に座ってくれた。

やっぱり、知らない人たちの中にいると落ち着かない。こちらをチラチラ見ている視線も気になる。だから、フランツが隣にいてくれるのがなんだか頼もしく思えていた。

フランツだってついさっき知り合ったばかりだけど、名前を知っていて何度か会話を交わしたし、何かと世話を焼いてくれようとしているのがわかるから、つい頼りにしてしまう。

焚き火の周りにはざっと数えただけでも三十人ほどの騎士団員と思しき人たちがいた。思い思いに座って歓談しながら肉串をかじったり、シチューを食べたりしている。フランツみたいな若い人もいれば、中年の人や、白髪の人もいる。さらにいうと、数こそ少ないけれど女性らしき人の姿も見えた。彼女たちも、ほかの男性たちと同じ服を着ているから騎士団員なんだろうな。胸当てにマントをつけて颯爽《さっそう》と歩く姿は、とてもカッコいい。

さらにその周りには、カマドで調理をしたり、給仕をしたりとちょこまか動いている人たちもいた。こちらは若い子が多い。十代と思しき子たちばかりだ。みんな、薄青いゆったりとしたシャツを腰のあたりで紐《ひも》でとめている。あれも制服なのかな。フランツたちとは色が違うけど。

そうやって焚き火の周りに集《つど》う人たちを眺めていたら、一人の若い男の子がこちらに近づいてきた。十代半ばくらいの、さらりとした金髪に金目の可愛《かわい》らしい少年だ。

彼は両手にそれぞれ木の皿を持っている。皿にはブラウンシチューがたっぷりと盛られ、その上にパンと肉串がのっていた。

「お待たせしました」

にっこりと可愛らしい笑顔で、少年は皿を渡してくれる。

「あ、ありがとう」

皿を受け取ると、ホカホカとした温かさが器《うつわ》越しに伝わってくる。

「ゆっくり食べてってくださいね」

少年はフランツにも皿を渡すと、挨拶《あいさつ》するように深くお辞儀《じぎ》をする。さらりと金糸のような髪が揺れた。まごうことなき美少年だわ。

皿を受け取ってさっそく肉串を咥《くわ》えながらフランツは、

「おう。頑張れよ」

そう言葉を投げると、少年はもう一度ぺこりとお辞儀をしてカマドのほうへと戻っていった。

少年が渡してくれたシチューはまだ温かな湯気がのぼっている。添えられていたスプーンで一さじすくって口に運ぶと、温かな美味《おい》しさが口いっぱいに広がった。肉のうまみがしみ込んだシチュー。ゴツゴツとした大きな肉がいくつも入っている。これは、やっぱりさっきお亡《な》くなりになったグレイトベアーの肉なのかな。さらにニンジンとタマネギのようなものもシチューに溶け込むように煮込まれている。空腹だったこともあって、どんどんとスプーンがすすむ。ひんやりとした森の中で食べるあつあつシチューの味は格別だった。

ふわぁ、いっきに半分くらい食べてしまった。いったんお皿を膝の上に置いて、パンをかじってみる。しかし……このパン、硬くない!? 男の人の拳くらいの大きさの、ぎゅっと中身が詰まっているような重たいパンだった。パンにどう歯を立てたら上手《うま》く噛《か》めるんだろうと悪戦苦闘していたら、隣で楽しそうに笑うフランツの声が聞こえた。

「それは、こうやって食べるんだって」

フランツはパンを一口大にちぎると、シチューにしっかり浸してから口に運ぶ。

なるほどね。シチューに浸して柔らかくしてから食べるのね。たしかにシチューに接していた部分はぐずぐずになっている。そのあたりをちぎって食べると、パンがシチューをよく吸って、なんとも美味しい。

久しぶりに口にした食事。

森の中で騎士団の人たちと一緒に焚火を囲んでいることがなんとも不思議な感じがしてくる。それでも、日の暮れ始めた森の中。大きな焚火の傍は、なんだか心が落ち着く。少し打ち解けてきたフランツもずっと傍にいてくれるし。

……そういえば、フランツはなんでずっと傍にいてくれるんだろう。なんとなく隣に視線を向けると、お代わりしてきたばかりのシチューをスプーンで掻《か》き込んでいたフランツと目が合う。彼はスプーンを咥えたまま、にこっと笑い返してくれた。

よくわからないけど、右も左もわからない自分のためにあれこれと世話を焼いてくれる彼は、良い人……ではあるんだろうな。

そのあと、この騎士団で一番偉いというゲルハルト西方騎士団長……略して、団長とも顔を合わせた。五十前後の焦げ茶色の髪に同じ色の瞳の男性で、こちらを鋭い目つきで見てきた後、事前にサブリナから話は聞いていると言って、私がこの騎士団に同行することをあっさりと認めてくれた。王都に着くまでの間、という条件付きではあったけれど。さらに、寝泊まりはサブリナ様のテントで行うようにという配慮《はいりょ》までしてくれた。このあたりは、サブリナ様からの申し出があったのかもしれない。

こうして、なんとか寝床と食事の心配はなくなった。それ以外にもいろいろと心配なことは山ほどあったけれど、すっかり夜の帳《とばり》のおちた森の中は、焚き火から少し離れるともうそこは真っ暗闇だ。時折、どこからか獣の遠吠《とおぼ》えのようなものも聞こえる。ここはあんな巨大な熊すら徘徊《はいかい》する異世界の森の中なんだ。焚き火の明かりと、騎士団の人たちの談笑する声がなんだかとても頼もしい。もし彼らと出会えずに、自分一人でこんな森の中をさまよっていたらと考えるとゾッとした。

木々の合間から見上げた空には、見たこともないほどたくさんの星が瞬《またた》いていた。

＊　＊　＊　＊

翌朝、鳥の声で目が覚めた。

チュンチュンチュンチュン、なんていう可愛らしいものじゃない。

キャーキャキャキャッキャキャッ、クエーー！

というけたたましい声が、いくつも頭上を飛んでいったからビックリして飛び起きてしまった。

一瞬、自分がどこにいるのかわからずキョロキョロしていると、既《すで》に起きて身支度を済ませていたサブリナ様が布でできた何かを抱えてこちらへやってくる。

「おはよう。よく眠れたかしら？」

「あ。は、はいっ」

救護テントの端にある空いているベッド、といっても今は患者さんは誰もいないからどのベッドも空いているんだけど、そこから身を起こすとサブリナ様が手に持っていた物を渡してくれた。

「これ、この前、街に出たときに見つけたの。嫁《とつ》いだ娘が好きそうな柄だったから普段着用に贈ろうと思って買っておいたのだけど。もしよかったら着てみて」

それは可愛らしいデザインの裾《すそ》が長くふわりとしたドレスだった。

「あとこちらは私が持ってきた予備のものだけど、野外で活動するのには便利だから」

そうおっしゃりながら、ドレスの下にはくらしいキュロットタイプの白いペチコートと、タオルも渡してくれた。

そういえば私、いままでずっと会社にいるときに着ていたパンツスーツのまんまだった。このスーツを着ているとここでは目立ってしまうので、服を借りられて嬉しくなる。

「ありがとうございます！」

自然と笑顔がこぼれる。ぎゅっとドレスを抱きしめると、ほのかに甘い花の香りがした。

「気に入ってもらえて良かったわ。さあ。顔を洗ってらっしゃいな。そこを右手に少し行ったところに小さな小川があるの。それから昨日焚き火をしていたところで、朝食を配っているはずよ」

「はいっ。サブリナ様の分ももらってきましょうか？」

そう尋ねると、

「私は朝は食べないことにしているから、いいのよ。ありがとう。それから」

彼女はお茶目《ちゃめ》な笑みを返してくる。

「様付けはいただけないわね？　サブリナと、そう呼んでちょうだい？」

あああ、なんて可愛らしいんだろう、この方。私もこんな風に歳を取りたい。

でもフランツですら様を付けて呼んでいるのに、居候《いそうろう》の私が呼び捨てになんてできない。

「で、では……サブリナ、さん……？」

ぎりぎりのところでそう妥協《だきょう》してみせると、サブリナ様は腰に手をあてて「仕方ないわね」と少女のような笑みを零《こぼ》すと、くるっと踵《きびす》を返して机の方へ戻っていった。

渡されたドレスに着替えてみると、ゆったりとした作りでとても動きやすい。それにスーツよりもずっとフェミニンで可愛い！

さっそく言われたとおりにテントを出て右手に進んでいく。少し行くと緩やかな坂になっていて、その下に小川があった。

裾が地面につかないように気を付けながら屈《かが》んで、小川に指先をつける。

「冷たっ……！」

森の中は木々に日差しを遮《さえぎ》られているからか、指がジンとするほどの冷たさだった。

これで顔を洗うのはちょっと躊躇《ためら》われたけれど、ここ以外にほかに水場はないのよね、きっと。

意を決して手で少し水をすくうと、ぴちゃぴちゃと顔を濡らす。タオルで顔を拭《ふ》くと、ふぅっ、すっきりした。ついでに、もう一度水をすくって、今度は口をゆすぐ。うん。さっぱり。

タオルで口元を拭《ぬぐ》っていたら背後から、

「カエデ！」

と名前を呼ぶ声がした。振り返ると金色の髪をした長身の男性がこちらに歩いてくるのが見える。まだ騎士団の人たちの顔はほとんど覚えていないけれど、彼のことはすぐにわかった。フランツだ。彼は朝のさわやかな空気にぴったりな明るい笑顔で「おはよう」と挨拶してきたけれど、私が立ち上がるとハッとしたように足を止める。

どうしたんだろう？　小首を傾げていたら、

「いや、その……服が違って印象が変わったからびっくりした。あの……似合うね、その服」

どこかあたふたしながら、そうフランツは褒《ほ》めてくれる。

「サブリナさんが、娘さんへ贈るために買ってあったものを譲ってくださったの」

いままで仕事ではきちっと見えるようにいつもスーツだったたし、プライベートでは着やすいラフなパンツスタイルで過ごすことが多かったから、こんなフェミニンなドレスってほとんど着たことがなかった。だから、どこかおかしいところがないか、ちゃんと着られているか心配だったんだけど、フランツに似合うって言ってもらえて嬉しくなる。ついその場でくるっと回ってみせると、スカートが風を受けてふわりと広がった。

フランツは手に数個のパンと二つのカップを持ったまま、うんうんって何度も頷いていた。

そうだ、朝の挨拶してもらったのに、こちらはまだ挨拶を返してなかったっけ。タオルを持ったまま、私はペコっとお辞儀をする。

「おはようございます」

頭を下げてみて、あれ？　となる。ここは日本とは違う世界だよね。ということは文化やシキタリも違うはず。挨拶ってこれでいいんだっけ？　言葉はわかるのに文化のことは全然わからないから小さな疑問を胸に抱きながら顔をあげると、フランツは少し困ったような顔をしていた。

「あの、……そんなに謙《へりくだ》らなくても、いいんだけど」

「そう……なの……？　ごめんなさい。まだ、こちらの流儀がよくわからなくて」

お互いに困った様子で顔を見合わせると、どちらともなく吹き出すように笑い出してしまった。

「あはは。それもそうだよね。ごめんごめん。こっちでは、そういう挨拶は目下の人間が目上の人間にするものだからびっくりした」

「へぇ……そうなんだ」

「ほら。昨日も、テオが俺にしてただろ？」

「テオ？」

聞き覚えがなかったので首を傾げると、「ああ、そうだ。まだ紹介してなかったね」とフランツは頭を掻く。

「昨日の晩、シチューを持ってきてくれた若い子がいただろ？」

ん？　記憶を遡《さかのぼ》ってみると、いたいた。思い出した。焚き火の傍で給仕をしていたやたら可愛らしい男の子だ。さらっとした金色の髪をしていて、美形というより美少年という感じの子だった。

たしかにあの子は最後、フランツにお辞儀をしていた気がする。

「あいつはテオって言って、俺の従騎士なんだ。騎士団に入るとどんな身分の奴《やつ》でも最初は従騎士から始まるんだよ。そんで、正騎士に付いて数年学んで、正騎士試験に受かれば晴れて正騎士になれるってわけ」

「へぇ……。あ、じゃあ、フランツはあのテオっていう子の面倒を見てるっていうこと？」

「まぁ、立場上はそうなんだけど。……アイツの方が俺より遥《はる》かにしっかりしてるから、俺に教えられることなんて剣の稽古《けいこ》くらいだけどね」

そう言ってフランツは肩をすくめる。しかし彼の口調には、どこか誇《ほこ》らしげな調子が見え隠れしていた。きっと、自慢の弟分なんだろうなぁという気がして、少し微笑《ほほえ》ましい気持ちになる。

「朝ご飯もらってきたんだ。適当なとこに座って一緒に食べよう？」

フランツの提案により、もう一度、小川の近くに戻ると適当な石に腰掛けて並んで朝食をとることになった。

さらさらと流れる水音を聞きながらの朝食は、ちょっとしたピクニックみたいだ。

朝ご飯は昨日のものと同じ硬そうなパンと、ホットミルク。どうやって食べるのかと隣に座ったフランツを横目で観察してみると、彼はパンをちぎってホットミルクに浸してから食べはじめた。

なるほどなるほど。やっぱりふやかして柔らかくしてから食べるのか。真似《まね》してパンをちぎると、ホットミルクに浸してみる。ひたひたになってから口に入れると、うわぁ、ミルクの味が濃い！

ちょっと驚いてしまった。なんていうか、少し獣臭さもあるけれど、それ以上にミルクの風味が濃厚で美味しい。何回もパンをちぎって次々に口に入れていたら、ふと視線に気付いた。隣を見ると、フランツは既に食べ終わって目を細めながらこちらを眺めている。なんだか、微笑ましいものを見る目で見られている気がする。

「よかった。食欲あるみたいで」

こくこくと頷き返す。私、困ったことや辛《つら》いことがあっても食欲には影響しないタチなのよね。むしろ、ストレス解消に美味しいモノをどんどん食べたくなっちゃうくらいで。あれ。でも、よく考えると、こんな知らない場所に一人きりで放り出されて、知らない人たちと慣れない暮らしを送ることになったのに、そんなに心細さを感じていないことに今さらながら思い当たる。

そしてそれはすぐに、サブリナ様があたたかく迎えてくれたことや、こうやってフランツが事あるごとにそばに来てくれるからだと気づいた。二人がいれば、なんとかここでやっていけそうな気がしているのも事実。二人に出会えて、本当にラッキーだったと思う。

「俺たち、ここを拠点にしばらく魔物討伐に行くことになるんだ。夜には戻ってくるから、カエデは日中はずっとサブリナ様のそばにいるといいよ。そうすりゃ、好奇心旺盛《おうせい》なここの連中も、あからさまなちょっかいはかけてこないだろうし」

「魔物、討伐？」

ミルクに浸したパンをかじりながら、尋ねてみる。魔物？　魔物って、昨日出たグレイトベアーみたいなもの？

「ああ。俺ら騎士団の主要任務なんだ。魔力を強く帯びた土地には魔力の影響を受けて知性や凶暴性、魔法の能力を持った生物が発生する。それを魔物と言うんだ。ここは別の異世界からやってくるとも言われているけど、真相はよくわからない。とにかくそういう魔物が大量に発生すると村や街が襲われるから、こうやって騎士団が定期的に巡回して魔物退治をしているんだよ。この王国には騎士団は四つあって、それぞれ方角の名称がついてる。俺たちがいるのは、西方騎士団。その名前のとおり、西方を守護する騎士団なのさ」

フランツはカップに残ったミルクを飲み干すと、立ちあがった。

「ここにはしばらく滞在すると思うよ。そのあとは街にも立ち寄ったりしながら、あちこち西方を回って魔物を退治しながら王都に向かうことになる。だから、王都に着くのは五ヶ月後くらいかな。それまでは何か困ったことがあったら何でも言って」

そう言ってフランツはにっこりと笑った。小さく頷いて返す。彼の笑顔を見ていると、なんだか不安や心配な気持ちが薄れていくから不思議だ。

ちぎったパンをホットミルクでふやかしながら口に運ぶ。フォークかなにかあればよかったんだけど、手だけで食べるのは案外難しい。うっかりするとミルクが垂れそうになってしまう。

「街かぁ。どんなところなんだろう。ちょっと楽しみ」

こっちに来てから森の中の景色しか見ていないから、実は別の異世界に来たと言われてもいまのところあまり実感はないんだよね。この森は、ドイツやスイスあたりの高緯度地域の森に似ている。こういう感じの森なら、テレビや写真で見たことがあった。でも、いくら似ててもここは異世界なんだよね。

「街に着いたら、いろいろ案内するよ。ウィンブルドの街はそんなに見るところもないけど、そのうち行くアクラシオンっていう街は刀鍛冶《かたなかじ》と銀細工で有名だから面白《おもしろ》いかもね。工房通りには、銀細工の工房がたくさんあって見てるだけでも楽しいよ」

「銀細工!?」

その魅惑的な響きに、つい声が弾《はず》んでしまう。

「……わかったわかった。真っ先に案内するから。そこまで食いついてくるとは思わなかった」

フランツが苦笑交じりに、どーどーと手で制するような仕草をする。

だって、アクセサリーとか小物とか好きなんだもの。ウィンドウショッピングやカタログを見るだけでもワクワクして楽しいじゃない。この世界の銀細工ってどんなものなんだろう。繊細《せんさい》な技巧がほどこされたブローチとかなのかな。それとも、質実剛健な銀食器とか？　そんな想像を巡らせていたら、フランツがクスクスと声を漏らした。

「リーレシアと同じだな」

「リーレシア？」

おや？　また、初めて聞く名前だぞ。

「うん。俺の腹違いの妹。もうすぐ十歳なんだけど、すっごく可愛いんだ」

そう言いながらフランツは胸元のポケットから皮のパスケースのようなものを出して見せてくれた。そこには一枚の写真……じゃなくて、写真かと思うくらい精巧に描かれた肖像画が入れられている。

肖像画の人物は幼い少女だった。これがリーレシアちゃんなのね。リーレシアちゃんはもうすぐ十歳と言っていたけれど、肖像画はもう少し前に描かれたもののようだった。金糸のようなふわふわとしたロングヘアーに、フランツと同じ翠色の瞳。椅子《いす》にちょこんと座っている様子は、まるでお人形さんのようだ。

「うわぁ！　可愛い!!」

心の底から、そんな感嘆の言葉が出てくる。きっと、大人になったら美しいレディになるんだろうなぁ。

「可愛いだろ？　俺の天使なんだ」

そうはにかむように笑うと、フランツは大事そうに肖像画を胸元にしまう。普通、そういうところには奥さんとか恋人の肖像画を入れているもんなんじゃないのかな？　と、ちらっと思うけれど、妹さんの肖像画を入れているということはフランツにはまだ奥さんいないのかな？　もしかすると恋人も？　なんてことが頭をよぎるものの、昨日今日出会ったばかりの人にそんなことまで聞くのは躊躇われて、結局聞けなかった。

「リーレシアもさ。可愛らしい銀細工とか好きで。今度、アクラシオンの街に行ったときにお誕生日祝いに何か買ってあげたいんだよなぁ」

フランツは本当に妹さん思いなんだなぁ。

私も弟がいるけど、お互い成人してからはほとんど会話することもなくなってしまった。もしかしたらもう二度と会うこともできないのかもしれない。そう思うと、もう少しいろいろ話しておけばよかったなと思わなくもない。今さら言っても仕方ないことだけど。

「フランツの家族って、仲いいんだね」

さらっとそんな言葉が、口をついて出てくる。こちらの男の人がどんな感じなのかあまりよく知らないけれど、フランツはどこかふわっとした温かい雰囲気がある。誰とでも親しくなれて、誰にでも親切にできるような、そんなお日様みたいな温かさ。そう、突然降って湧いたような見ず知らずの私にもこんだけ親切にしてくれるような。

だから、彼の家族ならきっとみんな温かい人たちなんだろうなって気がしたんだ。

でも、フランツは私の言葉に、あいまいな苦笑を返してくる。

「……うーん。そうでも、ないけど。たしかにリーレシアとは仲いいよ。彼女は生まれたときから知ってるから。でも、他の家族とはそんなでもないかな。……俺、ハノーヴァー家に引き取られたの十年前くらいだからさ」

「え？　あ、そうなんだ……」

案外、複雑な家庭なのかな？　彼の普段の笑顔からはそぐわないようなその苦笑を眺めながら、そんなことを思う。

「まぁ、そんなことはいいんだけど。今のところ、目下の問題はアクラシオンの街に着くまでにリーレシアの誕生日祝いを買う金が残ってるかどうかなんだよね」

そう言って、フランツは小さく嘆息《たんそく》した。

フランツの口調からは、家族のことはあまり聞かれたくないのかなという雰囲気が感じられる。だから、私も積極的にリーレシアちゃんの方に話題をシフトさせた。

「お金のこと？」

「うん。俺、金の管理って全然上手くできなくてさ。去年遠征に出たときも、気が付いたらアクラシオンに着く前に持ってた金を全部使いきっちゃってて。結局、見かねたクロードが貸してくれたから助かったけど、そう毎年借りるわけにもいかないしな。今年こそは何とかしたいんだ」

クロードっていうのは、昨日会った銀髪のイケメン青年の名前だっけ。

食べ終わったカップを持って立ち上がると、小川で手を洗ってから二人で昨日焚き火のあった方へと歩いていく。

「それなら、今回はもう少し多めに持ってきたの？」

そんな素朴《そぼく》な疑問を投げてみると、一緒に並んで歩きながらフランツはゆるゆると首を横に振る。

「騎士団員は階級によって、遠征中に持てる金銭は決まってんだ。たぶん、あまりたくさん持ってると野盗に襲われたりとか、いろんな身分や家柄《いえがら》の人間が集まっているから不要な争いの種を避けるためだとは思うけど」

ふぅん。そういうものなんだ。みんな同じ制服を着ているから、誰がどんな家柄なのかは端《はた》から見てもさっぱりわからない。だけど、実は団員同士の複雑な確執《かくしつ》とかあったりするんだろうか。昨日見た感じ、皆さん楽しそうに一緒に焚き火を囲んでるように見えたけどな。

「そういえば、騎士団ってお給料は出ないの？」

聞けば、騎士団というのは一年の半分くらいは遠征に出ているのだという。それだけの時間、これだけの数の人間を従事させておいてボランティアっていうことはないよね？

フランツは、うんと頷く。

「一応出るよ。階級によって一律に。遠征が終わったあとと、遠征が始まる前に一回ずつ出る」

わぁ。半年ごとにまとめて出るんだ。それは確かにお金の管理が大変そうね。そのへんクロードみたいにしっかりしてそうな人なら計画的に使うってことができるんだろうけど、そうじゃない人だとお給料貰ったとたん、ぱーっと楽しいお酒を飲んで使っちゃう人とかいそう。

「俺の場合は、家に帰れば金のことは別に問題じゃないんだけど。遠征中はなぁ。家に立ち寄る機会もないし。……このままだと今年も、クロードに借りなきゃならなくなりそう。でも、あいつに借りるのはすごく気が引けるんだよなぁ」

はぁ、とフランツは深いため息をつく。

なるほどねぇ。遠征中は、決まった金額でやりくりしなきゃならないわけか。

「ちなみに、フランツは遠征中、どんなことにお金を使っているの？」

「ん？　えーと。そうだな。街に着いたときに、飲み食いに使っちゃったり。あとは、俺、絵を描くのが好きでさ。遠征中に変わった色の絵の具とか画材みつけると、どうしても買いたくなって」

「へぇ、そんな趣味があるんだ」

ちょっと意外な気がした。こんな大柄《おおがら》な彼が絵筆を持って描いている姿を想像すると……うん、なんというか微笑ましいわね。それ自体が絵になりそう。

「さっきのリーレシアの絵も俺が描いたんだよ」

「え!?　あの絵も!?」

「う、うん……」

フランツは恥ずかしそうな、どことなく申し訳なさそうな、そんな様子で頬《ほお》を指で掻く。

「下手《へた》、だったかな……」

私はブンブンと首を横に振った。

「ううん！　とっても可愛らしかった！」

一見写真かと思うほど、細かく手の込んだ絵だった。それに何より、見ている人の気持ちを温かくするような、柔らかいタッチで描かれたリーレシアちゃん。フランツの絵師としての腕がいいのはもちろんとしても、彼の妹に対する温かな眼差《まなざ》しが感じられるステキな絵だった。

「あはは、……ありがとう」

彼はほんのり顔を赤くして照れくさそうに笑う。

昨日焚き火があった場所へ来ると、カマドの横に大きな籐《とう》のカゴがあった。その中にはたくさんのカップが山積みになっている。フランツがそこに食べ終わったカップを入れたので、真似して同じようにそこに置いた。きっと誰かまとめて洗ってくれるんだろうな。従騎士さんたちかな？

「そうだ。魔物討伐に出る前に、放牧してる馬の様子を見てこようと思うんだけど、一緒に来る？」

え？　馬⁉　お馬さんもいるの⁉

って、考えてみたらここは騎士団で、フランツは騎士なんだから当たり前か。騎士って日本語だと馬の文字が入ってるものね。

フランツの提案に期待を込めてコクコク頷くと、彼は「あはは」と相好《そうごう》を崩す。

「君はわかりやすいな。ほんと、リーレシアみたいだ」

むう。十歳にも満たないお嬢さんと同じに見られるのはアラサー女性としてどうなんだろう。そんな気持ちが表情に現れていたのか、フランツは済まなそうにポンポンと頭を撫でてきた。

「ごめんごめん。大人のレディを妹と同じに見ちゃダメだよな」

いやいや、その仕草がもう大人のレディに対するものじゃない気もするけど。そもそもフランツは歳いくつで、私のことを何歳だと思ってるんだろう。たぶんだけど、私の方が若干《じゃっかん》年上なんじゃないかなって気はしてるんだ。

森の中を行くフランツについて歩きながら、確認してみる。

「ねえ、フランツっていま、いくつなの？」

「ああ、こないだ二十五になったばかりだけど」

やっぱり思ったとおり。二歳も年下だった。

「カエデは？」

「いくつくらいに思ってるの？」

「え？　えーと……二十歳になるかならないかくらい？」

十歳くらいって言われたらどうしようかと思ったけれど、流石《さすが》にそれはないみたいでちょっとホッとする。でもほら、やっぱり随分若く見られてたみたい。だから、あんなにいつも子ども扱いしてきたのね。

前にヨーロッパへ友達と旅行に行ったときも、行く先々で出会う人に実年齢よりかなり若く見られたことがあったから、もしかしたらここでもそうなのかもって思ったんだ。アジア人は若く見られがちっていうし。人種が違うと、なかなか年齢を当てるのは難しいよね。

「え？　もしかしてもっと若い？」

答え合わせをドキドキしながら待ってる子どものようなフランツの様子がなんだかおかしくて、笑みがこぼれてしまう。

「フフ。逆よ。逆。私、フランツより年上なの」

「……え」

彼の顔が驚きに固まった。

「いま、二十七よ。だから、フランツの二つ上、かな？」

その言葉を聞いて、彼はやっちまったぁという様子で俯《うつむ》いて額《ひたい》を押さえた。

「え……ほんとに？　二十七っていうと、そっか、クロードと同じくらいか。ごめんっ。俺、てっきりずっと下だと思ってて、その……」

あわてふためくフランツ。背の高い彼が肩を小さくしてしゅんとしているのを見てると、こっちも申し訳ない気になってきて手をパタパタさせた。

「あ、う、ううん。謝らないで。その、フランツには本当に感謝してるんだから」

「感謝？」

私は大きく頷く。

「フランツが傍にいてくれるから、私、こんなに落ち着いていられるんだと思う。もし一人っきりだったら、もっとずっとパニックになって大変なことになってたもの」

それはきっと間違いない。だから、彼に感謝しているというのは、私の嘘偽《うそいつわ》りない素直な気持ち。

「良かった。でも、失礼なことしてたのは、本当だからごめん。これからは気をつけるよ」

そんなことを話しながら歩いているうちに、唐突《とうとつ》に視界が開けた。森を抜けたんだ。

森の先にあったのは……。

「う、わぁ……」

足元のなだらかな斜面の先には視界一面に広がる緑の草原があった。その草原を、何十頭もの馬たちがタテガミをなびかせながら疾走しているのが見える。空はとてつもなく高くて、そして青く広がっていた。

「うわぁ……。うわぁ……‼」

今立っている場所が周りより少し小高い丘になっているため、遠くまでよく見渡せる。

空はとても青くて。のどかにポツリポツリと浮かんだ白い雲は、左の空へとゆっくり流れていた。

目を下に移すと、視界いっぱいに広がる緑の草原がとびこんでくる。そこにはたくさんの馬が群れをなして走っていた。

野生の馬でないことは、その群れの前後に馬に乗った人が一人ずついることからすぐにわかる。遠目でも、彼らがフランツと同じ色のシャツを着ているのが見えた。きっと彼らも騎士団の人たちなのね。

馬たちも、彼らの指示に従ってあまりばらけることなく、緩やかな一かたまりとなって草原を駆けていく。

草原の奥には、さらに森が延々と続いているのも見えた。

うん。間違いない。

東京にこんな場所は存在しない。こんなに見渡す限り家一軒、山の一つも見えない場所は私の住んでいた場所にはないもの。やっぱり、ここは東京……ううん、日本じゃないんだなって実感せざるをえなかった。

それにしても、走る馬ってなんてダイナミックで格好いいんだろう。大地を蹴《け》る度《たび》に筋肉が躍動しているよう。タテガミや尾がなびいて格好良さと同時に美しくもある。

全部で何十頭いるのか、動いている馬を数えるのは難しいけれど、少なく見積もっても三、四十頭はいそう。これだけいると、まさに壮観。

毛色は茶色っぽい馬が多いけれど、黒いものや白いもの。マダラのものもいる。

「俺の馬を呼んでみようか？」

フランツの言葉に、コクンと頷く。フランツのお馬さんって、どの子なんだろう。

彼が口に指をあてて指笛を吹いた。ピーっという甲高《かんだか》い音に、しばらくして群れから一頭の馬が外れてこちらに駆けてくるのが見える。白い毛並みのお馬さんだ。タテガミと尻尾《しっぽ》は明るい日差しをうけて、きらきらと金色に輝いている。

うわぁ！　なんて美しいお馬さんなんだろう。まるでお伽噺の王子様が乗っている馬みたい。

その馬はフランツの傍までくると脚を緩めて、トコトコと頭を下げながら歩いて近寄ってくる。

その馬の鼻を手で撫でてやるフランツの眼差しは、とても優しい。馬も彼によく懐《なつ》いているようで、撫でられて嬉しそうに鼻を鳴らしている。

それにしても一人と一頭で並んだその姿は、まるで何かの映画の一シーンみたい。このまま絵画にして飾っておきたいくらい絵になっている。スマホを持っていないのが残念。写真とっておきたかったのに。イケメンは何をやっても映《は》えるけれど、美しいお馬さんと親しげに触れあう姿は神々《こうごう》しくすらある。

やばい、眼福《がんぷく》すぎる……そんなことを思いながら一人と一頭の様子を眺めていたら、フランツが馬の首を撫でながらにこにことそのお馬さんのことを紹介してくれた。

「こいつは、ラーゴっていうんだ。綺麗な白色だろ？　俺の家で飼ってる馬は、昔の当主の趣味で先祖代々、白馬ばっかなんだ。触ってみる？」

先祖代々、白馬を飼ってるとかいったいどんなおうちなんだろう。きっと、すごくいいお家柄なんだろうな。

お馬さんも、こちらに興味津々《しんしん》といった様子で鼻を近づけてくる。

「い、いいの？」

「もちろん」

馬を触るのはもちろん、近くで見るのも初めて。馬ってこんなに大きくて、力強い生き物なんだ。その大きさに圧倒されてしまう。

おそるおそる手を伸ばすと、鼻筋に触れるかどうかというところで「ふがっ」とラーゴが大きく鼻を鳴らしたものだから、びっくりして固まってしまった。

そしたら、ラーゴの方から私の手を下から持ち上げるように鼻を擦り付けてくれる。その円らな黒い瞳が、「ほら。こわくないでしょ？」って言っているみたい。とても、賢そうで優しい瞳をしていた。

そっと指先で鼻筋を撫でると、ラーゴは気持ちよさそうに小さな耳をピコンピコンと動かす。

「な？　大丈夫だろ？　こいつは、気の優しいやつなんだ」

「う、うん」

鼻筋を撫でるのに慣れてくると、今度はフランツがしているように首やタテガミも撫でてみる。ラーゴは嫌がる素振りも見せず、好きなだけ触らせてくれた。

ひとしきりラーゴを撫でた後、「ちょっとこっちきて」とフランツはラーゴを連れて草原の斜面を降りていった。彼のあとについていくと、草原の一角に何か紐っぽいものがごちゃっと山になって置かれている。

フランツはその山の傍にしゃがむと、「どれだっけ。これ？　違うな」とかなんとかブツブツ言いながら一本の紐を取り出した。

「あったあった。これだ」

それをひょいっとラーゴの頭の上に投げると、手慣れた仕草でラーゴの長い顔にはめていく。あれは、馬用の手綱《たづな》のようだ。

フランツは手綱の端を左手で掴むと、右手でラーゴの肩に手をついて、ひょいっとその背に跨《また》がった。

あんな高い馬の背に、よく軽々と登れるなぁ。なんて感心していたら、フランツはラーゴに乗ったまま私の周りを大きく円を描くように一周したあと、目の前にラーゴを止めてこちらに手を差し出してくる。

「鞍《くら》、まだつけてないけど。カエデも乗ってみない？」

「え？　わ、私も⁉」

馬に触るだけでもおっかなびっくりだったのに、乗るなんて無理無理無理。ぶんぶんと首を横に思いっきり振っていたら、フランツは笑いながらなおもこちらに手を差し出してくる。

「大丈夫だって。俺が支えてるから。今日は天気もいいし、ひとっ走りすると気持ちいいよ」

う……そこまで言われると、断りにくい。それに、ラーゴも「大丈夫、大丈夫」とでもいうように、首をウンウンと縦に振っている。もしかしてこの子、人間の言葉がわかってるのかしら。

うーん。たしかに他の馬だったら怖くて全然無理な気がするけど、ラーゴなら急に走り出したりとか怖いことにはならない気もする。それにフランツもついているし。

どうしようか迷っていたら、「行こう！」とフランツが手を握ってきた。え？　とびっくりする間もなく、彼の手に引かれて、軽々とラーゴの背まで引っ張り上げられる。

「きゃ、きゃあ！」

なんて言ってる間に、気がついたらラーゴの背に跨がっていた。後ろにはフランツ。さりげなく、腰に手を回されているような気もするけれど、何の支えもなく馬の上に乗るのは怖いので今は気にしないことにしよう。

それにしても。

「うわぁ……!!」

見える景色の変化に、怖さなんてあっという間に吹き飛んでしまった。

視界が広い。視線が高い。緑の草原が遠くまで一望できる。急に巨人になったみたい。

それに、肌を伝ってくるラーゴの体温が心を落ち着けてくれる。大丈夫だよ、と力強くそう言っているように感じられた。

「じゃあ、行くよ」

フランツは左手を私の腰に回して支えてくれながら、右手は手綱を握る。しかしその手綱はただ手を添えているだけで、特に指示した様子もないのにラーゴはクルッと向きを変えた。そして、ゆっくり、トットットというリズミカルな足取りで歩き出す。

「足に力いれないで。両足でラーゴの胴体を挟むようにしてバランスを取るんだ」

ううう、そう言われても。歩く度に上下に揺れるので、ついラーゴの背にしがみつきたくなってしまう。それでも、少し乗っているうちに、少しずつだけど身体の緊張がとけてきた。

ラーゴは私がバランスを崩しそうになるたびに、そちらとは反対側に僅《わず》かに身体を傾けて私の身体を安定させてくれる。ラーゴからは見えていないはずなのに、背中で私の位置を感じてくれているみたい。それがわかってからは、無理やりしがみつくよりもラーゴに身体を預けて任せてしまったほうが安全なんだと思うようになってきた。

だいぶ身体の力が抜けてきた頃。

「そう、上手い上手い。じゃあ、そろそろ走ってみようか」

「え？」

え、これ以上速く走るの？　それはまだ怖……って、言う前にもう走り出してるし!!

ラーゴはフランツの言葉がわかっているかのように彼の言葉にあわせて、ぐんぐん足さばきを速くしていく。それにあわせてどんどん景色が後ろに下がっていった。フランツがすぐ後ろでしっかり身体を支えてくれていたので、思ったほどの不安はない。

それよりも、それよりも……なんだろ、この爽快感《そうかい》!!

あっという間に過ぎ去っていく景色。吹き付ける風圧。

その中を一本の矢のように切り裂いて進んでいく。

ラーゴの身体が自分の身体になったかのように強く大地を蹴って、草原を駆け抜ける。

まるで、風になったのかと錯覚しそうな気持ち良さだった。

ラーゴがスピードを緩めて立ち止まったときにはもう、あの馬の群れが地平線の向こうに見えなくなるくらい遠くまで来てしまっていた。

「どう？　まだ怖い？」

後ろからフランツが聞いてくる。私はブンブンと首を横に振った。

「ううん。初めて乗ったけど……馬って、すごいね」

もっとこう上手い言葉で表現したかったのに、そんな言葉しか出てこない。

「良かった。気に入ってもらえて」

フランツもどことなく嬉しそうに、後ろから手を伸ばしてラーゴの首を撫でる。ラーゴは機嫌良さげに首をあげて嘶《いなな》いた。

元いた場所に戻ってきたときには、既に騎士団の他の皆さんも草原へと集まってきていた。そっか、これから皆で魔物退治に行くんだ。

あんなグレイトベアーみたいな魔物を相手にしに行くんだもの、きっと危険な任務なんだろうな。でも、騎士団の皆さんは、和気藹々《わきあいあい》とした様子で、それぞれの馬に鞍や手綱をつけたり、水を飲ませたりと準備をしていた。

先にフランツがラーゴから降りる。私はいったんラーゴの背に横向きに脚をそろえて座ったあと、フランツに手を支えてもらいながら滑るようにその背から降りた。

スカートの裾を直すと、すぐにラーゴの鼻を撫でてあげる。

「ありがとう。ラーゴ。楽しかったよ」

そう声をかけると、ラーゴも機嫌良さそうに鼻を鳴らしてくる。本当に、優しくて賢いお馬さん。でも、これからお仕事だから、楽しい時間はお終《しま》いだね。

「フランツも、もう行くの？」

ラーゴの元に水桶《みずおけ》を持ってきたフランツに尋ねる。

「ああ。夕方には帰ってくると思うよ」

「うん。……気をつけてね」

そんなこと私に言われなくても当たり前のことかもしれないけど、無事にまたここに帰ってきてくれることを祈って、そう声をかけた。

私はこのあと、何をしようかな。サブリナ様が心配してるかもしれないから、いったん救護テントに戻ろう。そして何か手伝うことはないか聞いてみようと思うの。

みんな何かしらの役割をもってこの騎士団にいるのに、私だけ手持ち無沙汰《ぶさた》なのはちょっと気まずい。もしかしたら誰もそんなことは気にしないのかもしれないけど、何もしないでいるのは自分が役立たずみたいで嫌だった。

でも、私に何ができるんだろう。テオたちの料理を手伝おうかなぁともちょっと思ったけれど、カマドの使い方も何もわからないのに足手まといになっちゃうかもしれない……。

何かできることはないかな。でも、いままでずっと経理畑を歩いてきただけで、こんなサバイバル生活に役立つ知識なんて……と、そんなことを考えていて、ふとあることを思いついた。

「……そうだ」

できること、あったじゃない。経理部で働いていた経験が活《い》かせること。

ラーゴに鞍をとりつけていたフランツの傍に行くと、声をかけてみる。

「あのさ……。フランツ。お金の管理が苦手だって、言ってたじゃない？」

彼は作業の手を止めて、突然何を言い出すのだろうというような意外そうな目でこちらを見る。

「ああ、うん。言ったけど」

「それ、私、力になれるかも。私ね！　ここに来る前はずっと何年も経理の仕事をしてたんだ」

「ケイリ……？」

おおっと、単語が通じなかったか。こっちには経理に相当する言葉はないのかな？　それとも経理っていう仕事自体、まだあまり一般的じゃないのかな。

「会計というか、帳簿というか、そういうの。とにかく、会社のお金を管理する仕事をしてたの」

「え、金庫番？　ほんと？」

おお、そういう風に言うのか。うんうんと頷いた。

「だから、リーレシアちゃんの誕生日プレゼントのお金を貯めるために、何かお手伝いできると思うの。帳簿つける紙と、ペンとかあるといいんだけど」

フランツは鞍のついたラーゴに跨がると、馬上からにこやかな笑顔を向けてくる。

「紙ならいっぱい持って来てるよ。じゃあ、戻ってきたら紙もって救護班のテントに行くよ」

そこにピーっという甲高い笛の音が聞こえてきた。見ると、斑《まだら》模様の馬に乗った五十前後の男性が、ペンダントの笛を鳴らしている。あの人は、確かゲルハルト団長。この西方騎士団で一番偉い人だ。

笛の音に合わせて、周りの騎士たちがそちらに集合していく。

「じゃあ、行ってくるね」

「いってらっしゃーい！」

フランツに手を振ると、彼は笑ってブンブン手を振り返してくれた。ついでに、他の騎士たちも何人かこちらに手を振ってくる。その人たちにも手を振り返して、彼らが行ってしまうのを最後まで見送った。

そのあとはサブリナ様の救護テントで、彼女の手伝いをして一日を過ごした。

ヒーラーは彼女の他にも、この騎士団にはもう一人いるらしい。でも、その人は魔物退治に行く騎士たちに同行しているそう。

サブリナ様を手伝って救護テントの掃除をしたあと、シーツや衣類をカゴに入れて小川に洗濯に行ったり、彼女と一緒にキャンプの周りに生えている薬草を採りに行ったりした。

騎士団の人たちが討伐に出てしまうと、ここ騎士団キャンプは急に静寂《せいじゃく》に包まれる。

残っているのは私たちのほかには、従騎士さんたちや、キャンプに同行している専属の鍛冶師さん、革職人さんなどの後方支援系のお仕事の人たちばかり。みんな黙々と自分のお仕事をしているので、あまり人の話し声も聞こえない。ときおり、森のどこかで声の大きな鳥の鳴き声が聞こえるくらい。

そんな穏やかな一日を過ごしているうち、ゆっくりと時間は流れていく。

空が赤く夕焼けに染まりだしたころ。

しんと静まりかえっていた騎士団のキャンプが、にわかに賑《にぎ》やかになった。

魔物討伐に行っていた、騎士さんたちが戻ってきたみたい。

たくさんの馬の嘶《いなな》きや蹄《ひづめ》の音。それに、ざわざわとした人の声、声、声。

「あ、帰ってきたのかな」

ちょうど救護テントの中で乾いたばかりのシーツを畳んでいた私は、顔を上げて聞き耳を立てる。

いくつもの馬の足音がテントの前で止まったのがわかった。

机で薬草をすり潰《つぶ》していたサブリナ様は立ちあがると、テントの入り口の方へと足早に向かう。

「怪我人だわ」

「……え？」

言われてみると、外のざわざわという人の声はどこか緊迫しているようにも聞こえる。

サブリナ様がテントの外に出ていったので、私もあとを追ってついていった。

外には四頭の馬がいた。周りにはさらにたくさんの人たち。しかも、騎士さんたちの胸当てもシャツも赤黒く汚れ、みな酷《ひど》く疲れた様子だった。つんと、汗と血の匂いが鼻をつく。

馬には、ぐったりと動かない騎士さんが二人乗せられていた。一目で、酷い怪我を負っていることがわかる。

同行していた騎士さんの一人が説明してくれた。

「マンティコアの群れに出くわした。なんとか全部仕留めたが、怪我人も多数出てる。レインはあっちで、ほかの怪我人を診《み》てくれている。でも、こいつらはレインでは止血させるので精一杯でな」

サブリナ様はすぐに、サッと救護テントの入り口を開けた。

「重傷者は私が診ます。さあ、はやくこちらに」

二人の重傷者は救護テントに運び込まれると、空いている簡易ベッドに寝かされる。

一人は肩から背中にかけて鋭く大きな爪《つめ》で裂かれたような傷があった。もう一人は、足を噛まれたのかズボンが裂けて皮膚もめくれ、その下にある肉の部分が見えていた。

その凄惨《せいさん》な様子に、言葉も出ない。朝方、みんなあんなに元気に出かけて行ったのに。だから、元気に帰ってくるんだとばかり思っていた。それが、こんなことになるなんて……。

私は何もできず、おろおろと入り口のところに突っ立っているだけしかできなかった。

サブリナ様はすぐに一人の重傷者のもとに跪《ひざまず》くと、彼の傷に手をかざす。彼女の小さな両手が、ボッと白い光に包まれたかと思うと、さっきまで辛そうに歪んでいた彼の顔が次第に安らいでいった。

そのとき、サブリナ様が患者の方に目を向けたまま、私の名前を呼ぶ。

「カエデ。焚き火のところに行って、お湯を貰ってきてくれないかしら」

声をかけてもらったのに、目の前の光景がショックなあまり動けない。するともう一度、サブリナ様は「カエデ」と静かに繰り返す。

その声に、ハッと我に返って「は、はい」とようやく声を絞《しぼ》り出すことができた。

そうだ。ボーッとしてる場合じゃない。ここに突っ立ってたって、邪魔《じゃま》になるだけ。いつの間にか滲んでいた涙を手の甲《こう》で拭うと、

「お湯、貰ってきます」

そう答えて、救護テントを出た。そして焚き火の方へと走っていく。

……そうだ。みんな、魔物討伐に来てるんだもん。反撃にあうことだってあるだろう。怪我することだってあるだろう。だから、サブリナ様のようなヒーラーがこの騎士団に同行してるんだし。

それだけ、危険な仕事なんだ。命をかけなきゃいけないような仕事なんだ。

どこかレジャーのキャンプ気分だった自分の甘さに、冷や水をかけられたようだった。

そういえば、フランツはどうしたんだろう。無事に帰ってきたのかな。

まさか……。

最悪の事態が頭をよぎって、ゾッと全身の毛が逆立つようだった。

焚き火の周りやあちらこちらに、戻ってきた騎士の人たちの姿が見える。皆、酷く疲れているようだ。いまはフランツを探している場合じゃない。サブリナ様に頼まれたお湯を、すぐに持っていかなきゃ。姿が見当たらないのは、きっと疲れて自分のテントに戻っちゃったからだよ。きっと、そう。そう、自分に言い聞かせるように何度も心の中で呟いた。

焚き火の周りにはパラパラと人の姿が見えるけど、みんなグッタリと疲れた様子で座り込んでいる。明らかに怪我をしているような、痛そうに腕を押さえている人や蹲《うずくま》っている人も見えた。

その間をぬって、焚き火の傍につくられたカマドのところへ真っ直ぐに行く。

カマドの周りには、今は誰の姿も見えない。ただ、カマドにかけられた鍋には何かが煮立っていた。これ、お湯に見えるけど、勝手にもらってっちゃ駄目だよね。

普段カマドの管理をしている従騎士さんたちも、今は怪我人の手当てなどで出払ってしまっているのだろう。

「すみません！　このお湯、ちょっと貰っていってもいいですか⁉」

声を張り上げるが、皆忙しそうにしていて答えてくれる人はいない。

しばらく待っても何の返事も反応も返ってこなかった。このまま、黙って持って行っちゃってもいいのかな。でも、もう一度念のために聞いてみようと息を吸い込んだところで、ポンと背中を叩かれてむせそうになった。

「ああ、ごめん」

振り返ると、そこに見慣れた青年の顔がある。フランツだ。

「フランツ！」

安堵《あんど》と嬉しさで、急に鼻の奥がつんと痛くなった。彼の柔らかい笑顔を見て、張り詰めていた心がフッと緩んだのか、目元がジンワリと熱くなる。

でも、よく見ると彼も無傷ではないみたい。

左耳を覆うように頭に包帯が巻いてあって、耳の辺りの包帯が赤く滲んでいる。左手首にも包帯が見えた。

「……だ……だいじょうぶ？」

なんて痛そうなんだろう。思わずその包帯に触れそうになって、慌てて手を引っ込めた。

フランツの表情には疲れが滲んでいたけれど、それでも小さな笑顔を返してくれる。

「大したことないよ。ちょっと、攻撃を避けそこなったんだ。このくらいなら、ポーションを飲むほどでもない。そのお湯、サブリナ様のとこに持っていくんだろ？」

「うん。重傷の人がいて……」

「俺も知ってる。後方にいたやつらだ。ハサミ撃ちみたいにやられた。マンティコアは、長生きしてるやつは人間並みの知能があるっていうからなぁ。でもあんなにたくさんの数、初めて見た。グレイトベアーの群れも引き連れててさ」

フランツはカマドの横に積み重ねられていた木バケツを手に取ると、鍋から大きな柄杓《ひしゃく》でそこに湯を移す。

「い、いいよ。フランツは休んでて」

「大丈夫だって」

怪我をして、そのうえ疲れている彼にだけそんなことをさせるわけにもいかない。カマドの傍に別の柄杓を見つけると、二人で手分けしてバケツに湯を移し替えていった。

「よし。これくらいでいいか」

バケツ三つに湯を移し替えると、フランツが二つ、私が一つ持って救護テントへと向かう。

戻る道すがら、フランツが教えてくれた。

「たまに、こうやって怪我人がたくさん出ることはあるんだ。そういうときのために、どこの騎士団でもヒーラーの人たちに同行してもらってる。その中でも、一番治癒力が高いのがサブリナ様なんだ」

昨日、彼女に手をかざされたときのことが頭に浮かぶ。ぽかぽかと全身が温かくなり、身体が軽くなった気がした。あの不思議な力で、重い怪我も治してしまうんだろうか。

「そっか……だから、サブリナ様のところに重傷者が……」

「うん。重傷者は優先的にサブリナ様のところにまわされる。あの人ほどの使い手は、王国全土を探してもいないからね」

その他の中程度の怪我人はもう一人のヒーラーが癒やしたり、ポーションで治すことが多いのだという。ポーションっていうのがどういうものなのかよくわからないけど、フランツの口ぶりからすると、飲むと怪我が治る薬みたいなものらしい。

「でも、ポーションは数に限りがあるからなぁ。今回みたいにたくさん怪我人が出ると、俺みたいな軽傷のやつのとこには回ってこないだろうな」

フランツの怪我だって充分痛々しく見えるのだけれど、道すがらすれ違う騎士の人たちを見ていると、確かに他にもっと怪我の重い人がたくさんいそう。

そうやって話しながら歩いていると、すぐに救護テントに辿《たど》り着いた。

入り口の布をあげてフランツとともに中に入ると、ベッドに寝かされている怪我人はさらに増えていた。全部で四人。そのうちの一人の傍らにサブリナ様が跪いて、傷口に手をかざしている。

彼女はこちらに気付くと顔をあげて、少し疲れた様子で微笑んだ。

「ありがとう、カエデ。これで、薬湯が作れるわ。ちょっと待ってね。いま、応急処置だけしちゃってから、薬湯を作るから。アナタにはそれを患者さんたちに飲ませるのを手伝ってもらうわね」

「は、はいっ」

見ると、最初に運ばれてきた二人は、眠っているようだった。さっきまで痛みに呻《うめ》いていたのに、いまは安らかな寝息をたてている。

彼らのズボンやシャツは裂かれたように破れていて血で濡れていたけれど、その下からのぞいていた傷あとは痛々しい肉の色ではなく、薄桃色の新しい皮膚の色をしていた。

すごい……あんなに酷い怪我だったのに。サブリナ様は応急処置だと言っていたけれど、もうかなり治りかけているように見える。

「フランツもありがとう」

お湯を持ってくるのを手伝ってもらったお礼を言うと、彼は「ううん」と笑ったあと、ポンポンと私の頭を撫でてくる。

「あ、ごめん。もう子ども扱いしないって、約束したのに」

そう言って、彼はバツが悪そうに小さく苦笑する。その表情を見ていると、こちらの強《こわ》ばっていた心も少しほぐれてくる。彼の大きな手は、思いのほか温かい。その温かさが、じんわりと心の中も溶かしてくれるよう。ショックで凍《こご》えそうになっていた心を温めてくれたような気がした。

「ううん、嫌じゃないから……ありがとう。もう、大丈夫」

彼の気遣いが、素直にありがたい。だから、感謝の言葉が自然に口をついて出てきた。

「そっか。良かった。じゃあ、俺、もう行くね。あっち手伝わないとだから」

「うん」

なんとか笑顔を返してそう言うと、フランツは、

「また、あとでな」

と言ってテントを出て行った。彼の背中を見送って、入り口の布を降ろす。

よし。私もサブリナ様の手伝いをしなきゃ。さっきまでショックと恐怖でパニックになりそうだったのに、いまは皆の役に立たなきゃ！　と俄然《がぜん》やる気に満ちていた。

それもこれも、フランツのおかげ。心の中でこそっと、もう一度「ありがとう」と呟いた。

マンティコアとかいう魔物は、おじいちゃんみたいな人っぽい顔をしていて、大きなヒヒのような身体をした中型の魔物なのだそうだ。でも、人に近い外見をしているだけあって知能が高く、集団で襲ってくると厄介《やっかい》な相手なんだって。

そんな外見の魔物が襲いかかってくるなんて、想像しただけで夜、眠れなくなりそう……。

そのマンティコアの群れから奇襲をうけ、西方騎士団の騎士さんたちにたくさんの怪我人が出た。

サブリナ様の救護テントにも、重傷者が何人も運ばれてきている。

サブリナ様はいまにも死んでしまうんじゃないかと思うほどの重い傷ですら癒やしてしまうのだから、フランツはじめ騎士団の人たちが彼女に敬意を持って接している気持ちがよくわかった。彼女は、まさしくこの騎士団の守り神……いや、守りの女神なのね。

あのあともう一人のヒーラーさんが診ていた、重傷とまではいかないけれどしっかりと休ませた方がいい怪我人たちも救護テントで様子を見ることになったので、がらっがらだった簡易ベッドはすべて埋まってしまった。彼らのお世話で、サブリナ様ももう一人の男性ヒーラーさんも忙しそう。

私はもちろんヒーラーの力なんて持っていない。ただ、それでも何か力になりたくて、汚れた包帯やシーツを小川に洗いに行ったり、薬草を探したりと細々した手伝いをしていた。

そのたびに、サブリナ様は笑顔で「ありがとう」って言ってくださる。ご年齢的にもずっと働きづめなのは相当に身体の負担になっているにちがいないのに、そんな素振りは微塵《みじん》も見せないで誰に対しても温かな眼差しを送り、気遣い、癒やしてくれる。なんて、素敵で……そして、すごい人なんだろう。

そうこうしているうちに、マンティコアに襲われてから三日が経《た》った。

私は昼の薬湯を救護テントの怪我人たちに飲ませ終わって、カゴに使い終わったコップを入れると、テントの奥にいるサブリナ様に声をかける。

「コップ、洗ってきちゃいますね」

「ありがとう。悪いわね」

「いーえ。……それよりも、ちょっとでも休んでくださいね」

サブリナ様の顔にも疲れが滲んでいた。

「ええ。ありがとう。そうね。みんなだいぶ良くなってきたから、少し休ませてもらおうかしら」

「ぜひ、そうなさってください」

机の椅子に腰掛けたサブリナ様に見送られて救護テントを出ると、小川の方へと足を向けた。

西方騎士団は、このウィンブルドの森に来たときはいつもこの場所でキャンプを張っているみたい。近くには小さいながらも小川が流れ、炊事が行われている大焚き火の近くには簡易的なものだけれど井戸も作られている。だから、水には困らないんだ。

井戸水は飲用と調理専用で、洗い物は小川の水でしなきゃいけないルールなんだって。小川までくると、スカートが濡れないように注意してしゃがんで、傍においたカゴからコップを手に取り、小川の水につける。

冷たい……！　指先がじんとするくらいの冷たさ。だけど、それを我慢して、コップを一つずつ小川の水で洗っていく。

全部洗い終わったら、またカゴに入れて救護テントに戻ってきた。そして、救護テントのそばにある大きな岩の上に、乾かすためにコップを逆さにして並べる。この岩は、シーツを干したり、食器を乾かしたりと何かと便利。

そうやって一つ一つコップを岩の上に並べていたら、背後から足音が近づいてくるのが聞こえた。振り向くとフランツがいた。もう頭にしていた包帯は取れているけれど、耳の辺りにはひっかかれたような傷がかさぶたになっている。

ゲルハルト団長の判断で、怪我人の治療のために数日の間、魔物討伐はお休みになっている。だから、怪我の軽かった人や怪我をしなかった人は、この数日を休日みたいにのんびりと思い思いに過ごしているみたい。

フランツは手に紙の束を持っていて、それをこちらに差し出してきた。

「これ。こないだ、欲しいって言ってただろ？」

はて？　なんだっけ？　と疑問に思ったけれど、少し考えて思い出した。そうだ、三日前に約束したんだった。フランツのお金の管理を手伝ってあげるって。あれから色々なことがあって、すっかり忘れちゃってた。

「そうだ。リーレシアちゃんのためにお金貯《た》めるの手伝ってあげるって言ってたね」

「ああ。でも、今じゃなくていいから。まだバタバタしてるだろうし。とりあえず、忘れないうちにコレを渡しとこうと思っただけなんだ」

「うん。ちょっと待って」

紙の束を受け取ると、救護テントの中を覗いてみる。テントの中は、シーンと静まりかえっていた。見ると、奥の机のところでサブリナ様は机に頬杖をついて眠っているようだった。無理もない。相当疲れが溜まってるはずだもの。

棚の横にハンガーでかけられているサブリナ様のカーディガンを手に取ると、彼女の肩にそっとかけた。

怪我人たちも、動ける人は散歩に出かけたり剣の素振《すぶ》りをしたりと少しずつ身体を動かし始めている。まだ動けない人もベッドで静かに休んでいた。

うん。昼のお薬を配ったばかりだから、夕方までしばらく時間はありそう。できればサブリナ様を空いているベッドに寝かせてさしあげたいけれど、きっと彼女は起こすとまた何か患者のための仕事を始めてしまうだろう。いまは、少しでも寝かせてあげたいと思い、そのままそっとしておくことにした。

救護テントを出ると、外で待っていたフランツのところへ向かう。

「いまなら少しだけ時間もとれそう。フランツ。何か書くモノって持ってる？」

「ああ、うん。これでいいかな」

フランツがズボンのポケットから取り出したのは、黒く細長い石のようなものに布を巻き付けて紐で留めたものだった。黒い先の部分を触ってみると、手にも黒い粉がつく。これ、鉛筆みたいなものなのかな。黒炭か何か？

「こうやって使うんだよ」

フランツは紙の束から一枚とり、コップを乾かしている大岩に当てて支えにすると、その黒いチョークのようなものを使ってサラサラと何かを描きはじめた。

サッサッと迷いのない手付きで何重にも描かれた線は、やがて紙の上に可愛らしい造形を描き出す。

「うわぁ、可愛い！　フランツ、本当に絵が上手いんだね！」

あっという間に、紙の上に可愛らしいリスの絵ができあがっていた。素朴なデッサンだけれど、リスのふわふわとした尻尾や愛くるしい顔がその線のタッチから浮かびあがってくる。

「えへへ。これは、こうやって使うんだよ。字を書くのにも使えるよ」

フランツはそのリスの絵の横に何か文字を書き付けてくれたけれど、残念ながら私にはさっぱり理解できない文字だった。どうやら、話し言葉は問題なく理解できているのに、書き言葉は全然理解できないみたい。

そういえば、救護テントの中の棚に置かれている薬ビンにも、何かよくわからない絵みたいなものが描かれたラベルが貼《は》ってあったっけ。アレも全部文字だったのね。英語の筆記体のような続き文字に似ていて、どこからどこまでが一つの文字なのかすらよくわからない。

うーむ。これは、時間のあるときに誰かにしっかり文字を教わらないと、あとあと苦労することになりそう。

「ここに、何て書いたの？」

フランツが書いた文字のようなものを指さす。

「カーバンクル、だよ。リスよりもうちょっと大きな魔物の名前。ほら、ここに石みたいなものが埋まってるだろ？」

フランツは、そのリスのようでリスじゃないカーバンクルとやらの絵の、額《ひたい》をトントンと指で叩く。

たしかに、そこにはリスにはないアーモンド型の石のようなものがくっついていた。

「これ、実物はルビーみたいな赤い色なんだ。何度か見かけたことがあるけど、可愛いよ。おとなしいし」

可愛いのならぜひ見てみたいなぁ。この森にも棲《す》んでたりするのかしら。

と、それはさておき。

「お金の管理の仕方、だったわよね。フランツは、お金の管理をするためにメモとか帳簿とかつけてたりするの？」

私の質問に、フランツはきょとんとした目で小首をかしげた。

「チョーボ？」

「うん。そう。あの……会計士さんとかが、つけてるような、こんなやつ」

私は紙にその黒チョークで簡単な表を描いてみた。縦に六本線を引くと、その線と線の間に列が五本できる。一番上を横線で閉じると、ほら、簡単な表のできあがり。

「……なにこれ。この線がどうしたの？」

うむ。表というもの自体を見たことがないらしい。まずは、そこからなのね。

表は慣れると使いやすいんだけどなぁ。

まさかこの世界に帳簿や表といったものがまったく存在しないとは思わないけれど、もしかしたら学校とかで習ったりするような一般的なものではないのかもね。

「お金を貰ったときや使ったときに、ここに逐一《ちくいち》記録していくの。そうすると、今自分がどれだけお金を持っているのか、いつ何に使ったのかがすぐにわかるようになるんだ。そうすると、使い過ぎちゃったときはセーブすることができるし、逆にあまり使わないときは、今はこれだけ余裕《よゆう》があるなってわかって安心できたりするでしょ？」

お金の管理で一番大切なことは、現状把握《はあく》。いまいくら持っているかがわかれば、これからいくら使えるのかもわかるし、過去にどれだけ使ったのかわかれば自分の消費傾向も見えてくる。

「へぇ……なんだか難しそうだね」

と、若干引き気味な顔でフランツは言う。

ごめんなさい。慣れないと、難しそうに見えるよね。

だから、彼が慣れるまでは記入を手伝ってあげるつもり。

「まずは日付ね。今日って何日なの？」

こちらの暦《こよみ》はまったくわからないけれど、数字で表すタイプの暦だと記入しやすくていいなぁ。日本の和暦みたいに睦月《むつき》とか神無月《かんなづき》とかじゃ、書きにくいものね。

「えっとね。たぶん、三月二〇日」

「じゃあ、その日付を一番左の列の一番上に小さく書いてみて」

そう言って列の左上端を指さすと、フランツはそこに日付を書き込んでくれた。

ふーん。これがこの世界の数字なんだ。どことなくアラビア数字に似ている。

「それから、その隣の列には『お金をどうしたか？』を書くの。お酒飲んで使ったんだったら『飲み代』とか、買い物だったら『パンを購入』とか。とりあえず、いまは何したわけでもないから『お小遣い』って書いておこうかな。そのさらに右隣の列には金額を書きたいんだけど、ええっと……フランツは今いくら持っているの？」

「へ？　ああ、ちょっと待って」

彼は腰ベルトに提《さ》げた小さな皮袋を手に取ると、岩の上に置いて紐でとじられた口をあける。そこには金色の大きめのコインが一枚と、もう少し小さな銀色のコインが数枚、それに小さな銅色のコインがたくさん入っていた。

そっか、それがお財布《さいふ》なんだね。それにしても、全財産を常に持ち歩いてるのかな。そんなにじゃらじゃら持ち歩くのも大変そう。

「これでいくらあるの？」

「えっとね。金貨一枚と銀貨五枚と銅貨が三二四一イオ」

たぶん、金貨が一番高価で銀貨が次、銅貨は普段使う小銭みたいなものよね、きっと。

「じゃあ、その金額を左から三列目のところに書いておいて。そう、上手上手」

フランツは、一／五／三二四一と記入した。

うん。だいぶ帳簿っぽくなってきたね。

「最後に、一番右端にも、同じ金額を書いておいて。ほら、これでお小遣い帳の第一段階は終了。あとは、お金が増えたら左から三列目に、お金が減ったら左から四列目にそれぞれ記入していって、一番右端には残額……いま、どれだけ持っているかを書くの。もう、いま持っているお金の残額は書き込んであるから、あとは足し引きしていくだけで、いちいちお財布の中身を数えなくても、今どれだけ持っているかが一目でわかるのよ」

今書いたものを簡単にまとめると、縦線六本を引いて、その間の列がそれぞれ左端から『日付』『お金が増減した理由』『増えた金額』『減った金額』『残額』と記入することになる。

「へぇ……すごいな！　なんか難しそうだけど、慣れたらなんとかなる……かな？　面白いね！」

そう言ってフランツは、少年のようにキラキラと目を輝かせた。私にとっては子どものときにつけたお小遣い帳と同じようなモノで目新しくはないけれど、彼は初めて見るようで興味津々といった様子で眺めている。

「さて。最後に一工夫。フランツは、リーレシアちゃんにいくらぐらいのお誕生日プレゼントを買ってあげたいの？」

「えっとね……そうだなぁ。去年遠征したときにアクラシオンの工房へ立ち寄ったら、すごくリーレシアに似合いそうな髪留めが売ってたんだ。細かい銀細工で、真ん中に綺麗な魔石が埋められてるやつ。でも、それは銀貨五枚分くらいしたから高くて買えなかった。あれはさすがにもう売れちゃってるだろうから、似たようなやつがあったら買ってあげたいな。だから、銀貨五枚分くらい」

なるほどなるほど。となると、リーレシアちゃんのプレゼントに回せる予算は、銀貨五枚ということになる。

帳簿をつけながら銀貨五枚分を常に残すように意識しておくというやりかたもあるけれど、たぶんそれだとフランツは途中でお小遣いを使いすぎてしまいそう。

だから、もう一工夫することにしたの。

さっきフランツに書いてもらった行のさらに一つ下の段に、もう一つ書き足してもらうことにした。そこの『何に使うか』の欄を指さす。

「ここに、リーレシアちゃんへのプレゼント代、って書いてみて」

「うん。わかった」

言われたとおりにフランツはサラサラと書き付けていく。さらに『減った金額』のところに銀貨五枚と書いてもらって、『残額』の欄には現在の持ち金額から銀貨五枚分を引いた金額を書いてもらった。

「はい。これでリーレシアちゃんへのプレゼント代銀貨五枚は別にとっておいて、ここに書かれた残りのお金の範囲内で飲み食いしたり絵の具を買ったりすれば、プレゼントはしっかり買えるってわけ」

残りは、金貨一枚と銅貨が三二四一イオだね。

実際の財布の中身とは銀貨五枚分食い違ってしまうけれど、お小遣い帳の残額欄を見ながらあとどれだけ使っていいのかを把握しつつお金を使えば、使いすぎてしまうということも防げると思う。

「ありがとう。うわぁ、まだよくわからなくて上手くできるか自信ないけど……とりあえず、やってみる」

「うん。慣れればサササッてすぐできるけど、慣れないと大変かも。だから、しばらくは書くの手伝うよ」

「すっごい助かる」

そう言ってフランツはアハハと笑ったあと、すっと真顔になって、しんみりした様子で紙の帳簿に視線を落とした。

「これで、ようやくリーレシアにプレゼント買えるな」

「うん。買えるよ、きっと。リーレシアちゃんが喜びそうな、可愛いの買って帰ろうね」

そう私が言うと、ほっとしたようにフランツの表情が緩んだ。本当に妹さん思いなのね。彼が大事に想《おも》うリーレシアちゃん。あの肖像画の可愛らしい彼の天使に、いつかお会いできたらいいな。

幕間《まくあい》一　フランツ

フランツはカエデと一緒に作ったお小遣い帳を大事に持って、自分のテントへと帰ってきた。駐屯地《ちゅうとんち》の一番端にあるそのテントは二人用で、クロードと相部屋だ。クロードとは王立学院の高等部の寮以来ずっと同じ部屋だから、いまさら気を使わなくて済むのがいい。

テントの入り口の布をあげて中に入る。中は両サイドにそれぞれの簡易ベッドがあり、その間に挟まれるように小さな折りたたみテーブルと椅子が一つずつ置かれていた。フランツのベッドは右側。テーブルは書き物をしたりするときに使うためのものだけど、ほとんどクロードが使っていた。

いまもやっぱりクロードはテーブルに向かって何か分厚い本を読んでいる。たぶん、魔法書の類《たぐ》いだろう。

フランツはテントに入るなり、自分のベッドに寝転がった。仰向けになると、さっき作ったばかりのお小遣い帳を眺めてみる。

まだ今日の残高くらいしか書かれてはいないけど、これからこれにしっかり書き込んでいってお金を使いすぎないよう気をつければ、リーレシアへのお土産《みやげ》も買えるのだという。

なんだか嬉しくて、笑みが零れてしまう。ついニヤニヤしていたら、魔法書を熱心に読んでいたクロードが顔をあげて、こちらを気持ち悪そうな表情で見た。

「頭、大丈夫か？」

クロードは元々端的な物言いをするタイプだけど、特にフランツには容赦ないように思う。

「大丈夫に決まってんだろ」

フランツは足の重心を使って、よっと上半身を起こすとベッドに腰掛けた。そして、お小遣い帳をクロードに見せる。

「見て見て。カエデに作ってもらったんだ」

「へぇ……」

クロードも興味を持ったようで、ずり落ちそうになっていた眼鏡を指でくいっとあげるとそのお小遣い帳を手に取った。

「これからこれで小遣いを管理するんだ。そうしたらもう、お前に金借りる必要もないもんね」

前回もその前も、遠征の後半には小遣いがなくなって、クロードに頼み込んでお金を貸してもらったことを思い出しながら、もうそんなことにはならないぞとフランツは改めて心の中で決意する。そのために、これからもカエデに色々と教えてもらおう。

クロードはしげしげとお小遣い帳を眺めていた。そして、妙に感心した様子でこちらに返してくれる。

「こんなにシンプルで、お前みたいな奴でも使いやすそうなものは初めて見た」

クロードは見ただけで、これがどういったものなのかを理解したようだった。ちょっと言外に馬《ば》鹿《か》にしたような口調が混じっていたので、むすっとしながらお小遣い帳を受け取る。

「どうせ、俺は書類全般苦手だよ」

「お前は頭は悪くないのに、大雑把《おおざっぱ》すぎるんだよ。ああ、この前の討伐日誌、書き間違いがあったから直しておいた」

「うっ……ありがとう。助かる」

学院時代からクロードには試験のたびに世話になっていたので、書類や学問のことに関してはまったく頭があがらない。逆にクロードは見た目の線の細さどおりに剣術や体術は苦手なので、そういう部分では自分が教えることもあった。そうやって、お互い苦手なことを補いながら今までやってきたのだ。

フランツは再びベッドに仰向けになると、お小遣い帳を眺めた。そのうちカエデと一緒にこれを作ったときのことを思い出し、やがて彼女の笑顔ばかり脳裏《のうり》に焼き付いていることに気付く。

なぜだろう。彼女のことを考えていると、胸の中がじんわりと温かくなってくる。

初めて出会ったとき、彼女は森の中でグレイトベアーに襲われそうになっていた。黒い瞳いっぱいに湛えられた怯《おび》えの色。帰れないと知ったときの泣きそうな姿に、つい放っておけなくなった。

ひとりぼっちの孤独なら、フランツ自身も痛いほどに知っている。フランツは片田舎の母方の実家で祖父母に育てられた。しかし、十五歳のときに突然、父親であるハノーヴァー伯爵《はくしゃく》に引き取られて王都にある広大な屋敷に連れてこられたのだ。

そのときの、誰に助けを求めていいかすらわからない孤独、寂しさ、不安。懐かしい場所へは二度と戻れないという、諦《あきら》め。

どれも思い出しただけで、胃が鷲掴《わしづか》みにされたように痛くなる。

だから、知らない場所で不安そうにしている彼女を見たとき、つい昔の自分と重ね合わせてしまって、少しでも力になりたいと思ったんだ。

でも、いつからだろう。自分が助けていたつもりだったのに、彼女の存在に助けられている自分がいた。カエデの存在がいつの間にか自分の中で大きくなっていく。

そんなことをぼんやり思い出していたら、再び魔法書を読み始めたクロードがページをめくりながらぽつりと言うのが耳を掠《かす》める。

「随分、嬉しそうだな。お前最近、足繁《しげ》くカエデのとこに通ってるじゃないか」

「え……そんなに頻繁《ひんぱん》に行ってたっけ」

そんなにしょっちゅう行っているつもりはなかったのに、クロードは呆《あき》れたような苦笑を浮かべる。

「魔物討伐に出るときか寝るとき以外は、大体ずっとあっちにいるだろ」

あっちとはカエデのいる救護テントのことを言っているのだろう。

カエデのところに行く以外にも日課のトレーニングをしたり、テオに剣を教えたり、クロードや他の団の友人たちと話したり色々していたはずなのだが、確かにカエデのところにいる時間が一番長いのは間違いないかもしれない。最近は食事もほとんどカエデと一緒にしているものな。いつしかそれが自分の中で自然なことになっていた。

静かなテントの中に、ジジジッとランタンの油が燃える音が聞こえる。

「……カエデがさ」

ポツリとフランツは呟く。

お小遣い帳を眺めながらも、意識はその向こうにカエデの姿を思い浮かべていた。

「うん？」

「……俺が描いた絵を見て、喜んでくれたんだ。可愛い。すごく上手だ、って言って……」

ぼそぼそっとクロードに聞こえるかどうかという声で呟くフランツ。

カエデに初めて自分の描いた絵を見せたとき、彼女は表情をパッと明るくさせて絵を褒めてくれた。可愛い、とても上手だと言ってくれた。

あの瞬間、まるで雷《かみなり》に打たれたように感じたんだ。あの衝撃を自分は一生忘れないだろう。

いままでずっと絵は隠れて描くものだったから、絵を誰かに褒められるなんて想像すらしていなかったんだ。

リーレシアや小さい子に喜ばれることはあったけど、大人に絵を褒められたことは初めてで、咄《とっ》嗟《さ》にどう反応していいのかわからなかった。挙動不審になっていなかっただろうか。思い返してみても自信はない。

絵を描くことは壁画職人や肖像画職人などが生業《なりわい》としてやるものであって、貴族、それも伯爵家に名を連ねる者がやるべきことではない……ずっと、そう言われてきた。特にハノーヴァー家の父はフランツが絵を描くことを嫌っている。自室で隠れて描いていたのがバレて、画材道具一式を捨てられたこともある。それからますます、ハノーヴァー家に居づらくなった。

家から離れたいなら騎士団に入れば良い。そうすれば、残りの人生の半分は家に帰らなくて済むぞと教えてくれたのもクロードだ。

そんなこともあって、王立学院の高等部を卒業したらすぐに騎士団に志願した。

通常、騎士団志望者は中等部を卒業したら従騎士として従軍するのが一般的だから、高等部卒業後に十八歳で従騎士になった自分はかなり遅い方だろう。

まさか、クロードまで騎士団に入るとは思ってもみなかったけど。

遠征中はまるで天国のように思えた。誰も自分を貴族扱いも変人扱いもしないし、絵を描くことを咎《とが》める者もいない。周りの団員たちも基本的に暇な時間は放っておいてくれるので、かなりありがたかった。

だけど、カエデはそれとも違ったんだ。

あんな風に自分の絵を手放しで褒めてくれて、好きだと言ってくれて、感激してくれる。そんな経験初めてで、どうしていいかわからなくて。でも、嫌ではなくて、むしろ嬉しくてたまらなくて。

いつの間にか彼女のことが気になって仕方なくなっていた。

「そんなこと初めてでさ。俺、どうしていいのかわからなかった……」

ぽつりぽつりと胸の内を漏らす。

かさりとページをめくる音。視線だけでクロードを見上げると、彼は珍しく切れ長の目をさらに細めて微笑んだ。

「良かったじゃないか。そういう貴重な相手は大事にしろよ」

ここまで色々と苦労しながら絵を描き続けてきたフランツのことをずっと近くで見て知っているクロードだからこそ、出て来た言葉だった。

こくんとフランツは頷く。

「わかってる。……大事にするよ」

そんなこと、クロードに言われるまでもない。

カエデの存在は、フランツの中でいつしかとても大きなものになっていた。

第二章　美味しい料理は在庫管理から

「うーん。このポーションは、何色だろう？」

倉庫用テントの中で、紙と黒チョークを片手にウーンと唸る。

マンティコアとの戦いで多くの騎士さんたちが怪我をしたあと、結局怪我の治療と休息を兼ねて魔物討伐は六日間お休みになった。

そして、七日目の朝。

ほとんどの騎士さんたちは怪我も治って、再び森の奥へと魔物討伐へ出かけて行った。

このあたりは土地の魔力が強くて、放っておくとたくさんの魔物が発生しちゃうからまだまだ討伐しなきゃいけない魔物がたくさんいるんだって。本当、大変なお仕事だと思う。

そして再び、静かになった西方騎士団のキャンプ。

サブリナ様を手伝って掃除や洗濯、薬草探しなどをしたあと、今日は前から気になっていたポーション倉庫に来てみたの。

ここは救護テントのそばに張られた小さなテント。その中には棚代わりに木箱を積み重ねたものがいくつもあって、そこにポーションと呼ばれる、小瓶《こびん》入りの薬のようなものがたくさん置かれている。

ポーションは魔法の力を帯びていて、特別な修行を積んだ教会の聖職者しか作れないんだって。

種類もいろいろあって、毒に効くものや、食中毒に効くもの。疲労を回復させるものなどなど。中でも一番数が多くて、一番大事なのが、傷を治すポーション。

何度見ても不思議なんだけど、怪我をしている人がこのポーションを飲むと、まるで早回し動画を見ているようにみるみる血が止まって、怪我が治っていく。

といっても中程度の怪我までしか治せないようで、ポーションで治らないような酷い怪我のときはサブリナ様たちヒーラーさんの出番となる。

この地域の魔物をある程度討伐し終えると、西方騎士団の一行はこのキャンプ地を離れて、次の土地へと移るのだそう。

新しい街に着いたらそこの教会に寄ってポーションを仕入れなきゃならないみたい。

今どれがどれくらい残っているのか調べておかなければと、そうサブリナ様がおっしゃるので、その棚卸《たなおろ》しの仕事を買って出ることにしたのだ。

物品の実数を調べる棚卸しの仕事は、経理でも大切なものだった。これをしっかりやっておかないと、買い物なんてできないものね。そもそも経理担当として、在庫数を把握していないのはなんとも気持ち悪いもの。

とまぁ、そんな経理OLの悲しいサガは置いておいて、今私は、ポーションの棚の前で途方に暮れていた。

ポーションは、用途によって色が違う。

青っぽいものが治療用ポーション。紫《むらさき》のものが毒用ポーション。黄色いものが疲労回復用で、緑のものが食中毒用っていうのはサブリナ様に教えてもらっている。

ううん。でも、この薄赤いものはなんだろう。

小瓶に貼られたラベルにはちゃんと用途が書いてあるらしいのだけど、正直言ってどれも同じに見えてしまう。この世界の文字は英語の続け文字のように、さらさらと一筆書きみたいに書かれているから、慣れていないと何とも判別しづらい。

とりあえずよくわからない色のものは、あとに置いておいて。

手に持った紙にポーションごとの数を正の字で書いていき、最後にこちらの数字で記しておくことにする。

こちらの世界の数字はアラビア数字と同じように十個の数字を使って十進法で表す書き方なので、これは案外すんなり覚えられたんだ。まだ、サブリナ様に書いてもらったお手本の数字表が手放せないけどね。

「よし。だいたい終わり」

あとは判別できないポーションをサブリナ様に確認してもらえば、お終いだ。一つ、二つ、三つ……全部で七本もあった。どれも透明度が強く、うっすらと赤かったり、ぼんやり青かったりする。

それらの小瓶を手に持って救護テントに戻ると、テントではサブリナ様が一人で書き物をしていた。誰かに手紙を書いているのかな。簡易ベッドにはいまはもう誰も寝ていない。重傷だった騎士さんたちも動けるまでに回復して、今朝からもう魔物討伐に出かけてしまったから。本当にタフだよね。本当に身体が資本なお仕事だと思う。

「あら。どうしたの？　そのポーション」

サブリナ様は書き物の手を止めて、鼻の上にかけていた小さな丸眼鏡を机の上に置くと、私の持っているポーションを不思議そうに眺めた。

「ああ、えっと。なんだか他のものと色が違うので、何のポーションかわからなくて。持って来ちゃいました」

机の上に一本一本小瓶をおくと、サブリナ様はもう一度眼鏡をかけて、どれどれと瓶のラベルを読んでくれた。

「あら。これは毒のポーションね」

うっすらと赤っぽいポーションの小瓶を手に、サブリナ様が言う。

「え？　これも毒用なんですか。他のはもっと濃い紫をしていたから、同じものだと思わなかったです」

「これはね。おそらく前回の遠征で購入したものね。ポーションは時間が経つと少しずつ効果が薄れていくの。ここまで色が抜けると効力が薄まりすぎて、もうポーションとしては使えないわ」

そっか。ポーションって使用期限があるのね。でも、使い切れずに駄目にしてしまうのはなんだかもったいないなぁ。

他のポーションも見てもらうと、うっすらと青いものは治療用ポーションだった。これもやっぱり購入してからずいぶん日が経ってしまって使えなくなったみたい。

じゃあ、これは在庫リストには入れられないわね。

そうそう。在庫リストを見せたら、サブリナ様は喜んでくださった。一目で何がいくつあるのかわかりやすい、って。

役に立てて嬉しい反面、課題も少し見えてきた。ポーションをちゃんと管理しようと思うと、購入年月日を把握して、古いものから使っていくようにしなきゃ駄目なのかも。

それにしても、使えなくなったポーションはどうすればいいのかな。捨てちゃうのかしら？

そう思ってサブリナ様に聞いたところ、

「みんなが帰ってきたら大焚き火の方に持っていってごらんなさい。きっと、大喜びよ」

そう朗《ほが》らかに笑いながらおっしゃった。

どういうことなんだろう。

言われたとおり、騎士の皆さんが魔物討伐から帰ってきたあと、古くて使えなくなったポーションの小瓶を一抱えにして焚き火の方へ持っていった。

焚き火自体はキャンプのあちこちで焚かれているけれど、いわゆる『大焚き火』という場合はキャンプ中央で焚かれている一際《ひときわ》大きな焚き火を指す。そこは炊事場にもなっているし、多くの団員たちが集まってくる憩《いこ》いの場にもなっていた。

ポーションを抱えて大焚き火のところまで行くと、倒木に腰掛けて他の団員とトランプみたいなカードで遊んでいたフランツがすぐにこちらに気付いて駆けてくる。

「どうしたの？　そのポーション」

「うん。あのね。サブリナさんが、古くなって使えないから、みなさんにって」

その言葉を聞いて、フランツの顔がパッと輝いた。

「え、ほんと⁉」

さらに、話を聞いていたのかたくさんの団員たちがわらわらと周りに寄ってきた。

うわ、なんだ？　なんだ？

「おおー、すげぇ！　毒に、回復に、いろいろあるぞ」

「俺にもくれよ！」

「ちょ、押すなって。早い者勝ちじゃないだろ？」

なんだか、押し合いへし合いのてんやわんやになっちゃったよ？　ポーションを持った私の周りにはすっかり人だかりができて、みんな我先にと手を伸ばす。

そこに、フランツがよく通る声で制した。

「ちょ、待ってください！　数が限りあるんだから、ここは公平にしましょうよ」

その言葉に、そばにいた中年の団員がにやっと笑って返す。

「ここは、やっぱアレだろうな」

「そうです。俺ら騎士団員なんだから。アレで決着つけましょう」

へ？　アレってなに？　騎士団員だから、アレで決着ってなに⁉

「まさか……決闘⁉」

ついうっかりそんなことを口にしてしまったら、いつの間にか隣に来ていたイケメンが淡々《たんたん》とした口調で教えてくれた。

「決闘は、御法度《ごはっと》だ。特に遠征中に行えば、除隊もありうる」

長い銀髪を肩のあたりでゆるっと束ねている細身の男性。正騎士のクロードだ。

「……ですよねぇ」

彼はフランツと同じテントで寝起きをしているとかで、どうやら二人は仲がいいみたい。よく一緒にいるのを見かけるもの。いや、そんな特別な意味じゃなく、ね？

どちらかというと賑やかなフランツと、笑ったところなんて一度も見たことがない、もしかして精巧に作られた人形なんじゃないの？　なんて疑いたくなるほど無表情なクロード。

その二人が気が合うのは意外な気もするけれど、自分とは違うタイプの方が上手くいくってやつなのかしらね？

それから団員さんたちみんなで、わいわいと森の外へと移動することになった。

どこへ行くのかと思ってついていくと、そこはこの前フランツにラーゴへ乗せてもらったあの草原だった。

爽《さわ》やかな風が丘の上を駆け抜け、髪をもてあそんでは通り過ぎて行く。

斜面を下った先にはずっと先まで草原が広がっているのだけど、いまはその地面に一本の真っ直ぐで長い線が引かれている。その線の手前に、馬たちが興奮した様子で一列に並びだした。

さらにその馬たちの上には、馬以上に興奮してんじゃないの？　と疑いたくなるほど元気な騎士団の皆さんが乗っている。

フランツは、当然のようにその列のど真ん中でラーゴに乗り、こちらににこやかにブンブンと手を振っていた。それに手を振り返していると、クロードが静かな声で教えてくれる。

「決闘は御法度だから、我々は争いが起こったときは別の方法で決着をつけることにしている。それが、これだ」

「えっと……レース？」

「そうだな」

へぇー。それは、ずいぶん平和的な解決方法だね。

たしかに、これだけたくさんの人が野外で共同生活していたら多少なりと揉《も》め事《ごと》も起こるだろう。そんなとき、ケンカしたり、まして決闘なんてしていたら団の中の秩序が守れないものね。

「……え、でも、あれ？」

ちょっと待って。スタートラインに並ぶ騎士さんたちの列の左端にいる人。あれは、もしかしてゲルハルト団長じゃないの⁉　団長も参加してるの⁉　ポーション欲しさに⁉

あれ！　あれ！　と団長を指さしてクロードに尋ねると、彼は深く大きく頷いた。

「あの人は、酒に弱くてすぐに二日酔いになるからな」

いや、ちょっとよく意味がわからないんですけど。

「そういえば、クロードさんはレースには参加しないんですか？」

あの馬の数を見ると、正騎士さんはかなりの人数が参加してるんじゃないだろうか。だけど、クロードはレース自体には特に興味もなさそうに眼鏡を指の腹で押し上げる。

「馬鹿騒ぎは好きじゃない。それに、私が出なくても、どうせフランツが何か持って帰ってくるだろうしな」

そんなことを話している間に、スタートラインの端に立っていた従騎士さんがピーと甲高く笛を吹いた。

それを合図に、馬が一斉に走り出す。

これだけの馬が一斉に駆ける音は、まるで地鳴りのようだ。私たちが立っているこの丘にまで振動が伝わってくる。

馬たちはほぼ一列に並んで走っているけれど、すぐに二頭の馬が列から抜け出した。

フランツの乗るラーゴと、ゲルハルト団長の乗る斑《まだら》の馬だ。

「うわぁ……」

二頭の馬は、他の馬たちをぐんぐん引き離して駆けて行く。同じくらいの速さに見えた。

そして、二頭はほぼ同時にゴールラインを越えた。

少し遅れて、他の馬たちもバラバラとゴールしていく。

「行ってみよう」

「は、はいっ」

丘を駆け下りるクロードの背中を追って、足にスカートをひっかけないように裾を摘《つま》みあげるとついていった。

ゴールラインの周りに、レースを終えたばかりの騎士さんたちが集まっている。フランツと団長も、まだ馬に乗ったまま。

みんな、ゴールラインの傍に立っていたテオに注目していた。

テオはみんなの視線が自分に向けられているためか恥ずかしそうにモジモジしている。

そのとき、彼の周りにヒュンと何か小さなものが飛んできた。その小さなものはテオの周りを何周か回ると、彼の肩にふわりと舞い降りる。

はじめは虫か何かが飛んできたのかと思ったの。でも、近づいてよく見ると虫じゃなかった！

なんとそれは、人の姿をしていた。私の手の平くらいの大きさしかない小さな少女。その少女の背中にはギンヤンマのような薄く透明な羽があって、その少女自身も半透明な身体をしていた。

半透明な身体に、半透明なワンピースの小さな少女。彼女は広げていた羽をペタンと畳むと、テオの肩の上で背伸びをして、彼の耳に何かをこそこそっと耳打ちした。

彼女の内緒話を聞いて、テオはウンと少女に頷く。

「シルフの見立てでは、さっきの勝負。団長の勝ちです！　二番が、フランツ様！」

その言葉に、わーっと団員の皆が沸き立つ。団長は、馬の上でガッツポーズをしていたし、フランツはがっくりと肩を落としていた。

団長、さすがこの西方騎士団で一番偉いだけあって、実力者なのね。それに、フランツもとても速かった。正騎士さんたちだけで比べれば、断トツのトップだったもの。

フランツっていつも気さくに接してくれるけど、本当はすごく実力のある人なのかも。

シルフと呼ばれたその半透明の小さな少女は、もう用が済んだとばかりに羽を広げるとクルクルと回りながら空に飛びあがった。そして頭上遥か高くまで昇ると、ピューッと一直線に森の方へと飛んでいって見えなくなる。

「シルフ、ありがとー」

テオが森に手を振ると、ひゅるっと小さく風が鳴った。それはまるで、「またね」と風が言っているようにも聞こえた。

そのとき、フランツがこちらに気がついて、ラーゴに乗ったままトコトコとやってくる。

ちょっと気落ちしたようにも見える彼を、私は笑顔で迎えた。

「お疲れ様。フランツ、すっごく速かったね！　格好よかったよ！」

そう声をかけると、彼は一瞬きょとんとしたあと、

「……あ、ありがとう」

そうポツリと返してきた。そして、急にどぎまぎとこちらから目を逸らす。ちょっと顔が赤くなっている気もする。

あれ？　いつも陽気にお喋りな彼が、いつになく無口になってる。そんなに、二番だったのが悔《くや》しいのかな。

どう会話を続けて良いのか困っていたら、クロードが助け船を出すようにフランツに声をかけた。

「あとはポーションの配布だろ。ほら、団長はもう貰ったみたいだから、お前も貰ってこい。お前が自分の分を取らないと、下の順位のやつが取れないだろうが」

クロードに言われてフランツは「う、うん」とまだ落ち着かない様子でこちらに背を向けると、景品のポーションが置かれた草原の片隅へとラーゴを走らせて行った。

どうやら勝った順番に、自分の好きなポーションをもらえるルールみたい。

それにしても、なんだか元気のなさそうなフランツのことが少し心配になる。

さっきまであんなに元気そうにしてたのにね？

「どうしたのかな、フランツ。走って疲れたのかな」

フランツと親しいクロードなら何かわかるんじゃないかと思って彼に尋ねるものの、彼は口元にかすかに苦笑を浮かべた。

「たいしたことじゃない。あいつがあの程度で疲れるはずはないが……まぁ、あれだ。慣れてないんだろう。あいつの問題だから、気にしなくていい」

そう言われても、気にならないはずもない。

「慣れてない、って？」

「人にまっすぐな好意を向けられることに、かな。アイツも育った環境が複雑だからな」

それ以上はもう、クロードは何も教えてくれなかった。

そして、その日の晩はいつもより少し賑やかだった。

夕食後、大焚き火の周りに団員のみんなが集まって談笑している光景はいつもと変わらないはずなのに、みんないつもより楽しそう。

その理由を、フランツが教えてくれた。

「見てて」

レースで見事二番を勝ち取ったフランツが手に入れたのは疲労回復用のポーションだった。といっても、元々は黄色をしているはずのそのポーションは、古くなったためほとんど透明に近い色になっている。

フランツは井戸水の入ったカップをこちらに渡してきた。何がなんだかわからないままにそれを手に持っていると、彼はポーションの小瓶を開けて、カップの水の中にその中身をとぽんと注いだ。

すると、カップの水のなかからしゅわしゅわしゅわしゅわとたくさんの泡が湧いてくる。

「それ、飲んでみて」

フランツに言われて頷くと、おそるおそる口をつける。

するっと口の中に入り込んできたのは、甘みだった。次に、しゅわっと口の中で泡が弾ける。

うわぁ、これ、炭酸ジュースみたい！　しかも、甘さはほんのり。しゅわしゅわは結構強い。そして、馴染《なじ》みのある炭酸ジュースよりも、もっとフルーティで風味豊か。少しアルコール味《み》も感じる？　私の知ってるもので近い味を探すと、炭酸多めのスパークリングサングリア、かな。とにかく美味しい。

「な？　面白い味だろ？　ポーションだけ飲んでもこんな味にはならないんだけどさ。でも、一応ポーションとしての効果も多少残ってるから、疲れとか体力回復にもいいんだよ」

そっか。遠征中だと飲み食いできるものは決まっているものね。エールやワインといったアルコールも、街に行かないと飲めないみたい。だから、みんなあんなに必死になってポーションを欲しがったのね。

ちなみに、団長は毒消しのポーションを貰って、ほくほくしてるのをさっき見かけた。あれは、二日酔いを治してくれる効果があるんだってね。これで街に行っても、美味しくお酒が飲めるよね。

このポーション水も美味しくて、ついコクコクと何口も飲んでいたらあっという間にカップの中身は半分以下になってしまった。

「あ！　ごめんなさい！　つい美味しくていっぱい飲んじゃった。これ、フランツのだったのに」

慌ててカップを彼の胸に突き返すと、彼は笑う。

「それは、カエデの分。まだポーションあるし。どうせ、みんなで飲むんだ」

フランツはもう二つカップを貰ってきて井戸水を入れると、そこにポーションを注いだ。そして、一つのカップは焚き火の傍で食器拭きをしている従騎士のテオに渡す。そのあと、ポーションの小瓶ごと向こうで他の団員と話していたクロードに渡してしまっていた。そうやって、独り占めせずみんなで分け合うみたい。

単調な遠征生活の中の、ちょっとした楽しみの一つなんだね。だから、今日はどことなくはしゃいだ空気が漂っているのだろう。

カップを片手に戻ってきたフランツと、焚き火にあたりながらポーション水を楽しんだ。しゅわっと口の中で溶ける甘さが、なんだかとても懐かしくもありつつ、新鮮でもあった。

＊　＊　＊　＊　＊

それから、しばらくして。

西方騎士団はいよいよこのキャンプ地を離れて、別の場所へと移動することになった。この世界に来てからずっとこの森で暮らしてきたから、他の場所に移るのは不安もあるけど楽しみでもある。この森の外には、どんな景色が広がっているんだろう。

移動のための荷造りは早朝、いつもより早めの朝ご飯を食べてから始まった。

私はもちろん、救護班の荷造りのお手伝い。

簡易ベッドは畳んで重ねる。棚代わりに使っていた木箱には薬類を入れ直してしっかり蓋《ふた》をした。食器やランプも木箱にしまって。最後に、救護テントを騎士さんたちにも手伝ってもらいながら解体した。あんなに大きなテントも、解体してしまうと支柱と布の束だけになってしまうのね。

「よし。これでなんとか一通り終わりましたね。ご苦労様」

テントの布を紐で結びながら心地の良いバリトンボイスで労《ねぎら》ってくれたのは、この騎士団に同行しているもう一人のヒーラー、レイン。

三十代半ばだという彼は、綺麗に切りそろえた茶色い髭《ひげ》が印象的なおじさまなんだ。その茶色い瞳はいつも優しげで、ふるまいも紳士的。でも騎士団の遠征に毎年同行してるだけあって、ゆったりと上品に着こなしたシャツから伸びる腕はほどよく引き締まっている。きっと若い頃はすごくモテたに違いない。

ヒーラーとしても、サブリナ様ほどではないにしろ、かなり力のある人らしい。でも、王都に奥さんと子どもを置いてきている単身赴任《ふにん》なので、二人の肖像画を胸のペンダントに入れてこっそり眺めているのをよく見かける。大好きな家族と半年会えないって、辛いだろうな。

「さあ。あと一息です。さっさと積み込んでしまいましょうか」

「はい！」

二人で手分けして荷物を荷台に積み込んでしまえば、救護班の荷造りは完了！

ちょうどすべてを片付け終わったところに、団長たちとの幹部集会に出ていたサブリナ様が戻ってきた。

「あら、もう終わってしまったのね。手伝おうと思っていたのに」

「力仕事は、私だけで充分ですよ、マダム。それに今回はカエデも手伝ってくれたので、あっという間に終わりました」

「そう。カエデもありがとう」

サブリナ様にも労われて、私はブンブンと首を横に振った。そんな滅相《めっそう》もないです。ここに置いてもらってるんだから、手伝えることはなんでも手伝いたいんです！　って言いたいけれど、そういう伝えたいことに限って素直に口から出て来てくれない。

でもサブリナ様はそんな私の心も知っているのか、ますます目尻《めじり》を細めて、

「無理しなくてもいいのよ。あなたは、ここにいるだけでいいんだから」

そう優しく言葉をかけてくださった。

そのあと荷馬車を牽《ひ》く馬に水を飲ませたりしていると、ピーッと笛の音が聞こえてきた。団長の笛の音だ。それを合図に、出発を待っていたみんなが一斉に動き出す。

「マダムもカエデも乗ってください。そろそろ移動が始まりますよ」

もうレインは御者席《ぎょしゃ》に腰掛けて馬の手綱に手をかけている。

サブリナ様に手を貸して先に荷台に乗ってもらい、私もあとについて登った。荷台のあちこちにモノが積まれているので、荷物と荷物の間の隙間《すきま》に入り込むようにして座る。

「さぁ、行きますよ」

かけ声とともにレインが手綱を引くと、荷馬車がごとごとと揺れ始めた。

「う……」

木の車輪は衝撃なんてまったく吸収しないようで、地面のゴツゴツがダイレクトにお尻に響いてくるみたい。これは、お尻痛くなりそうな予感。

他の騎士団の人たちや後方支援の人たちも、もうすっかり支度を終えて、みんな一斉に移動を始めている。

はじめ、馬たちはバラバラと広がりながら同じ方向に歩いていたけれど、次第に一本の列になっていく。列が整ったくらいから、前の馬に合わせて少しずつ馬の走るスピードが速くなってきた。やがて駆け足に変わる。

結構なスピードだ。地響きのようなたくさんの馬の蹄の音と振動。それが一斉に森の中を移動していた。こんな迫力のある移動は初めて。

そうやって、しばらく森の中を列を作って走っていたけれど、前の方から一頭の馬が速度を緩めてこちらの荷馬車に近寄ってくるのが見えた。

フランツと、彼の馬のラーゴだ。

フランツはこちらの荷台の傍に馬をつけると、並んで走りながら声をかけてくる。

「どう？　お尻痛くない？」

「う……もう既にちょっと痛くなりつつあるかも」

そう答えると、彼はハハハと笑った。

「そうだよね。俺も、馬に乗るより荷台に乗る方がこたえるもん。森の中は足場が悪いから揺れるけど、森を抜けたら揺れも少なくなるからそれまでの我慢だよ。それより、ほら、見て」

フランツが荷馬車の向こう側を指さす。そちらにはいつもと変わらない森の木々が続いていた。

フランツが何を指し示しているのか、よくわからない。

そのとき、御者席のレインが手綱を少し引いた。馬の速度が緩まる。併走《へいそう》しているラーゴも同じくゆっくりとした走りになった。

「よく見てごらん。なんか翠色のが見えるだろ？」

「え？」

フランツが指さす方向にじっと目を凝《こ》らしていると、一瞬、ひゅっと翠色のものが視界を横切った気がした。

え？　なにアレ？

よく見ると、こちらの馬車に併走するように、ひゅんひゅんと翠色の小さなものが騎士団の列の進むのと同じ方向に跳んでいく。木々の間を縫うように何か翠色の小さなものが見えていた。

ふいに、その一つが木の枝の上でピタッと止まる。

「……わぁ！」

な、なにあれ⁉　荷馬車はすぐに通り過ぎちゃったけど、大きなリスみたいな生き物が、クルッとした黒いアーモンド型の瞳でこちらを見ていたのがわかった。

「カーバンクルの群れだよ。あいつら好奇心旺盛だから、わざわざ俺らを見に来たんだ」

「あれが……カーバンクル！　カーバンクルってたしか、この前、フランツが描いてくれた」

「うん。そう。実物は、もっとかわいいだろ？　好奇心が強いだけで、襲ってきたりはしないよ」

緑のカーバンクルたちが、こちらの列と併走するように木々の間をぴょんぴょん跳んでついてきていた。

そのうち一匹が、ぴょんとこちらの荷台に跳び乗ってくる。続いて、二匹、三匹と乗ってきた。

後ろ足で荷物の上に乗って、きょとんとしたように小首を傾げる様は、まるでぬいぐるみのよう。翠色の体毛に、モフモフした大きな尻尾。額のところには、赤いルビーのようなものがついている。

手を伸ばしてそっと尻尾に触れると、その子はゆらんゆらんと尻尾を振ってこちらの手に擦り付けてきた。なんて人なつっこいんだろう！

手に触れたその感触は、綿菓子のようだった。ふわっふわ。

カーバンクルたちは荷台の荷物や私たちの匂いをひとしきりクンクンと嗅《か》いだ後、来たときと同じように一斉にピョンピョンと森の木々の方へと戻っていった。

カーバンクルの群れと別れて、西方騎士団の一団はさらに森の中を走って行く。

そうこうしているうちに、突然景色が一変した。

森の木々が途切れ、目の前に大きな平原が姿を現す。

遠くには高い山が連なっていて、頂上付近は雪で白くなっていた。

平原の左手には、大きな湖も見える。風が吹くと湖面がキラキラと輝き、白い水鳥の群れが一斉に飛び上がった。

そんな雄大な景色の中を、一つの筋のように西方騎士団の列が続いている。

次に行くところは、どんな場所なんだろう。どんな街や村に立ち寄るんだろう。

私はわくわくと胸が高鳴ってくるのを抑えられなかった。

それから、西方騎士団の一行は何日もかけて移動していった。

荷台の外に広がる景色は少しずつ少しずつ変わっていく。

広い湖の横を通り過ぎ、森を抜け、見晴らしのいい丘を越えて。

しだいに周りに見えていた木々が低くなり、気温も低くなってくる。

石の多いごつごつした地面に、上《のぼ》ったり下ったりと傾斜が続く大地。周りには高い山々が取り囲むようにそびえる場所までやって来た。

前にいたキャンプ地は森林地帯だったけれど、ここらへんは山岳地帯なのかな。

荷台の上でじっとしていると肌寒くて、鳥肌がたってしまう。身体を温めようと思って両手で腕をこすっていたら、ふわっと肩に温かなものがかぶさった。

手に取ると、それは手編みのショールだった。とても細やかな模様が描かれている、厚手のショール。

顔を上げると、いつの間にかすぐ傍にサブリナ様の姿があった。さっきまで荷台の少し離れた所に座ってらしたはずだけど、わざわざこちらまで来てくれたみたい。彼女の穏やかな眼差しが私のことを気遣ってくれているのがわかる。

「だいぶ気温が下がってきたわね。でも、いつも駐屯している場所はもうすぐのはずよ」

「はい。このショールも、あったかい……あ、でも、お借りしちゃったらサブリナさ……んが！」

つい、様と言ってしまいそうになって、慌てて言い直した。

すぐにショールを返そうとすると、その手をサブリナ様が制する。

「私は何枚も持っているから、大丈夫よ。ほら」

彼女はこちらにくるっと背中を向けて見せた。たしかに、彼女の肩にも温かそうなショールがかかっている。でも私がかけてもらったものの方が厚そう。だからせめて交換しましょうと言うと、彼女はウフフと笑った。

「私は北の方の生まれだから、寒さには強いの。このくらい、なんともないわ。それよりも、ほら、ようやく着いたみたいよ」

サブリナ様が列の前方を指さす。前を行く馬や荷馬車たちが次々に立ち止まっているのが見えた。

そっか、ここが次のキャンプ地なのね。

周りには高い山々がそびえ、硬そうな岩の大地には背の低い草が覆い繁っている。その間を、岩を削るようにして細い小川が幾筋も流れていた。

「ここはね。ロロア台地。別名、青の台地というの。西方騎士団の担当地域の中でもっとも北にある場所なのよ」

「青の台地……」

　空と、大地と、山。それが視界いっぱいに広がっていた。

　キャンプ地に着くと、休む間もなくすぐに設営作業開始となった。

　そりゃそうだよね。テントを張らないと、休む場所もないもの。

　やり方は、前のキャンプ地で荷造りをしたときとは逆の行程になる。レインと協力して荷馬車からすべての荷物を下ろしたら、いよいよテント設営！

　救護テントの他に、倉庫用と寝泊まり用の小さなテントも張らなきゃならないんだ。

　寝泊まり用のテントは一個しかなくて、いままではいつ急患がきてもいいようにと、サブリナ様とレインのどちらかは救護テントで寝るようにしていたみたい。

　私はサブリナ様と一緒のテントで寝るようにしているの。彼女が救護テントで寝る日は私もそちらに、彼女が寝泊まり用のテントで寝るときは簡易ベッドを持ち込んで一緒にという風に。

　いくら既婚者とはいえ、成人男性のレインとは一緒に寝泊まりできないものね。

「こっち持っててくれるかな」

「は、はいっ」

　レインに渡されたとおりに数本の支柱を組み合わせて持っていると、彼はロープで手際《てぎわ》よく支柱同士を固定してしまった。そうやって骨組みを作った後、他の人たちにも手伝ってもらって骨組みを地面に立てて、そこにロウで防水加工されたテント用の布を被《かぶ》せる。さらにロープを四方に張って地面に固定するとテントのできあがり！

　レインをはじめ多くの団員さんは何度も遠征しているだけあって慣れているんだろうね。あっという間にテントが組み上がっていく。

周りを見渡すと、あちらこちらで騎士さんや従騎士さんたちが自分たちの使うテントを組み上げていた。何もなかった台地にどんどんテントが立っていく様子は見ていて何とも面白い。

そんな風に皆さんの設営スキルに目を見張っていたら、サブリナ様が簡易ベッドを一人で組み上げはじめていた。

「あ、お手伝いします！」

急病人や怪我人がたくさん出たときのために、簡易ベッドはいつも多めに用意してあるんだ。

簡易ベッドの構造は至ってシンプル。四方を細い棒で囲ってその中に皮が張ってあるものが床板で、これはそのまま前のキャンプ地から重ねて運んできている。その四隅に脚をつけてロープで固定すれば簡易ベッドはできあがり！　なのだけど、これがなかなか難しい。サブリナ様の手元を観察して私も見よう見まねでやってみるのだけれど、ロープがすぐに緩んでしまってうまく固定することができないでいた。

「私も、最初のころはなかなか上手く結べなくてね。でも、すぐに慣れてできるようになると思うわよ」

「はい。頑張ってみます」

と、威勢良く返事をしたものの、結局私は一台もまともに組み立てることができなかった。慣れるしかないとわかっていても、あまりにお役に立てなくて申し訳なさでいっぱいになる。

テントと簡易ベッドが組み上がったら、あとは前のキャンプ地と同じように棚代わりの木箱を積み重ねて、そこへ分類ごとにポーションや薬、治療用の器具類をしまっていけば救護班の設営はできあがり。

「ふぅ。一息入れますか。お茶でも淹《い》れたいところですが、あっちの方はまだ時間がかかりそうですね」

レインが額の汗を拭いながら、キャンプ地の中央へと目をやった。

そちらには既に大焚き火が組み上がっていたけれど、カマドの設営は手間取っているのかまだ終わっていないみたい。

大焚き火のそばに見える金色の髪の少年と背の高い騎士さんは、きっとテオとフランツね。何の作業をしているんだろう。

「私、あっち手伝ってきます。終わったら、お湯、もらってきますね」

「え？　あ、少し休んでてもいいんだよ？」

レインが驚いたように言うけれど、サブリナ様はころころと笑う。

「好きなようにさせておあげなさい」

「はぁ……」

そんなやりとりをあとに、私はテオとフランツの方に向かった。

あちこちにテントが立つその景色自体は前のキャンプ地と変わらないのに、周りの背景が森から山岳地帯に変わっただけでかなり雰囲気が違って見えるから不思議。

ここは『青の台地』というらしいけれど、別に地面が青いわけでもない。地面も、周りにそびえる山肌もこげ茶色で、見上げる山のてっぺんには白い雪がかぶっていた。

何が『青い』んだろう？　青いものなんて、見当たらないけどなぁ。

そんなことを思いながら、大焚き火の方へと歩いて行く。

「フランツ！　テオ！　何か手伝おうか？」

火がつき始めた大焚き火のそばに立っていた二人が、こちらを振り向いた。

「ああ。そっちはもう終わったの？」

フランツに聞かれて、大きくうなずく。

「レインがね。あっという間に済ませちゃったの」

そう答えると、彼はアハハと笑う。

「あの人は遠征回数多いからなぁ。手際が違うよね」

「そっちはどうなの？」

「うん。俺たちのテントももう組み上がったよ。ここのカマドももうそろそろできあがるんじゃないかな」

カマドの方に目をやると、あれ？　数人の従騎士さんたちに交じって一人背の高い背中が見えるなぁ。と思ったら、あの銀髪はクロードだ。

そばに見に行くと彼は、どうやったらそんなことできるんですか？　と思うほど、きっちりと隙間なく石を組み上げていた。神経質そうな見た目どおり、正確さを好む性格なんだろう。ちょっとした歪みすら許さない、っていう雰囲気が漂ってくる。

これは、私が手を出したら余計に崩しちゃいそう。

「クロードは、従騎士やってたときは調理班にいたんだ。そのころからカマド組みはずっとこいつの担当だったの。いまはもう違う班なんだけどさ、こいつほど精巧にカマド組めるやついないからついつい手を出しちまうんだとさ」

フランツに言われて、クロードは顔を上げるとクイッと指で眼鏡を持ち上げてこちらを見た。

「どうせほかの人が作ったところで、粗《あら》が気になって私が組みなおしてしまうからな。初めから手を出した方が、無駄がなくていい」

そう言いつつも、全部自分でやっているわけではないようで、傍にいる従騎士さんたちにあれこれ実演を交えながら教えてあげているようだった。

「それが組み上がったら、あとは荷馬車から食材を下ろして保管庫に移せばいいか？」

フランツの言葉にテオは頷く。

「はい」

「よし、じゃあそっちを手伝うか」

調理班の荷馬車は焚き火から少し離れたところに止めてあった。食料保管用のテントもそちらにあるみたい。そっか。火に近い所に置いておいたら、食材が傷《いた》みやすくなっちゃうものね。

荷馬車には、イモ類や根菜、それに前に仕留めた魔物の肉、パンなどがそれぞれ大きな麻袋やタルに入れられて積まれていた。さらにその隙間を埋めるように木製カップやシチュー皿もいっぱい。

最初に手に取ったのは、一番手前に置かれていた肉の入った袋だった。

手に取って驚いたんだけど、袋全体がヒンヤリと冷たくなっている。中を見てみると、袋の中の肉はすべてカチカチに凍っていた。

「え……え？　これ、凍ってるの!?」

冷蔵庫どころか電化製品もなさそうなのに、なんでお肉がこんなにカチカチになってるの？

驚いていると、フランツが教えてくれた。

「ああ、それ。クロードが凍らせたんだよ。あいつ、氷魔法が使えるんだ」

なるほど！　魔法か！　そんな便利なものがあるのね!!

その魔法で、生ものが腐らないように凍らせて保存してるんだ。

「魔法かぁ。どうやって使うんだろう。使ってるところ、いつか見てみたいなぁ」

つい願望が口をついて出てしまうと、フランツがクスリと笑った。

「気が向いたら見せてくれるんじゃないかな。あいつが空に向かって氷魔法を放つと、キラキラしてキレイなんだよ。めったにやってくんないけど」

それはぜひとも見てみたい。今度、暇そうなときに頼んでみよう。迷惑そうに眉間《みけん》へ皺《しわ》を寄せられるのが関の山かもだけど。

「そういえば、フランツも何か魔法を使えたりするの？」

この世界で魔法というものがどの程度一般的なものなのかはよくわからない。でも、サブリナ様のヒーリングの力も魔法の一種のようだし、テオが呼び出したあの半透明の小さな少女もそういった不思議な力によるものみたい。そう考えると、この騎士団には魔法が使える人は多いのかも。

つい期待を込めた目で彼を見ていると、フランツはどこか照れ臭そうに頬を指でかいた。

「俺の場合は、戦いにしか使えないものなんだ」

「そうなの？」

「うん。俺のは、前衛に向いた力なんだよ。剣に魔力で力を付与して、それで斬り込んでいく。そうすると、普通に斬るよりも攻撃力が何倍にもなるんだ。でも、クロードみたいに派手な力じゃないんだよな」

フランツはクロードの魔法と比べて地味なことを気にしているようだったけど、彼の話を聞いて一番最初に感じたことは『危なそう』だった。それって、魔物の一番近くに行かなきゃいけない役目ってことだよね。

前に草原で馬のレースをしてたのを見たときも思ったけど、フランツはほかの騎士さんたちと比べても一際高い身体能力を持っているようだった。それは訓練の賜物《たまもの》なのかもしれないし、生まれつきの素質もあるのかもしれない。

だからこそ、前線で真っ先に切り込んでいく役割は彼にあっているんだろうし、彼の能力が一番活かせるポジションなのだろう。でも、それは危険と一番隣り合わせになる仕事でもある。だから心配にもなるけど、その一方で、純粋にかっこいいなとも感じた。

きっと彼はとても強いのだろう。

私がグレイトベアーに襲われたとき、最初にそばに来て助けてくれたのは彼だった。あんなに狂暴な熊の胸に深々と刺さったロングソード。あれは彼がいつも魔物討伐に行くときに腰に提《さ》げている剣と同じものだった。あの魔物に襲われたとき、一番近くで助けてくれたのは彼なんだ。

「すごいなぁ」

肉の袋を下ろしおえて、今度は根菜の袋をフランツと一緒に持ち上げているとき、ポツリとそんな言葉が漏れた。

「……え?」

聞き返してくる彼に、今度は彼の顔を見ながらもう一度言う。

「危なそうだけど……。かっこいいなぁって。最初に会ったとき、真っ先に私を助けてくれたのもフランツだったものね。あのときのお礼、まだちゃんと言えてなかったのを思い出したの。ありがとう、フランツ」

そう言って微笑みかけると、彼はびっくりして固まったかのようにジッとこちらを見た後、急にドギマギしたように目を逸らせた。

「……騎士だから。助けるのは、当たり前だよ」

ぼそぼそっとどこか照れくさそうに返してくれた。

そんな反応されるとは思わなかったので、こちらもどう返していいのやら戸惑《とまど》ってしまう。

でも、かっこいいなって思ったのは本当のことなんだよ。不謹慎《ふきんしん》かもしれないけど、彼が戦っているところ、見てみたいなって思ったんだ。私は魔物討伐には同行できないから、見る機会はないだろうけど。きっとすごくかっこよくて素敵なんだろうなって。

そんなことを考えながら荷下ろしをしていたけれど、フランツにはそれ以上言わないでおいた。だって、言えば言うほど彼は挙動不審になっちゃいそうなんだもの。

すべての荷下ろしを終えると、今度は下ろした食材を食料保管用に使っているテントへ運び込む。そうやって作業をしていて、私はふとあることに気づいた。

「イモ……多いよね」

なんていう名前なんだろう、このおイモ。ちょっとジャガイモに似ている。こぶし大の大きさで、まだ土がついているものも多い。それが、何袋もあった。数えるまでもなく、食材の中で明らかに多い。ううん。食材の全量の半分以上がイモじゃない？

「え……？　ああ、たしかに。遠征中はイモ料理多いから、イモ嫌いになるやつも多いんだよな」

と、フランツ。そっか。遠征中って、そんなにイモ料理多いんだ。

イモを一つ手に取って眺める。確かに、ここのところ夕飯はずっとイモのシチューが続いていた。シチューのベース自体は、ブラウンとミルク、野菜を煮込んだコンソメ風が交互にくるんだけど、中の具材がほとんど同じイモ、イモ、イモ。たまに魔物の肉。またイモ。

遠征生活だから、日持ちするイモが多いのは仕方ないんだろうなぁとは思っていたけど、これからも遠征中はこれがずっと続くと思うと気が滅入《めい》ってくる。それに、こんなに同じ食材ばかりだと栄養の偏《かたよ》りも心配になるし。

「こんなにおイモが多いのは、やっぱり保存がきいて安いから？」

イモの袋を運んでいたテオに尋ねてみると、彼は手を止めて小首をかしげた。その拍子《ひょうし》に、金糸のような彼の髪がさらさらと揺れる。

まごうことなき美少年。改めて思うけど、この騎士団ってイケメン多いのよね。フランツやクロードだけでなく、その下の世代のテオたち従騎士さんも、上の世代のレインや幹部の人たちにも整った顔立ちの人が多い。

団長は、イケメンというよりはやんちゃな少年がそのまま大きくなったようなおじさんだけど。テオも、こうやって傍で見ていると、まるでお人形さんか天使のよう。もう少し年齢がいくともっと男性的なイケメンに成長するんだろうな。まだあどけなさの残ったその顔立ちはこの時期特有の中性的な美しさを保っている。手に持ってるのがイモ袋なのが、なんとも風情《ふぜい》がないけれどね。

それはさておき、テオは私の質問にウーンと考え込んだ。

「……そうですね。先輩の騎士様たちからそういう風に教わったから、なんとなく僕たちも買出しのときはイモを買うことが多いんです。でも、安いかっていうと……街によって色々です。この前の街はそんなに安くなかったような」

彼の話によると、買出しに行くのは週に一度くらいの頻度らしい。同じキャンプ地には数週間滞在するから、買い物の機会は各キャンプ地で数回はある。

そのうえ、クロードの氷魔法もあるのだから、保存性を重視してイモにこだわる必要もない気もしてくる。

「遠征って、だいたい毎年同じようなルートを通ってるんだよね？」

「はい。そうです。だいたい毎年同じような場所を拠点にしています」

となると、だ。

毎年、そこに騎士団が来ることは近くの街や村の人たちはよく知っているわけだよね。これだけの人数が移動してくるとなると、買出しする量も半端《はんぱ》じゃない。

そうなると……もしかして、ぼられてる可能性もあるんじゃないかしら。そんな心配が頭をもたげた。

そうこうしてる間に食材庫への荷物の積み下ろしも終了。クロードたちがやっていたカマド作りも終わったみたいで、もうカマドには大きな鍋が火にかけられている。

大焚き火やカマドの火は調理する以外にも、ケモノ避《よ》けや暖房の意味で、キャンプ中はずっと焚かれている。この焚き火がなくなれば、きっと夜には真っ暗になってしまうに違いない。

そんなわけで、調理していないときは何かとみんなが使いたがる湯を沸かしておいて、自由に使えるようにしてくれている。

もちろん、ここ以外にも小さな焚き火をそれぞれで焚くこともあるけど、そういうときも火は中央の大焚き火からもらってくるんだ。

赤々と燃え上がる大焚き火の火を見ながら、あれ？　なにかを頼まれていたような？　なにかを忘れているような？　そんなひっかかりを覚える。火を眺めながら考えてたら、唐突に思い出した。

「そうだ！　レインにお茶用のお湯をもらってくるって約束してた！」

「え？　あ、そうなの？」

私が急に大きな声を出したから、フランツは驚いたように目を白黒させている。驚かせてごめんなさい。でも、思い出したからにはここでフランツたちとお喋りしてるわけにもいかない。

「ちょっと救護テントに、お湯届けてくるね。フランツとテオも一緒にお茶する？」

救護テントにあるお茶用ポットは結構大きいものなので二人の分くらい追加しても大丈夫だと思うの。

「ああ、ありがとう。でも、俺、このあと集会あるから」

騎士さんたちは何かあるごとに団長から招集がかかって集会をしている。今後の方針を決めたり、注意事項を話しあったりとかそんなことをしているみたい。私が勤務してた会社でもあったな、そういうの。

「あの……僕も、明日買出しに行く当番なので、その準備をしようと思います」

二人とも忙しいらしい。

それもそうか。救護班は怪我人が出ないとそんなにすることはないから、仕事が忙しくなるのは騎士さんたちが魔物討伐から帰ってきてからということが多いけど、テオやフランツはこれからまだ準備とかあるよね。

「ううん。ごめんね。私の方こそ、忙しいときに誘っちゃって。でも、ヒーラーのレインって、すっごくお茶淹れるの上手いんだよ。今度飲みにきてよ」

「はいっ。ぜひ！」

そう笑顔とともにテオの返事が返ってくる。

私は二人と別れると、カマドでお湯をもらって救護テントに向かった。

そうなんだよね。レインの淹れたお茶はとっても美味しいの。真似して同じようにしてみても、私が淹れたものとは全然味が違う。なんでだろう。

レインは、あの整った髭面《ひげづら》に背筋を伸ばした優雅な仕草でお茶を淹れてくれるんだ。バリトンボイスで「マダム。どうぞ」なんてサブリナ様にお茶を差し出している光景を見ていると、ここはもしかして昼下がりのカフェ？　なんて錯覚しちゃいそうになる。

そういえば、レインはサブリナ様のことをマダムって呼ぶのだけど、それは昔彼がサブリナ様の元についてヒーラーの勉強をしていたときからずっとなんだそうだ。つまりあの二人は、師匠《ししょう》と弟子《でし》という関係になる。

救護テントにお湯を持って帰ると、レインはちょうどテント近くにトイレ用の穴を掘っているところだった。

キャンプ地の周りの植生《しょくせい》を確認するために周囲を散策していたサブリナ様もちょうど戻ってきたところ。

おや？　サブリナ様。ハンカチの上に何か赤っぽい小さなものをたくさん持ってらっしゃる。

「ちょっと休憩しましょう。ほら見て。ここは高度が高くて涼しいから、まだこんなにたくさんのベリーが実をつけていたわ」

サブリナ様が持っていたものは、野生のベリーだった。木イチゴみたいにツブツブしたものや、ブルーベリーみたいな丸い形をした赤い実もある。

「お茶請《う》けにちょうどいいですね」

レインが整理したばかりの棚からティーカップを三つとティーポット、それにお茶っ葉の入った瓶を持ってくると、救護テントの外に携帯テーブルを広げてお茶を淹れてくれた。

「マダム、どうぞ。カエデも、冷めないうちに」

「ありがとうございます！」

ティーカップからは湯気とともに、ふわんと優しい香りが広がる。

淹れて貰《もら》ったばかりのお茶を一口口に含んで、ほっと一息。やっぱり、レインの淹れてくれたお茶は風味が違うなぁ。

こちらの紅茶は、私が日本で飲んでいた紅茶と見た目は似ている。でも、味はもっと華《はな》やか。フルーツのような甘い香りがふわっと鼻をかすめて、口の中にまろやかな味が広がるの。渋みはあまりなくて、フレーバーティやハーブティに近い感じ。

サブリナ様の持ってらしたベリーは川の水で洗って、お皿に盛るとテーブルに置いておいた。

ここのキャンプ地は川の水源が豊富なので、井戸は掘ってないんだって。

木イチゴみたいなベリーは、噛むだけで果汁がじゅわっと出てくる。とっても、甘い！

ブルーベリーみたいな方は、ちょっと酸味があるけれど爽やかな甘みでこちらも美味しい！

素敵なお茶の時間のおかげで、イモ袋をたくさん運んで筋肉疲労を起こしかけていた身体に元気が戻ってくるみたい。

美味しい紅茶を頂きながら、ふとさっきのテオとの会話が頭をよぎった。

テオは明日買出しに行くって言ってたっけ。ということは、近くの街か村に行くんだよね。これだけの人数の食料品を買うんだもの、そこそこ大きな街に行くのかも。

調理班の従騎士さんたちはこのキャンプ地の調理や買出しを担《にな》っている。でも、そのやり方は先《せん》輩《ぱい》から受け継いだものを特に疑問にも思わず、従順に繰り返しているものも多いみたい。

それが、結果的に騎士団員さんたちですら辟易《へきえき》するほどのイモだらけの食事に繋《つな》がっているように思う。

たしかに、保存を考えるとイモは良い食材だよ。でも、クロードのように氷魔法が使える人がいれば、そこまで保存に気を使う必要もないだろう。だから、やりようによっては、イモだらけの食事が続く悲劇は避けられる気がするのよね。

他の食材ももっと食べたいもの。なんとかできないかなぁ。そんなことをつらつら考えながら、お茶休憩のあとカップを川の水で洗ったら、フランツが寝起きしているテントへと行ってみることにした。

キャンプ地の中でも、何がどこに設置されるかはだいたい決まっているの。

まず真ん中に大焚き火があって、そこに近い場所は従騎士さんたちや、後方支援の人たちのテントが設置されている。私たちの救護テントも、そのあたり。

騎士さんたちが寝泊まりに使うテントは、そこを同心円に囲むようにさらに外側に設置される。これは、もしキャンプ地が魔物に襲われたときに、非戦闘員を守るためなんだって。

だから、正騎士の中でも前衛担当のフランツのテントはキャンプ地の一番端っこにある。

といっても、テントに名札とかついているわけじゃないから、その辺を歩いている騎士さんを捕まえて「フランツ・ハノーヴァーさんのテントはどこですか？」って聞かなきゃわからない。一度わかれば、ここに駐留している間は基本的にテントの場所は動かさないから次からは聞かなくても済むんだけどね。

………のはずなのに、騎士さんたちが溜まっている場所に近づいていくとすぐに、「ああ。フランツのテントなら、あっちだよ」とそのうちの一人が教えてくれた。むぅ。なんで、私がフランツを探しに来たって、すぐにわかったんだろう。とにかく。

「ありがとうございます！」

と礼を言うと、教えてもらったテントの方に歩いて行った。すると、そのテントの前で見覚えのある金髪の男性が剣の手入れをしているのが見えた。フランツだ。

私が近づくとすぐに彼はこちらに気がついて顔を上げた。彼の優しげなエメラルド色の瞳がニコッと笑顔になる。

「どうしたの？　こっちまで来るなんて、珍しいね」

「うん。うわぁ………それ、フランツの剣、だよね……？」

「ああ。そうだよ。俺の相棒。ラーゴも相棒だけどね」

フランツは剣を掲げて見せてくれた。刃が長い両刃のロング・ソード。柄《つか》の部分には、立派な紋章が彫られている。もしかして、フランツの家の紋章なのかな？

騎士さんたちは、それぞれ自分の得意な武器を遠征に持ってきているらしい。弓を持っている人もいれば、ランスとかいう長い槍《やり》みたいなものを持っている人もいる。魔法を使う人は、自分の身体自身が武器っていえるのかな。

その中でも、ロング・ソードを持っている人はちょくちょく見かけるのだけど、フランツの持っている剣は他の誰よりも長くて大きいように思う。

こんな大きくて重そうな剣を自在に操《あやつ》れるんだから、そりゃ、私くらい軽々とお姫様抱っこできちゃうよね。

フランツの剣に見とれていたら、彼はクスリと笑みを漏らした。

「なんか、俺に用事があったんでしょ？」

そうだったそうだった。こくこくと頷く。

「フランツ。もし余った紙があったら分けてもらえないかな」

「いいけど。何に使うの？」

「うん。あのね。ちょっと考えたんだけど、食材庫の在庫整理をしてみようと思うんだ」

まずは、いまどの食材がどれだけあるのかを調べてみようと思ったんだ。そうすれば、街であとどんな食材を買い足せばいいかの目安になるでしょ？　残りの食料費とにらめっこすれば、他の食材を買う余地もできると思うんだ。

そうじゃないと……たぶん、従騎士さんたちまたイモばっかり買ってきちゃうに違いないから。

「ん？　ああ……よくわかんないけど、紙ならいいよ。ちょっと待ってて」

フランツは剣を手にテントの中に戻ると、しばらくごそごそしたあと、紙の束を持って出て来た。

「はい。これ、使っていいよ」

「ありがと……て、えええ‼　これ、作品じゃない⁉」

日があたって裏側が透けて見えたからすぐにわかった。どの紙も裏側に綺麗な絵が描かれている。

風景を描いたモノ。花や草木、鳥などの小動物を描いたモノ。キャンプの何気ない一コマを描いたモノ。どれも、生き生きとしたタッチの素敵な絵ばかりだった。デッサン風のものもあれば、色をつけたものもある。

誰が描いたの⁉

そんなの決まってるよね。フランツが描いたんだ。

彼は、困ったような恥ずかしそうな苦笑を浮かべて頭を掻いた。

「どうせ、王都に戻る前に燃やしちゃうものだからさ。カエデが使ってくれるなら嬉しいし」

「え……燃やしちゃう……の……？」

こんなに素敵な絵なのに？　私なら、額に入れてリビングや玄関とかに飾りたい。

信じられない思いでフランツを見ると、彼はますます困ったように苦笑を深める。

「実家に戻る前に全部燃やしちゃうんだ。本家の父親に絵なんて描いてるのが知られたら大変なことになるからさ」

「お父さんは、絵を描くことに反対なの……？」

「ああ。お前も貴族になったのだから、貴族としての嗜《たしな》みを身につけろ。いつまでも下々《しもじも》の輩《やから》みたいな真似をするのはやめろ、だってさ。貴族にとっては、絵は描いてもらうものであって自分で描くものじゃないからな」

フランツの瞳に一瞬、哀《かな》しそうな光がよぎる。

でもそれは一瞬で、すぐにいつもの柔らかい眼差しを私に向けてきた。

「だからさ。カエデが使ってくれるなら、俺としてはすごく嬉しいんだ」

「うん……」

受け取った紙の束を胸に抱いて、ぎゅっと抱きしめた。彼の描いた絵を裏紙として使うのはすごく気が引ける。だけど、そうすることで彼の大事な絵を燃やさなくて済むのなら大切に使わせてもらおう。

私も彼に笑みを返す。精一杯、明るく。

「ありがとう。フランツ。大事に使うね」

「ああ」

目を細める彼は、どこか嬉しそうだった。

フランツにもらった紙を手に調理班の方へ行くと、ちょうど食材庫の近くでテオを見かける。

「テオ。ちょっと食材を見てみてもいいかな」

「食材ですか?」

「ポーションの方は在庫整理終わったんだ。ついでに、食材の方も棚卸ししてみようと思って」

「タナオロシ?」

不思議そうに小首を傾げるテオ。あどけない仕草が小動物みたいで思わずキュンとなりそうになるけど、今はそんなことしてる場合じゃないぞ。

「うん。在庫を把握するために数を数えることを棚卸しっていうんだ。そうして紙に何がいくつあるか記録しておけば、あとはいちいち数えなくても量が把握できて便利だから。買い物もしやすいでしょ？　ほら、紙ならフランツにいっぱいもらってきたんだ」

テオは、一生懸命こちらの話に耳を傾けながらも、いまいちよくわからないという顔をしていた。でも、フランツの名前が出たとたん、ぱあっと花が咲くように笑顔が広がる。

なんというか……かわいいなぁ。フランツもテオのことをすごく大切に思っているのは感じるし、テオの方もフランツのことをとても慕《した》っているのが伝わってくる。もしかしたら、本当の兄弟以上に繋がりが強いのかも。

「いいですよ。僕もお手伝いしましょうか？」

そうして、テオと二人で食材の棚卸しをすることになった。

数を数えるには途中経過を記入しながらだと楽なので、ここは容赦なくフランツからもらった紙を使わせてもらおう。

紙の裏側に明らかにフランツが描いたものと思しき絵を見つけたテオも「これ、本当に使っちゃっていいんですか？」と心配そうにしている。

「うん。私もなんだかもったいない気もするんだけど……本人が使ってほしいっていうんだからありがたく使わせてもらっちゃおうよ」

紙は、私が元いた世界ほど気軽に使えるものではないのは私でもわかる。他の人たちやサブリナ様たちを見ていても、紙を使うときはとても大事に大事に使っているもの。そう、心を込めた手紙をしたためて思いを託すみたいに。そういう大事なことにしか使わない。

絵を描くためにたくさんの紙を持ってきていて、遠征が終わるときには燃やしてしまうというフランツはかなり特殊な例なのだと思う。彼が遠征に持ってくるお金の大半を、絵の具とかに使ってしまうっていうのは本当なのかもしれない。それだけ絵を描くことが好きなんだろうな。

二人で手分けして食材ごとに数えると、紙に数を書いていった。

それ自体は、二人で協力してやれば小一時間もかからず終えることができた。

「ほら。これが今現在、西方騎士団にある食材一覧よ」

紙には今日の日付と、食材ごとに個数が書かれている。一番上に書かれたのはイモ。これは、王国の北部で多く採れるから北部イモって言うんだって。茹《ゆ》でるとほくほくして、食感はジャガイモに近い。そして、これがやっぱり一番数が多い。全部で五三二個もあった。イモ、持ちすぎだよ！

それ以外にも、南部イモというものもあって、こちらはサツマイモに似ている。皮も赤みがかっていて、茹でると甘みが出るの。こっちは一三〇個。

と、そんな感じで食材ごとに一目で数を確認できる。

「うわぁ！　わかりやすいですね」

テオが両手を胸の前であわせて、きらきらした目で紙を見つめている。

これくらいのことで、そんなに感激されるとなんだか申し訳ないけれど。

「うん。でも、これはまだ途中なんだよ。あとはね」

もう一枚別の紙に、今度は表を書いた。

一番上には【北部イモ】と書いて、その下に線を引き、列を四本作る。

そして左端から順に『日付』『増えた』『減った』『残数』と記す。

ふふふ。文字も多少は書けるようになったんだ。

実はいま、救護班のポーションも種類ごとに同じような表を作って在庫管理してるの。その表を作るときにサブリナ様に書いてもらった文字を、そのまま丸暗記しただけなんだけどね。

これで表はできあがり。

この表は経理で使う商品有高帳《ありだかちょう》を、ぐっと簡略化したものなんだ。在庫管理表とかって言い方をしたりもする。でもこういったもの自体に慣れていないと、これを書くだけでも大変かもしれない。

やっぱり、テオはこの表を見ただけで目を白黒させている。

「なんですか？　これ」

「うんとね。これがあると、いちいち毎回イモの数を数えなくても、今何個あるのかわかりやすくなるんだ。ちょっと書いてみるね」

表の一番上に、今日数えたイモの数を記入してみる。

『日付』は今日の日付。

『増えた』のところに、いま数えた五三二。

『減った』のところには、何も書かない。

そして、『残数』のところに、五三二と書くと、ほらできあがり。簡単簡単。

「これが、今日北部イモが五三二個ある、っていう意味。これから街で北部イモを買ったら、『増えた』のところにその数、『残数』のところには前の残数五三二に買った分を足した数を書けばいいの。逆に使ったときは『減った』のところに使った数、そして『残数』のところにはその分を引いた数を書くのよ」

いっきに説明しちゃったけど、初めてだからわかりにくいよね。

これはフランツ同様、テオにもしばらく手取り足取り教えてあげよう。

そう思っていたけれど、テオはじーっと紙を見たあと、感激したように目を潤《うる》ませてこちらを見上げた。

「これ、すごいです！　毎回数えなくてもいいんですね！　そっか、買ったらこっちに書いて足していって、使ったらこっちで引いていって。一番下の残数のところを見れば、いまある数がすぐにわかるんだ」

お、おお。こんなつたない説明でわかってくれたんだ。聡明《そうめい》なんだなぁ、この子。

じゃあついでに、もうちょっと工夫をプラス。

在庫管理表に書く個数の横に買った日付を、五三二（五／三一）みたいに書いておくと、古い食材がいくつあるかわかるんだよね。そして、実際の食材も買った日付ごとに小袋なんかに分けて保管して、そちらにも日付を書いて対応させれば、間違いなく古いモノからきっちり使い切ることができる。

実はこれも、救護班のポーションで実践《じっせん》していることなんだ。

表に二三（五／三）、一五（七／一一）という風に書いてあると、五月三日に買ったポーションが二三個、七月一一日に買ったポーションが一五個ってすぐ把握できるでしょ？　使うときは、ラベルに五／三と書かれたものから使うようにすると、もう使用期限切れで無駄にしちゃうこともなくなるの。

あの、しゅわっと甘いポーション水が飲めなくなるのは、すこし残念ではあるけれどね。

こういう表を食材ごとに作れば、食材の個数が一日で管理できるようになる。

さらに、前にフランツに渡したお小遣い帳と同じモノを作って併用すれば、いま何の食材がどれくらい足りなくて、そのためにいくら使えるのかが紙を見ただけで把握できちゃうんだ！

いちいち紙に書くのが面倒くさいと言えば面倒くさいけど、私がこの騎士団にいさせてもらっている間は手伝うつもり。美味しいご飯のためだもんね。

テオに聞いたところ、調理班の予算は副団長から新しいキャンプ地に着くごとに貰っているんだって。そして、キャンプ地ごとにほぼ使い切ってしまっているようなの。しかも、予算が残ったらとりあえずイモを買ってたんだって。そりゃイモばかりになるよね。

明日買い物に行く前に副団長にお金を貰いに行くというので、テオに頼んで同行させてもらうことにした。街に行くのも初めてだから、楽しみ！

食材の在庫表をひととおり作り終えたら、その食材が入っている木箱や小袋に洗濯ばさみで留めていく。最後の一枚を洗濯ばさみで留め終わると、思わずテオと目を見合わせた。二人の間に笑みが広がる。

「ほかの従騎士の皆も、書いてくれるといいですね」

テオが呟く。そうだね。これは、調理班の皆に協力してもらわないと意味がないものね。

「あとで、私からも調理班のみんなに説明してみる。でも、とりあえず今の在庫はわかったから、明日の買い物には間に合ったね」

そんなことを話していたら、食材テントの外から「カエデ？」と呼ぶ声が聞こえてきた。フランツの声だ。

「はーい！　ここにいます！」

返事をすると、テントの入り口を開けてフランツが顔をのぞかせた。

「なんだ。まだ、ここにいたんだ」

「うん。あ、でも、今ちょうど終わったところなの。何か、私に用事？」

そう尋ねると、フランツが小さく笑った。

「そんな用事ってほどじゃないんだけど。ちょっと出て来てみな？」

「なぁに？」

フランツに言われて、彼の後についてテントの外に出た。外はもうすっかり夜の帳《とばり》がおりて、日が暮れている。ずいぶん長い間、作業してたんだなぁ。

外は真っ暗……と、思いきや。あれ？　なんだか辺りが薄ぼんやりと青い光に包まれている。

なんだろうと思って、足下を見たとたん。

「き、きゃあ！　何コレ⁉」

足下に、星が瞬いていた。ううん、違う。よく見ると、地面のあちこちが、青い光を放っている。それも光の強さは一定ではなくて、しだいに強くなったかと思うとすぐに弱くなるのを繰り返す。それが、星の瞬きみたいに見えたんだ。

顔を上げてフランツを見ると、いつもと変わらず柔らかな笑みをたたえている。その彼自身も、騎士団の制服であるそのシャツも、全身がふわりと青く光をまとっていた。よく見ると、周りのテントも、他の人たちも。そして、掲げてみた私の手や、見下ろしたスカートも。どこもかしこも、淡《あわ》い蒼《あお》に包まれていた。

「な？　どこもかしこも青いだろ？　だから、ここの土地のことを『青の台地』って呼ぶんだ。面白いよな」

どこもかしこも青い中、大焚き火の炎だけが煌々《こうこう》と赤く燃え上がっている。

もうすっかり目に馴染んだはずだった騎士団キャンプの夜の光景が、急に幻想的に見えてきた。

「ほら。晩飯もできたってさ」

「うん」

明日は新しい街に出られるからか、大焚き火の周りに集まった団員さんたちから、いつも以上に陽気にはしゃぐ声が聞こえてくる。楽器を持ちだしてる人や、歌っている人。よくわからない即興っぽい踊りを踊っている人もいた。なんだか皆、心が浮き立っているのが伝わってきてこちらまで楽しくなってくる。

遠征生活は不便も多いだろうし、単調でもある。だから皆、明日が楽しみなんだろうな。街に行けば、お酒も飲めるらしいしね！

大焚き火の方にフランツと並んで歩いていると、彼がふいに足を止めた。空を見上げる彼につられて私も目線を上げる。

夜空には、満天の星空……かと思いきや、今日はあまり星が瞬いていない。

その変わり、大きな真ん丸のお月様が輝いていた。

そっか。今日は満月なんだ。

なんとなく、そのまま月を眺めていたら、隣のフランツがポツリと言うのが聞こえてくる。

「月が綺麗だね」

彼のそのひと言に、トクンと胸が高鳴った。

「そ……そうだね……」

急に、フランツのことを意識してしまって、顔が熱くなりそう。慌てて、彼に顔を見られないように俯いた。

『月が綺麗ですね』

とある文豪が〝I LOVE YOU〟をそう訳したことから、それが遠回しに愛の告白を意味するようになったのは、私の元々住んでいた日本での話。

違う世界で育ったフランツに、もちろんそんな意図があるはずもない。

それでも、ついそのことが頭から離れなくて彼のことを妙に意識してしまいそうになる。

「……？　どうしたの？　カエデ」

ほら。私が急に黙りこくっちゃったから、フランツが心配してるじゃない。

でもまさか、彼の言葉からそんなことが思い浮かんでいたなんて言うわけにもいかない。小さく首を横に振って顔を上げると、月を見ているふりをして彼から視線を逸らした。

そのとき、すとんと自分の気持ちを自覚する。

そっか。……そうだよね。彼と一緒にいると安心するし、とても楽しいとは常々感じていた。それは私が初めてこの世界に来たとき一番最初に親しくしてくれた人だから、つい彼を頼もしく思ってしまうせいだと思っていた。

でも、いまわかってしまったんだ。

彼に対して抱くこの気持ちはきっと、そんなものじゃない。

「そうだね。月が綺麗だね。星も綺麗だね」

アナタが好きです。アナタに憧《あこが》れています。ぎこちない笑顔とともにそう返した言葉。そこに含まれている意味を、アナタは知らない。

だけど、それでいいんだ。だって、私が西方騎士団に同行させてもらっているのは王都まで連れて行ってもらうためだもの。王都に着けば、彼とも皆とも別れなきゃいけない。近づけば近づくほど、それだけ離れるのが辛くなってしまうから。

柔らかく降り注ぐ月の光の中、青くおぼろげに光る台地を二人で歩きながら私はそんなことを思っていた。

＊　＊　＊　＊　＊

翌日、テオをはじめ数人の従騎士さんたちとともに西方騎士団の副団長、ナッシュさんのテントへと出向いた。

そのあたりの一角は、騎士団の幹部の人たちのテントが集まっている。それらのテントに囲まれるようにして、一際大きなテーブルと周りに椅子が置かれていた。ここでよく幹部の人たちが地図を広げて作戦会議をしたりしているのを見かけるんだ。

今日はそこでゲルハルト団長とナッシュ副団長が、温かい飲み物の入ったカップ片手にテーブルを挟んで何やら話しこんでいた。

ゲルハルト団長は五十前後といったところ。焦げ茶色の短めの髪と、同じ色の瞳。この団の中で一番偉い人なのに、気さくで偉ぶったところがまるでない。だけど、顔には大きな切り傷のあとが残っていて、彼が歴戦の騎士であることを物語っている。フランツの話では、戦闘になるとグレイトベアーみたいに強いんだって。

ナッシュ副団長は明るい黄土色《おうど》の髪をした、四十代前半の男性。豪快で声の大きなゲルハルト団長と違って、こちらは穏やかでおっとりした知性派といった感じ。

二人の元に私たちが近づいていったので、団長がこちらに気付いて声をかけてくる。

「どうした?」

「はい。今日、街へ行きたいのですが」

テオが手に持った小袋を胸に抱きしめながらそう話したところで、ナッシュ副団長がガタッと椅子を引いて立ちあがった。

「ああ。買出しだね。ちょっと待ってて」

そう言うと、彼はテオから小袋を受け取って傍のテントの中へ入っていく。しばらくして出て来たときには、ぺしゃんこだった小袋がぎっしり膨らんでいた。副団長はテーブルの上に小袋の中身をあけてみせる。中から、ジャラジャラとコインが出てきた。金貨に銀貨、それに銅色のコイン。それを一枚一枚目の前で確認するように数えると、もう一度小袋にすべてしまってテオへ手渡した。

「はい。ここに駐屯している間の分ね」

「ありがとうございます」

テオはしっかりと小袋を胸に抱くと、ペコリとお辞儀をする。

ほかの従騎士さんたちも同じようにお辞儀をした。

「あ、あの。……私も、買出しに付き添ってもいいでしょうか？」

私が団長たちにそう尋ねると、ゲルハルト団長は不思議そうな顔をした。

「そりゃ別に構わんが……」

何しに行くんだ？　と、その表情が物語っている。そうだよね。調理や買出しはあくまで調理班の人たちの仕事であって、私の担当ではないもの。でも、どうしても付いて行きたかった。

「昨日、食材庫を見てみて、とても偏りがある気がしたんです。特にその、おイモがやたらと多いですし。でも、上手く買い物できれば、もっといろんな食材を購入できるんじゃないかと思って。そのお手伝いができないかなと……」

私の言葉に、ナッシュ副団長は怪訝《けげん》そうに眉をひそめた。

「イモ料理は西方騎士団の伝統だよ」

そんな由緒《ゆいしょ》正しいものだったのか……。じゃあ、メニューや食材を変えるのは無理そうだよね。

買出しに付き添うのはやめます……そう口にしようとしたとき、ガハハと豪快な笑い声が聞こえた。

声の主は、ゲルハルト団長。

彼はお腹を抱えて、愉快そうに笑っていた。

「そうだよな。イモ多いよな。俺もつくづくそう思うよ。だから、王都に戻るといっさい、イモ食いたくなくなっちまう。いいじゃないか。予算の範囲内で、もっといろんなモノが食えるんなら俺としては大歓迎だ」

団長にそう言われてしまえば、もう副団長も反対の言葉は何も口にしなかった。

「わかった。行ってくると良い。念のために、クロードも連れて行くといいかもしれないね。彼は調理班のことも料理のことも詳《くわ》しいから。でも、くれぐれも気をつけて行ってくるんだよ」

そう声をかけてくれたナッシュ副団長の瞳は優しかった。

「ありがとうございます」

私もテオたちと同じように頭を下げる。良かった。これで、堂々と買出しに行ける！

こちらの世界に来てからというもの、ずっと西方騎士団の人たちとの遠征暮らしだったから、街に行けるっていうのはとても楽しみ。でもその反面、不安もある。

もともと新宿や池袋なんかに行くたびに迷っていた方向音痴《おんち》だから、こんな知らない土地で迷子になったら一巻の終わりだ。ここには他の人と連絡の取れるスマホもなければ、地図アプリもないものね。はぐれないようにしなきゃ。

調理班の荷馬車に乗りこむと、私たちはキャンプ地を出て、ロロア台地のごつごつした岩肌を下っていった。御者席にはクロード。束ねた銀髪が台地の上から吹き下ろす強い風にあおられてなびいている。相変わらず、彼はにこりともすることなく淡々と馬を操っていた。

その荷台には私と、テオ。それからテオと同じくらいの年頃の従騎士さんが二人乗っている。一人はひょろっと背が高くて口数の少ない男の子で、ルークという名前。もう一人は、アキちゃんといって赤毛でショートボブの可愛らしい女の子なんだ。彼らはこれが初めての遠征なんだって。久しぶりに街に出るのが嬉しいのか、声の弾んだ話しぶりにもワクワクしているのが伝わってくる。

そんな私たちを乗せて馬車はどんどん斜面を下り、やがて街道に出た。

街道といっても舗装《ほそう》されているわけではなくて、草原の中に横たわる一筋の茶色い蛇《へび》のようにどこまでも道が続いていた。

街道をひたすら走っていくと、次第に反対側から来る人や馬車ともすれ違うようになる。大きな荷物を荷台に載せている馬車や、ヒツジの群れを追う少年。小さな子どもの手を引いて歩いているお母さん。

この世界に来て初めて見る騎士団以外の人たちの姿に、つい目が奪われる。

そのうち人や馬車とすれ違う頻度が多くなってきたなと感じ始めたころ、道の先に何か大きな岩のようなものが立ち塞がっているのが見えてきた。

馬車が道なりにそちらに近づいていくと、その全容が見えてくる。それは石を積み上げた大きな石壁だった。

「あれが、ロロアの街だ」

クロードがそう言って石壁を指さす。高さは十メートルくらいありそう。

ロロアの街はあの石壁に周囲をぐるっと囲まれているんだって。

石壁には、大きな両開き扉《とびら》がついていた。その扉は今は開かれていて、人が往来しているのが遠目にも見えてくる。そっか、この道はあの門へと繋がっていたのね。そのまま道なりに進んでいくと、すぐにロロアの街へ到着。

門の両側には守衛さんらしき人たちが立っていた。その人たちとクロードはひと言二言交わすと、すぐに門の中へと通してもらえた。

門を通り抜けるとき荷馬車の上から門を見上げてみる。こうやって真下に来ると、その大きさがよく実感できた。わー、大きい。人の背丈三人分くらい？　ううん。もっとありそう。

視線を下ろして街の中へと目を向けると。

「うわぁ……」

思わず、声が漏れた。

門から真っ直ぐに太い道が走っていて、その両側にたくさんの露店が並んでいる。

そして道には数多くの人々がにぎやかに行き交っていた。街の喧騒《けんそう》と、食べ物や香辛料《こうしんりょう》やその他よくわからないけれど色々な香りが顔にぶつかってくる。

「これが、街……」

久しぶりに見たたくさんの人、人、人。すっかりその人の多さに圧倒されてしまっていた。

それにしても、荷馬車でこんな人混みを行くのは大変じゃない⁉　と思っていたら、荷馬車はすぐに横道に逸れて壁沿いに進んでいく。その少し行った先に荷馬車や馬車が数台置かれている広場があった。

大小いろんなサイズの荷馬車が並んでいる姿は、まるで駐車場みたい。ただ車と違うのは、馬がついているものも多いってとこだよね。馬がついていないものは、大八車《だいはちぐるま》みたいなもので人間が自分で引っ張るタイプのものらしい。

クロードが荷馬車を空いているスペースに停めると、すぐに従騎士さんたちが荷台の上からぴょんと降りた。そして、テオとルークが奥にあった井戸から水をくんで馬のところに持ってくる。

アキちゃんは、どこからか飼《か》い葉《ば》を腕一杯に抱えて持ってくると、馬の前に置いた。買出しが終わるまで、お馬さんはここで休憩だね。

そして、ルークがひとり荷物番として荷馬車に残って、テオとアキちゃん、それにクロードと私の四人で市場へ買出しに行くことになった。

アキちゃんとテオが前を歩き、その後ろを私とクロードがついて行く。

アキちゃんはまだ十五歳なんだって。背が小さくてとても華奢《きゃしゃ》に見えるけれど、これでもフランツと同じ前衛を志望してるって言っていた。でも、テオと並んで歩きながら楽しそうにお喋りしている姿は、ただただもう可愛らしい。彼女が笑うたびに、ショートボブの赤髪が跳《は》ねる。二人を見ていると、微笑ましすぎて頬が緩んできちゃいそう。

そんな可愛らしい二人と、終始クールなクロード。なんとも不思議な組み合わせだなあ、なんて思いながら街の中を歩いていく。

門を入ってすぐのところにあった大通りが、この街の中心みたい。あの通り沿いには商店や露店が集中していたけれど、そこから一歩離れるとレンガを積み上げた住居が広がっている。

住居は二階建てが多くて、路地は狭《せま》くまるで巨大迷路のよう。その路地の上には何本も紐が渡されていて、洗濯物がはためいている。狭い街の中を有効に使う、これも生活の知恵なんだろうな。

表の賑やかな大通りも楽しそうだけど、こういう庶民《しょみん》の生活が感じられる場所も結構好き。

向こうの路地ではエプロンをした奥さんたちが井戸端会議をしているし、こっちの路地ではおじいさんたちが長椅子みたいなのに座ってトランプのようなカードゲームをしてる。

そんな日常の光景をきょろきょろ見ながら路地を歩いていると、私のすぐ脇を子どもたちが元気に走り抜けていった。その子たちのあとを、小さな子犬も遅れてぽてぽてついていく。その愛らしい後ろ姿につい立ち止まって微笑ましく目で追っていたら、

「何をしているんだ。置いて行くぞ」

クロードの鋭い声が飛んできた。見ると、彼らはもう数メートル先にいる。

まずいまずい。置いて行かれるところだった。

慌てて小走りで追いついて謝った。

「ごめんなさい。街へ来たのって初めてだから、ついあちこち見てみたくて」

彼は、にこりともせずにツイっと視線をこちらから外すと再び歩き出した。彼の眉間にはいつも以上に皺がよっている。

まずい。怒らせちゃったかな。

すっかり足手まといになっていたから怒られるのももっともだ。ここには遊びにきたわけじゃないもの。すっかりおのぼりさんになってしまっていたことを反省して、しゅんと肩を狭めた。

もっと周りの景色を見ていたかったけれど、クロードたちに置いて行かれないように足を速める。

しばらくそうやって黙々と歩いていると、隣のクロードから小さな嘆息が聞こえて来た。

「ずいぶん、慣れたな」

「え？」

なんのことを言われているのかわからず、聞き返す。

「キミのことだ。正直、あっという間に騎士団に馴染んでしまったので驚いているくらいだ」

褒めているのか呆れているのかよくわからない口調でクロードは言う。

「そんなことは、ないんだけど」

正直言うと、時々ふっとえも言われぬ寂しさに襲われそうになることはある。王都に着くまではいいとして、そのあとどうやって暮らしていけばいいのか全然想像がつかない。

そんな不安や心配と向き合いたくなくて、サブリナ様を手伝ったり、食材整理を買ってでたりと色々と自分でやることを見つけたりしていた。そうやって忙しく手を動かしているときは、あれこれ考えすぎなくて済むからね。

だから、端から見ると平気そうに見えるのかも。

「でも、そう見えているのなら嬉しいかな。あまり皆に心配かけたくないし。それに、ほら。私がこちらに来たばかりのころ、ずっとフランツがいろいろ世話を焼いてくれたでしょ。そのおかげが大きいと思う」

フランツは私がこの世界に突然やってきて、一番混乱していたときにずっと寄り添ってくれていた。それに、サブリナ様や、レインやテオをはじめこの騎士団で出会った人たちが、私のことを優しく受け入れてくれたから何とかやっていけているんだと思う。

「フランツって、すごく面倒見がいいよね。いろんなこと丁寧に教えてくれるし、助けてくれるもの」

フランツと親しい彼だから、きっと同意してくれるとばかり思っていた。でも、彼の答えは予想とは違っていた。

「普段のあいつは、そんなこともないがな」

クロードが淡々とした抑揚《よくよう》の薄い声で返してくる。

「え？」

「テオに対する態度を見ていればわかる。基本的に好きにやらせて、困っているときだけ手を貸す。フランツは元々そういうタイプだ」

「そうなの……かな」

クロードから見たフランツの印象は、私が抱いているものとは違うらしい。その齟齬《そご》に戸惑っていると、再び彼のため息が聞こえて来た。

「キミのことは、例外だろう。アイツは、キミが現れてからしばらくは、気になって仕方なかったみたいで始終そわそわしていたからな」

「え?」

そんなに気にしてくれていたなんて、全然知らなかった。

「もしかすると、キミのことを自分の境遇と重ねたのかもしれん。それはアイツの事情だからな。迷惑ならば迷惑だとはっきり言ってやればいい」

「い、いいえ。そんな……迷惑だなんて」

そんな風に思ったことは一度もない。むしろ、彼がいつも傍にいてくれたことがどれだけありがたかったか。でも、クロードが言った言葉がひっかかる。

「自分を重ねた……?」

「ああ。アイツの家庭環境が複雑だっていうのは、前にも言ったが……アイツは正妻の子じゃないんだ。アイツの母親はハノーヴァー家に勤めていたメイドだったと聞いている。だから、アイツ自身、十五歳までは母親の実家で庶民の子として育っているんだ」

「そうだったんだ……」

フランツは、あまり自分の家のことを話したがらない。なんとなくだが、あまり家族関係が上手く行ってないのかなという印象を持っていたけれど、そんな事情があったなんて。

「でも、そんな個人的なこと、私に話しちゃって大丈夫なの？」

そう疑問を口にすると、クロードは肩をすくめた。

「どうせ、みんな知っていることだ。貴族のゴシップなんてすぐに広まるからな。ハノーヴァー家は伯爵の位をもつ有力貴族だから、なおさらだ」

自分の知らないフランツの話がドンドン出てきて、自分でもわかるほど心臓がドキドキしてくる。なんだか、本人が隠している部分をこっそり盗み見しているような気もして、後ろめたくもあった。でも、それ以上に彼が何を考えていたのか知りたかった。

「だが、現当主と正妻との間にできた長男は病弱だった。だから、跡取りのスペアとして、アイツはハノーヴァー家に引き取られたんだ。田舎で庶民の子として育ってきたのに、いきなり大貴族の一員に加えられたんだから色々と苦労もあったんだろうな」

そっか……そうだったんだ。

そのときの、フランツのことを思うといたたまれなくて胸が苦しくなってくる。たった十五歳で、知り合いもまったくいない全然違う環境に押し込まれて。どれだけ不安で、どれだけ心細かったことだろう。

何もかもが違う環境の中、たった一人で苦労してきたんだろうな。フランツは私よりも二つ年下だけど、人生経験でいえばきっと彼の方が遥かに濃くて大変な人生を送ってきたに違いない。でも、そこで卑屈《ひくつ》になったり変にひねくれたりすることもなく、今の彼へと成長したんだ。

そして、状況は違うけれどかつての彼と同じように一人で知らない環境に放り出された私が心細くならないようにと、ずっと支えてくれていた。彼が私のために、どれだけ心を砕《くだ》いて見守ってくれていたか。それを思って、胸の芯《しん》がジンと温かくなる。

でも、クロードの話はそれだけではなかった。

「そのうえ、フランツが引き取られてすぐあとに、妹が生まれている。だから、跡取りのスペアとしての価値も曖昧《あいまい》なまま、それでもハノーヴァー家は貴族の体裁《ていさい》上一度引き取った子を再び放り出すこともできずに、アイツは今もハノーヴァー家の一員でい続けなきゃならないわけだ」

その妹というのが、フランツが前に話してくれたリーレシアちゃんのことだということはすぐにピンときた。彼自身はあんなに妹さんのことを可愛がっているのに、その二人の間にもそんな複雑な事情があっただなんて。

もしかしたら、フランツは貴族になんてなりたくなかったのかもしれない。大好きな絵を描くことも貴族としての振る舞いに相応《ふさわ》しくないからと禁じられているといっていた。家にいるときは監視が厳しくて描けないのかな。だから、騎士団にいる間だけ好きに描いて、王都に戻るときは燃やしてしまうのだろう。

それはきっと、強《し》いられた環境の中で自分らしさを失わないための精一杯の妥協なのかもしれなかった。

自分で描いた絵を燃やす彼のことを思うと、何ともいたたまれない。

彼のために、何か力になれることはないかな。彼が彼らしく笑っていられるように何か私にできることはないかな。

そんなことを考えながら歩いていると、路地は途切れ、目の前にたくさんの人々が行き交っているのが目に飛び込んできた。

大通りに着いたんだ。

物思いに沈みかけていた頭を無理やり切り替える。そうだ。今日はここに、買出しに来たんだもの。ちゃんと目的を果たさなきゃ。

はぐれないようにクロードたちにくっついて大通りの人混みの中を歩いて行く。

大通りを行き交う人は思ったより多いけれど、人が多いぶん歩みも遅いので付いて行くのはそれほど難しくはなかった。

ただ通りの両側に色々な露店やお店が並んでいるので、ついじっくり眺めてみたくなってしまう。

いろんな形の穀物を瓶《かめ》に入れて店頭に並べているお店や、色とりどりの野菜を山にして置いている店。可愛いヤギが数頭つながれている店もあった。

ほかにも、飲み物らしきものを売っていたり、綺麗な布が並べてあったり。女性モノの服を売っている店もある。

あああ、見てみたい。立ち止まって、ひとつひとつ心ゆくまで手に取って眺めたい！

でも、今日はそんなことしに来たんじゃないから、じっくり見てもいられない。いつかお手伝いとか抜きで遊びに来たいなぁ。そんなことをあれこれ考えながらクロードたちの後ろにくっついて歩いてたら、突然クロードが足を止めた。

「うわっ……っと、ごめんなさい！」

つい、クレープのようなものを焼いているお店に視線が釘付《くぎづ》けになっていて気づくのが遅れ、うっかり彼の背中にぶつかりそうになる。

いや、実際、ちょっとぶつかってしまった。

クロードたちが立ち止まったのは、数多い露店の中でも一際たくさんの野菜を売っているお店だった。

そっか。騎士団は大所帯《おおじょたい》だから買う量も当然多い。自然と、買い物をするのはたくさんの量を扱っている大きなお店になるよね。

実はここに来る前にクロードたちと、今回買うものについて相談はしておいた。

昨日棚卸しをした紙を見せて、北部イモと南部イモはもうたくさんあるから買わなくていいんじゃないかと提案すると、クロードはしげしげとその紙を見つめた後、あっさりそのことを了承してくれたから良かった。

そして、彼とどんなメニューなら作れるか話し合った結果、今回の買出しで買いたいものを決めたの。今回は、いままでもよく購入していたというソーセージやハムやチーズ、パンといったものの他に、いままであまり買わなかったという葉物野菜などの野菜類、それに鶏肉やブロック肉、卵、果物なんかを買うことにしたんだ。

私たちが店の前に来ると、すぐに店員らしき中年男性が寄ってきた。

「ようこそ、いらっしゃい。待ってましたよ」

そう、揉み手しそうな勢いで愛想良く喋りかけてくる店員さん。

彼とのやりとりはクロードに任せて、私は店の品揃《しなぞろ》えを眺めてみた。

そして、すぐにあることに気がついた。

野菜や根菜、果物などにはちゃんと木札に値段が書かれている。

それなのに、イモ類にはどこにも値段が書いてなかった。そう、イモ類とかタマネギとか、そういう日持ちしそうな野菜だけ値段が書かれてない！

おかしくない？　なんで、一部のものだけ値札がないの？

それを見ていて、なんだか嫌な予感がしていた。

店員さんはさっき、「待ってました」って言ったよね。ということは、私たちが何者かはわかっているんだ。それもそうだよね。クロードは西方騎士団の青色のシャツを、テオとアキちゃんは従騎士用の薄青いシャツを着ているもの。

きっとこの露店の店員さんには、私たちが騎士団の人間だということがわかっているんだ。

クロードはすり寄ってくる店員さんに、淡々と今回買いたい物を告げている。ほうれん草みたいなやつと、トマトみたいなやつ。それに、果物と柑橘《かんきつ》類を二種類。

それを聞いて、揉み手をしていた店員さんが驚いたように固まった。

そして、

「は？」

と、間抜けな声を出すので、クロードはまったく同じ口調で同じ注文を繰り返した。そして最後に、

「何をしているんだ。売る気はないのか？」

と、あの冷たい口調で言うものだから、店員さんはビクッと一瞬飛び上がって、

「は、はいっ。ただいま」

あたふたと、テオとアキちゃんが持っていたカゴの中にオレンジみたいな果物を詰め始めた。

さらに、

「あ、あの。今回、北部イモは……」

なんて聞くもんだから、クロードにギロリと睨まれてしまう。

「北部イモが欲しいと言ったつもりはないが？」

「は、はいっ。そうですよね！」

店員さんはそれ以上イモを勧めてくることはなかったけれど、私は気になってちょっと尋ねてみることにした。

「今日は買う予定ないんですけど。参考に教えていただけませんか。北部イモって、一つおいくらなんですか？」

店員さんは手を止めて、一瞬何か考えているような間を置いたあと、

「えっと、二〇〇イオだね」

「そうですか。ありがとうございます」

「いえいえ」

注文したものをそろえてもらうと、皆で手分けして持つことにする。四人とも、腕一杯に野菜を抱える形になった。

「ありがとうございました」

どことなく元気なさげな店員さんの声を背に、私たちはその露店をあとにした。店員さんは最後まで、どこか腑《ふ》に落ちないような顔をしていたな。

きっと、イモをいっぱい買ってもらえると思ったんだろうな。生憎《あいにく》……イモはもういいんだ、イモは。それにしても、一つ二〇〇イオか。まだこちらの貨幣感覚に慣れていなくて、それが高いの

か安いのかよくわからない。

「いったん荷馬車に帰って荷物を置いてから、次はパンを買いに行こう」

クロードの提案で、ルークが留守番してくれている荷馬車へ荷物を置きに帰った。荷馬車に戻ると買ったものを積み込んで、再び大通りへとやってくる。今度は、パンを買うんだっけ？

その道すがらどうしても気になって、他の八百屋《やおや》さんを覗いてみたの。騎士団の人たちが普段立ち寄らなさそうな小さなところを中心に。

そうしたらね。店先に積まれたイモのところには『五〇』と書かれている。他の店を見てみても、多少の差はあるけれど、だいたいその程度の値段みたい。

じゃあ、さっきの店の二〇〇イオってなんなの⁉

四倍だよ⁉　他の店の四倍！

イモ類の値札が外されていた理由が納得できた。普段、他の人に売っているのよりも高い値段をふっかけるために、騎士団の人たちが来たとわかったときにこそっと値札を外したにちがいない。

やっぱり、ぼったくられてたー！

ああ、もう。むかむかしてくる。すっかりカモにされちゃってるのが腹立たしい。

でも、今日は冷たい迫力のあるクロードがいるから店員さんもたじたじだったけど、普段はテオのような従騎士さんだけで買い物に来ているんだもんね。

そりゃ……海千山千《うみせんやません》の商人さんたちに丸め込まれて、言い値で買い物しちゃうこともあるだろう。

でも、適正価格で買うことができれば、もっといろんなモノが買えるに違いない。

だから、また買い物に同行させてもらおうと決めた。こう見えても、私、お店で値切るのは得意……と頭の中で息巻いていて、ふと気付く。

あ、あれ？　いままで目の前にあると思っていたクロードの背中が見えない。

雑踏の中、足を止めてきょろきょろと辺りを見回すけれど、アキちゃんやテオの姿もない。

みんな、どこ行っちゃったの？　あれ？　ここってさっき通った道だよね？　……違うのかな。見たことあるような気もするけど、全然知らない場所にも思える。

もしかして……迷っちゃった……？

きゃーっ！　どうしよう!!　迷っちゃったよ！　スマホも地図アプリもないから絶対はぐれちゃ駄目だって何度も自分に言い聞かせてたのに!!

ドキドキと嫌な鼓動がして、背中に冷たい汗が流れてくる。

「クロード？　テオ！　アキちゃん？　どこ？　いるなら返事して！」

声を出してみるけれど、周りの買い物客たちが一瞬驚いてこちらを見るだけで、探している人たちは見当たらない。

どうしよう。こういうとき、どうすればいい？

たぶん、いまごろクロードたちも私がはぐれたことに気付いて探してくれていると思うんだ。だったら、下手に動かずここにいた方がいいよね。うん。そうしよう。ここにいよう。

そう決心したときに、背後からざらついた男の声で呼び止められた。

「よぉ。どうしたんだい？」

クロード!?　と期待を込めて振り返ったけれど、そこにいたのは見ず知らずの男だった。にやにやと嫌な笑みを浮かべる、薄汚い格好をした若い男。それも、一人じゃなく、三人も。

「お嬢さん、ひとり？　みかけない顔だな。暇なら、ちょっと向こうで話でもしないか？」

男たちはじりじりとこちらに近づいてくる。

「一人じゃないの。ちょっとあっちでツレが買い物してて……ひっ」

そのとき、背後からも別の男が近寄ってきて、私の髪を触った。

「珍しい髪の色だな。おっと、目も同じ色なのか。こりゃなおさら珍しい。いいじゃねぇかよ。ツレなんか放っておいて、俺たちといいことしようぜ」

明らかに不穏《ふおん》な様子の男たち。そこに一人で囲まれているのに、通りを行き交う人たちはチラチラとこちらを気の毒そうに見るだけ。

助けを求めてそちらを見てもすぐに目を逸らされてしまう。明らかに、厄介ごとに巻き込まれたくないといった様子だった。助けは期待できなさそう。

どうしよう。どうにかしなきゃ。この人たちに捕まったら、まずい。どこかへ連れ込まれたらお終いだ。

心臓が早鐘《はやがね》のように打っていた。逃げなきゃ、この人たちから逃げなきゃ。そう思うのに、足がすくんでしまって一歩も動けない。怖くて、悔しくて目に涙まで滲んでくる。

「ほら。こっちこいよ」

男の一人がいらだたしげな声をあげて、私の腕を掴んできた。そのまま、強い力で引っ張られる。

「い、いやっ!!」

抵抗しようと足を踏ん張るのに、力で負けてズルズルと簡単に引きずられてしまった。このままじゃ、どこかに連れ込まれてしまう。

私は、その男の腕を力一杯噛んだ。

「いてっ！　なにすんだ、こいつ‼」

男がひるんだ隙に逃げようとしたけれど、勢いで地面に膝をついてしまう。立ち上がろうとするのに、足が震えて踏ん張れない。激昂《げっこう》した男が振り上げた拳が見えた。

殴られる！　思わず身を固くして目を閉じた。

……だけど、思ったような衝撃はこなかった。

「ぐへっ」

とかなんとか妙な声が聞こえて、次にドサッという音がする。

おそるおそる目を開けると、私に殴りかかろうとしていたあの男が数メートル先でのびていた。白目をむいて手足をだらりとさせ、口をぽっかりと開けている。鼻も変な形にへしゃげてる。気絶しているようだった。

何が起こったのか、頭がついていかない。

なんで、ほんの数秒前に私に殴りかかろうとしたあの男が、まるで誰かにノックアウトされたように倒れているんだろう。

そのとき、視界が遮られる。誰かが私を守るように、男たちとの間に立った。

「うちの大切な団員に、なんか用か？　ゴロツキども」

見慣れたシャツの大きな背中。金色に輝く髪。そして、よく知っている声。

でもその声はいつもの優しい響きではなく、強く激しい怒気《どき》を孕《はら》んでいた。

「彼女にちょっかいかけて、タダで済むと思うなよ？」

フランツだった。

彼の気迫に、他のゴロツキたちはすっかり怯えた様子で逃げ出そうとした。そこに凛とした声が響く。

「小氷塊《アイスロック》！」

すると、逃げようとしていたゴロツキたち全員の頭上にバスケットボールほどの半透明な塊《かたまり》が現れて、ゴンゴンとその頭の上に落下した。ゴロツキたちはその衝撃で、ばたばたと地面に倒れる。その向こうから、息を弾ませて姿を現したのはクロードだった。

「やっと見つけた。……すまない。気がついたら見失っていた」

その後ろから、不安そうにしているテオとアキちゃんも見える。やっぱり、探してくれていたんだ。みんなに心配をかけてしまったことを申し訳なく感じたけれど、心臓はまだ恐怖でばくばくしていた。足の震えもまだ止まらない。

そこに、フランツが地面に膝をついて、こちらを心配そうに覗きこんできた。

「怪我とか、してない？」

優しいその言葉に、彼の眼差しに、まだ溶けきれていない恐怖がじわっと涙になって目に滲む。

「フランツ……」

なんとか、そう口にするのが精一杯だった。助けてくれた彼にお礼を言いたいのに、胸の中にたくさんのものが詰まりすぎて言葉が出てこない。彼の袖《そで》を右手で掴むので精一杯。

そのまま何度か、しゃくりあげる。

怖かったよ。心細かったよ。不安だったよ。

もう、フランツに、みんなに会えないんじゃないかと思って怖かった。

だから、いまここに彼がいてくれるのがまるで夢のようにも思える。

すると、

「何も言わなくていい」

そう言って、ふわりと彼が私の背に腕を回して優しく抱きしめてくれた。

「大丈夫だよ。何があっても守るから」

彼の温かさが、凍えていた私の身体を溶かしてくれる。こくんと頷くと、目元に溜まっていた涙が頬を伝った。

「ありがとう。フランツ。それと……ごめんなさい。迷子になって」

フランツは、もう一度ぎゅっと私を抱きしめてから身体を離した。そして、ぽんぽんと頭を撫でてくれる。

「無事で、なにより」

笑った彼は、もういつもの彼だった。

そのときバラバラと人混みの中から見知った顔が何人もこちらに駆け寄ってくるのが見えた。西方騎士団の面々だ。

「やぁ、びっくりしたよな。いきなり、フランツの奴が走り出すから」

「そうそう。カエデが呼ぶ声がする！　って言ってな」

彼らは私とフランツを見るなり口々にそんなことを言いだした。なんでも、みんなで街の酒場に向かっている途中だったんだそうだ。それなのに、フランツが突然走り出して人混みの中を行ってしまったから、ほかの団員さんたちも慌ててついてきたんだって。

「だって、カエデの悲鳴みたいなのが聞こえたから、居ても立ってもいられなかったんだ。でも、やっぱ急いで来て良かった」

と、フランツ。私も彼が駆け付けてきてくれて本当に助かった。

いつの間にか私たちの周りには正騎士さんたちを中心に、二十人くらいの団員さんたちが集まっていた。街に出たいという団員さんはもっといたらしいけど、全員で街に出てしまうとキャンプ地が空っぽになって警備上良くないとかで、交代で街に繰り出すことにしているのだそうだ。

西方騎士団の見慣れた制服に囲まれていると、なんだかキャンプ地にいるみたいで安心する。ようやく気持ちも落ち着いてきたころ、私は周りの視線に気がついた。

はじめは、同じ制服を着た人たちが二十人近く集まっているから目立っているだけだと思ったんだ。でも、街の人たちの反応を見ていると、どうやらそうじゃないことがだんだんわかってきた。

私たちのそばを通り過ぎるとき、親しげにペコリと頭を下げてくれる人が何人もいた。

わざわざ立ち止まって「いつもありがとうございます」と丁寧に頭を下げてくれるご老人も。

「きゃーっ」っていう黄色い声をあげてこちらをチラチラ見ながらバタバタしている若い女性たちや、母親に手を引かれながらもキラキラした目でこちらを見ている男の子もいた。

元気に手を振ってくる街の少年に気付いたフランツが手を振り返すと、少年はすごく嬉しそうに顔を紅潮させてさらに激しくブンブンと手を振りながら人混みに消えていった。

街の誰からも感じる好意的なあたたかさ。

彼らから向けられた、敬意、感謝、それに羨望《せんぼう》。

そういったものを強く肌で感じて、ようやく私は思い至る。

そっか。西方騎士団のみんなは、街の人たちにとっての英雄なんだ。

私はこの世界に来てからずっとキャンプの中で過ごしてばかりだったから、彼らが外の人たちからどう思われているかなんて考えたこともなかった。

でも、西方騎士団は魔物討伐をしながら遠征しているんだもの。その恩恵《おんけい》を受けている人がきっとたくさんいるに違いない。この街もきっと、騎士団が魔物を討伐してくれるおかげで魔物に怯える必要なく暮らせているんだろう。

だから、街の人たちの視線は感謝と敬意に溢れているんだ。

ついでにイケメンも多いから、若い女の子たちがキャーキャー言いたくなる気持ちもわかる。良かった。やっぱり彼らって、この世界基準で見ても格好いいんだね。

そんなに街の人たちから慕われているにもかかわらず、イモの値段をぼったくってくる商人さんは、本当に商魂逞《しょうこんたくま》しいなぁとも思う。

ゴロツキたちは全員気を失っていたので、騎士団の人たちが手分けして担《かつ》いで街の衛兵さんのところに突き出してくれた。

衛兵さんたちは、すごく恐縮してたっけ。

彼らの話によると、このゴロツキたちは街でも有名な小悪党だったみたい。騎士団の関係者に迷惑をかけてしまって申し訳ないと謝ってくれた。

それはともかくとして。

衛兵の詰所に行くときも、そのあとも、ずっとフランツが私の手を握ったままだった。

「フランツ。大丈夫だよ。もう迷子にならないから」

そう言うんだけど、フランツは、

「ごめん。でも、心配だから。街はいっぱい人がいるし」

と言って、手を離してはくれなかった。

信用されてないのは仕方ない。それで、フランツやクロードをはじめたくさんの人に迷惑と心配をかけちゃったんだし。

でも、いくら雑踏の中とはいえ、ぎゅっと手を握られるのはなんとも照れ臭い。

つい顔が赤くなりそうになるのを、俯いて隠した。

そのあと、予定どおり飲み屋さんに行くらしいほかの騎士団の人たちと別れ、クロードたちと買出しの続きを再開することになった。それなのに、なぜかフランツも一緒にいる。手も繋がれたままだ。

「ねえ。フランツは、ほかの人たちと一緒に行かなくてもいいの？」

そう尋ねてみるものの、彼は朗らかに笑顔を返してくる。

「いいよ。もともと、ちょっと飲んだら帰ろうと思ってただけだから」

「そうなの？」

「お金貯めなきゃいけないしね」

「……ああ！」

そういえば、フランツはリーレシアちゃんへのお土産を買うためにお金を貯めているんだった。

それで彼にも手伝ってもらって今日買う予定だった食材を全部購入しおえると、荷馬車に積み込み、六人で西方騎士団のキャンプ地へと戻ってきた。

青の台地に着くと、もう日が暮れはじめる時間になっていた。なので着いて早々、夕飯の準備を始めることにする。

今回は私とクロードも手伝うんだ。街に飲みに行った人たちの夕飯は作らなくていいということなので、人数が少ない分、今日は少し凝ったものが作れるかも。

かつて調理班にいたというクロードは、料理のことにも詳しくてメニューを考えるのも手伝ってもらった。あんまり食べ物とかに興味なさそうな感じなのに、意外。

まずは、カマドの横のテーブルでクロードと二人で野菜を切り分ける。テオは小麦粉とバター、水を混ぜて練ってもらうことにした。アキちゃんにはカマドにかけた小鍋でベリーを煮てもらっている。

このベリーはレインが摘んできてくれたものなんだ。なんでも、薬草を採りに辺りを散策していたら、たくさんのベリーがなっている場所を見つけたんだって。

砂糖は貴重なので、あまり入れられないけど、ベリーはよく熟していたから果実そのものの甘みだけでも充分美味しいと思う。本当は砂糖が少ないとあまり保存には適さないんだけど、これだけ大所帯だとあっと言う間に食べ切っちゃいそう。

それにしても、クロードの包丁捌《ほうちょうさば》きは……なんていうか、いままでちょくちょく自炊していた私よりも遥かに手際がいい。

「……もしかして、クロードって料理好きなの……？」

「従騎士やってたときは、ずっと調理班だったからな。それに、私の実家は宿屋兼食事処《どころ》を営んでいるんだ。料理なら子どものころからしている」

「え……あ、そうなんだ」

てっきりクロードも、フランツと同じ貴族の出身なのだとばっかり思っていた。むしろ、フランツよりもずっと貴族っぽいなとも思っていたんだ。だから、つい、そんな間の抜けた感想を返してしまった。

それなのに、クロードは私の驚きを受け止めて、律儀《りちぎ》に返してくる。

「私はもともと、田舎の庶民の出だ。本来なら騎士団なんて入れる身分じゃないが、たまたま地元の領主に学問の出来と魔法が気に入られて書生として取り上げてもらった。それで、貴族たちが通う王立学院に入ることもできたんだ。フランツとはそのときから寮で同室だった」

「そんな昔からの付き合いなのね」

「ほぼ腐れ縁に近いな」

一見、性格は正反対なのに仲が良いのはそんな理由があったんだね。

フランツもクロードも、もともと庶民の生活をしていたのに、それぞれ理由は違うけれど貴族たちの仲間入りをさせられるという似た苦労を背負っている。だから、お互い通じ合うものもあるのだろう。クロードの口ぶりからしても、そういう人はきっと少数派のようだし。

そんなことを話していたら、横で一生懸命に生地《きじ》をこねていたテオが声をかけてきた。

「こんな感じでいいんでしょうか」

「ちょっと待ってね」

生地を指で確認してみると、うん、良い感じの弾力。

「ありがとう。ばっちりだよ」

そう笑顔で返すと、テオも小麦粉を頬につけたまま嬉しそうな笑顔になる。

アキちゃんの煮ていたベリーも良い香りがしてきた。そろそろ深皿に移して冷ますことにしよう。

「さて。どんどん作ってっちゃいましょう！」

今日のメニューは、ほうれん草みたいな野菜とベーコンのキッシュ。それに、買ってきたばかりの白パン（ベリーの手作りジャムつき）、鶏肉と野菜たっぷりのポトフだよ。

オーブンがないからキッシュはカマドのフライパンで作ることにしたけれど、注意して火加減を見ていた甲斐《かい》あって、焦げ付きもなく上手く焼けた。

料理ができあがるころには、匂いにつられて団員の人たちが大焚き火の周りに集まってくる。

カマド横のテーブルの上を片付けて、人数分のお皿をのせ、そこに切り分けたキッシュをのせていった。それにパンをのせて、ジャムを添える。

パンは買ってきたばかりの白パンだから、手ですぐにちぎれるくらい柔らかいの。

スープ皿にはポトフ。肉と野菜がゴロゴロしていて、食欲をそそるいい香りを漂わせている。

「すげぇ……ちゃんとした食事だ。い、いや、いつものも美味しいけどねっ」

皿を見てそんな感想を漏らしたフランツは、テオたち調理班の人たちに気を使ってか慌てて言い直す。そんなフランツに、テオは首を横にふった。

「いえ。仕方ないです。いろんな食材買えたのは、カエデ様のおかげですから。しかも、これでもまだお金はたくさん残っているんですよ。今日だけ特別豪華というわけじゃなく、この調子なら明日からもイモだらけのシチューにならずに済みそうです」

旬《しゅん》の野菜を多く使ったからね。ぼったくりイモをたくさん買うよりも、ずっと安く色々なものを買うことができた。これでイモざんまいの毎日から解放されそう。調理班のお手伝いをさせてもらって、本当に良かった。

団員のみんなが我先にと料理ののった皿を手に取っていき、大焚き火の周りの思い思いの場所に座って食べ始めた。

テオやクロードに味見してもらったときは好評だったけど、他の団員の人たちの口に合うかどうか内心はドキドキだった。

でも、そんな心配は杞憂《きゆう》だったみたい。

いつも賑やかなみんなが今日はお喋りもやめて、黙々と食べている。そしてすごい勢いで食べ終えたかと思うと、すっごくにこやかな笑顔でお代わりをもらいに来た。

そのうえ、口々に「めちゃめちゃうまい！」「あんまりうますぎて夢かと思った」「遠征でこんなうまい飯を食ったの初めてだ」と言葉をかけてくれた。

初めはメニューを変えることに嫌そうな顔をしていたナッシュ副団長も、ちゃっかりお代わりに並んでいたんだよ。

「これは、街に遊びに行った団長に自慢してやらなきゃならないね」

だって。気に入ってもらえて、良かった。

もちろん、救護テントにいるサブリナ様とレインのところにも持っていったよ。二人とも、美味しいって喜んでくれた。ジャムももうほとんど使い切ってしまったから、レインが明日もまたベリーをたくさん採ってきてくれるって。そうしたら、またジャムがたくさん作れるね。紅茶に入れて、ロシアンティにするのもいいかも。美味しいモノがあるとどんどん妄想《もうそう》が広がっていく。

みんなに夕食を配り終わったら、ようやく私も食事にありつくことができた。もうお腹ぺこぺこ。

とっくに日は落ちて、『青の台地』の名前どおり、地面がうっすらと青い光を放ち始めていた。

ポトフの深皿とキッシュの皿を手に椅子代わりの切り株に腰掛けると、待っていてくれたフランツも隣に来る。

先に食べてていいよって言ったのに、「あんまり腹減ってないから」って言って待っててくれていたんだ。

なぜかフランツは食事のときによくそばに来てくれる。もう、私もここでの生活に慣れてきたから、一人でも大丈夫なのに。でも、サブリナ様やレインと食べるのも落ち着けて好きだけど、フランツとの食事は少し違う。もっと、こう気持ちが弾んで、つい食べるのそっちのけで話に夢中になっちゃうんだ。

だけど、今日は会話もそこそこに彼が料理にどんな反応をするのかドキドキしながら眺めていた。

彼がスプーンでポトフのスープを一口すくって口に入れる。少しの間があってから、

「うわ……このスープ、すげぇうまい」

感嘆の声をあげた。そのまま、勢いづいてパクパクと何回もスプーンを口に運ぶ。その様子に私もほっと一安心。

「良かった。お口にあったみたいだね」

みんなに美味しいモノ食べてほしいと思ったし、自分でも美味しいモノを食べたいと思って作ったけれど、一番食べてほしかったのはフランツなんだ。いつも、いっぱいお世話になっているもん。

彼が美味しそうに食べているのを見ていると、こちらまでほっこり幸せな気分になってくる。

ひとしきり食べたあと、フランツはこくこくと頷いた。

「こんなうまいの、家でも食べたことないよ」

「ちょっとね、いろいろ工夫してみたんだ」

私も、彼の反応が嬉しくて、ほっと胸をなで下ろしながらスプーンを口に運ぶ。

うん。やっぱり、おいしい！

鶏肉の旨味《うまみ》が滲《し》み出したスープが喉をするっと流れ落ちると、すぐに次の一口がほしくなってついついスプーンが進んでしまう。鶏肉はぷりぷりと弾力があって、噛めば噛むほど味わい深いし。よく煮込んだタマネギはとろっと甘く、どの野菜もお日様をたっぷり浴びて育った旬のものだからしっかりと味が濃くて美味しい。

実は、街の精肉店に行ったときに、鶏肉だけじゃなくて鶏ガラもいっしょにもらってきたんだ。鶏肉っていっても、私が想像してたニワトリの二倍くらいありそうな大きなニワトリだったんだけどね。それをさばく様子はあまり思い出したくない。けど、その場でさばいてくれるから当然ガラが出る。それもくださいって言ったら、お店の人は驚いてたっけ。こんなものどうするんだ？　犬の餌《えさ》にでもするのか？　って不思議がられた。

でも、その鶏ガラをスープと一緒に煮込んだら、想像以上に深い味わいが出てきたの。今回、そのスープに野菜や鶏肉を入れて煮込んだんだから、そりゃ、美味しくないはずがない。

なんでも、こちらの人たちはダシを取るという習慣があまりないみたい。クロードにはこちらの調理法とか色々教えてもらったり手伝ってもらったりしたんだけど、彼も骨《ガラ》を使ったことはなかったらしくてとても驚いていた。今度実家に帰ったら、宿屋兼食事処《どころ》をしている両親に教えてやりたいとまで言っていたな。あの目は、本気だった。

美味しくてつい、ぱくぱくとスプーンが進む。いつもみたいに会話に夢中になったりせず、今日はお互い黙々と食べていた。

「こっちのも、いいね」

「うん。それはね、キッシュっていうの。卵もいっぱい買えたんだ」

キッシュはサクッとしたタルトと、柔らかなキッシュ生地を同時に楽しめるのがいいし、手で持てるので食べやすい。キッシュ生地はふわふわの卵とチーズを混ぜこんで焼いたもの。その中にはベーコンとほうれん草が包まれていて、一口食べると卵の軽さとともにじゅわっとベーコンの旨味が口の中に広がる。こちらも上手く焼けて良かった。

結局、いつもより多くの食材を使ったのに、いつもよりも予算が少なくて済んだんだ。ぼったくりイモ許すまじって怒りたくもなるけど、在庫管理と予算管理をしっかりして適切な値段で購入できれば、こんなに食生活はぐっと充実するってわかっただけでも良かった。

これからは救護班のお手伝いの合間をぬって、調理班の方もできるかぎり手伝わせてもらおう。

毎日美味しいもの食べたいものね。

こうして、買出しと初めての料理のお手伝いは大成功に終わった。私も久しぶりに色々食べられて大満足。ほくほくしながらキッシュを頬張っていたら、お代わりのスープをもらって戻ってきたフランツが隣に座りながら「そうだ」と声をあげた。

「どうしたの?」

「あのさ。今度時間があるときでいいから、前に教えてもらったお小遣い帳を見てもらえないかな。書き方あってるのかどうか、心配でさ」

「ん？　うん。いいよ、もちろん。このあと洗い物を手伝ったら時間あいてるから、持って来て」

そんなわけで食事のあと、フランツにお小遣い帳を持って来てもらうことになった。救護テントに戻ると、テーブルにランタンを置いたその前で彼のお小遣い帳を見せてもらう。

うん。ちゃんと記帳は続けていたみたい。街へ行ったときの「飲み代」や日常雑貨を買ったことなどが記されていた。でも、よくわからない項目もある。ところどころ書いてある、「カード」ってなんだろう？　額はそんなに多くないんだけど、ちょこちょこあるの。

「フランツ。これは何なの？」

「ああ、それは……」

彼はどこかバツが悪そうに頬を指で掻いた。

「ほかの奴らと、賭けカードをやったんだ」

「賭けカード？　あ、団員さんたちがよくやってるアレね！」

そういえば休憩時間にあちこちでやっているのを見たことがある。トランプみたいなカードのゲームで、数人でポーカーみたいなことをして遊ぶみたい。そっか、あれ、お金賭《か》けてやるんだ。

「俺、そのお小遣い帳つけてみてさ。どんだけカードで負けてるのかよくわかったよ。勝つときは結構な金が返ってくるから、自分的には損はしてないつもりだったんだ。でも、お小遣い帳つけるようになって負けた額と勝った額の合計を比べてみたら、負けた額の方が全然多いってわかった」

自分の消費傾向を知って、それを自分でコントロールできるようになるってとても大事なこと。

フランツは、その第一段階をちゃんとクリアできていたみたい。

「すごいすごい。それに気づけるのは、とても大事なことだよ」

つい嬉しくて両手を叩いて言うと、フランツはエヘへと照れくさそうに笑った。

「だからもう、これからはあんまり賭けないようにする。このお小遣い帳つけてると、いまどれだけ持っててあとどれくらい使えるのかわかりやすいから、あまり無駄遣いしなくなった気もするし。いままで本当に何も考えずにお金使ってたんだなってよくわかったよ。ってことを、クロードに言ったら、アイツもビックリしてた。お前がそんなこと言うなんて、変わったな、って」

昔のフランツを知っているクロードには、きっとその変化が手に取るようにわかるのだろう。

「うん。フランツ、頑張ってると思うよ。このお小遣い帳もしっかりつけられてる。ただ、ちょっと待っててね。いまざっと検算してみたんだけど、ここの段で計算間違いをしてるみたい。だからそのあとの残額から少し金額が違ってきちゃってるから、今直すね」

そうそう。この世界って消しゴムというものがないみたいなんだよね。どうやって字を消すのかというと、インクで書いた物はナイフで削って、炭チョークで書いた物は練ったパンで擦るの。フランツはお小遣い帳を炭チョークで書いている。だから、文具を入れてある小物入れから練りパンを持ってくると、間違えた数字を練りパンで擦って消して、そこに正しい数字を書き込んだ。

それをジッと横で見ていたフランツは、驚いた声でしみじみと言う。

「カエデ、すごいな……。なんでそんなに、パッパッパって計算できちゃうんだ？」

「え？」

フランツは私が暗算していたことが不思議みたい。

「うーん。受験とかでいっぱい数学の問題解いたから、それで自然とできるようになったっていう感じかな……」

ある程度教育を受けた日本人なら誰でもできることだと思うけれど、フランツはさらに驚いたようだった。

「カエデ、すごいってそれ。誰にでもできることじゃないよ」

「そうかな。えっと……そう言われると嬉しいかも。ありがとう」

褒められるのは、どこかくすぐったい。アハハと笑って返す。フランツも微笑ましそうに目を細めると、さらにこんなことを言いだした。

「そうだ。俺がお小遣い帳つけてたらさ、他にも興味もつヤツが何人かいてさ。そいつらも教えてほしいって言ってたんだけど」

「え？　他の団員さんたちにも？」

「うん。俺みたいに遠征の途中でお金使い切っちゃって、あとで欲しいもの買えなくなったりして困ってるやつって案外多くてさ」

そっか。そうだよね。お給料は半年分がまとめて渡されるシステムだものね。計画的に使うのはなかなか難しいことだと思う。

「わかった。今度、時間があるときにその人たちにも教えてあげる」

私がそう答えると、フランツは自分のことのようにパッと顔を輝かせて。

「ありがとう。よかった。アイツらも喜ぶと思うよ」

そう言って嬉しそうに笑った。

調理班のお手伝いに、お小遣い帳つけの先生と、この場所で私が役に立てることもどんどん増えてきているみたい。誰かの役に立てるのは、やっぱり嬉しい。

その翌日。街に遊びに行っていてあの夕飯を食べられなかった団員さんたちからも、ぜひ同じものが食べたいという要望がたくさんあがってきた。そこで、結局翌日も同じモノを作る羽目《はめ》になったんだ。

二回目もやっぱり美味しかった！

幕間二　クロード

　その日は魔物討伐がいつもより早くに終わったので、クロードは調理班の手伝いをすることにした。大焚き火の傍までやってきてみると、そこにはテオたち調理班の従騎士のほかに、もうすっかり彼らと馴染んだ様子のカエデの姿もあった。

　カエデは慣れた手付きでテキパキと調理を手伝っている。カマドにかけた大鍋に切ったばかりの野菜を投入すると、くるりとこちらを振り向いた。

「ソーセージ。食材庫から持って来ちゃうね」

「お願いします」

　テオが返すと、カエデはパタパタと食材テントの方へと駆けて行く。

　その後ろ姿を見送りながら、クロードはテオがやっていた作業を手伝ってタマネギの皮を剥《む》き始めた。

　しばらく黙々と作業を続けていたが、ふとカエデの様子が気になって隣のテオに尋ねてみる。

「カエデは毎日手伝いに来てるのか？」

「いえ。毎日というわけじゃないですが、よく来てくださいますよ。カエデ様が手伝ってくださるようになってから、ずいぶんメニューも変わりましたし」

「そうか」

確かに、カエデが調理班に関わるようになってから献立《こんだて》がずいぶん変わったように思う。バリエーションが多くなったし、料理に使われている食材の種類も格段に増えた。それにもかかわらず、予算的には以前と変わらない金額の範囲内でやりくりできているらしい。

それもこれも、カエデが食材の在庫管理表を作って在庫をきっちり管理できるようになったことが大きい。それにテオたち調理班の面々の意識もずいぶん変わったようだ。以前よりも無駄なく食材を使おうという意識が高まったし、古い食材を使い切れず腐らせてしまうということもなくなったという。

必要な分を安く購入してきっちり使い切るという精神が、調理班の中で着実に根付いてきているように思えた。

そのうえ、食事が美味しくなったことで、それを楽しみにする団員も増えた。いままで単に栄養補給のために流し込むだけだった食事の時間が楽しみな時間に変わり、それがそのまま団の中に流れる雰囲気さえもゆるやかに変えていっている気がする。

それは団全体の士気《しき》にも表れているのか、ここのところ討伐効率もあがっていた。

食事というものがもたらす影響の大きさに、クロードは今さらながら驚いていた。

クロード自身は味にはうるさい方だと自分でも自覚しているけれど、正直、騎士団の食事にはいままで何も期待してこなかった。遠征中の野外で食べる料理など、調理方法に限界があるのだから単調で不味《まず》くて当たり前という諦めもあった。

けれど、カエデはそんな思い込みすら、鮮やかに塗り替えてしまう。

彼女がしていることの一つ一つは記帳や節約といったとても地味なことだ。それなのに、確実に周りを変えていくのはなぜなのだろう。

カエデの様子を傍で見ながら、彼女がこれからどんな変化をこの団にもたらしてくれるのか少し楽しみにすら思い始めていた。

そのとき、どこかで「きゃっ！」という声とともに、バラバラと何かが落ちる音が聞こえてくる。

そちらに目をやると、カエデが地面につっぷすようにして派手《はで》に転《こ》けていた。ソーセージの塊は辛《かろ》うじて落とさずに手に持っていたが、周りに根菜やイモがバラバラと散らばって転がっている。

クロードは剥きかけのタマネギをテーブルに置くと、すぐに彼女の元へ行って手を差し出した。

「大丈夫か？」

カエデは申し訳なさそうにクロードの手を取ると、起き上がる。見た感じ手や服のあちこちに泥《どろ》がついてはいるが、怪我はなさそうだった。

「ごめんなさい。今日の献立に使うからと思って、あれこれ持ってきてたら根っこにひっかかっちゃって」

たくさん持って来すぎたため落とさないように気をつけていたら、足下がおろそかになって転けたらしい。

カエデはパッパッと服を叩くと、すぐにしゃがんで転がったイモを拾い始める。クロードもそれを手伝っていると、テオがカゴを持って来てくれたのでそこに拾ったイモなどを入れた。その量からすると、やはり彼女の細腕で運んでくるにはちょっと多すぎるだろう。

「洗えば問題なく食えるから、気にするな」

「うん」

カエデはますます肩をすぼめてしゅんとしている。

カゴを持って一緒にカマドの方へと歩いていきながら、クロードは小さく嘆息交じりに言った。

「そんなに、いっぺんに抱えすぎるな。言ってくれればいくらでも手伝うから」

「うん、ありがとう。やっぱ、無理しちゃ駄目だね。今度から気をつけます」

彼女がようやく笑ってくれたので、クロードも内心ほっとする。

このことだけじゃない。カエデは役に立ちたいという気持ちが人一倍強いのか、ときどき一人であれもこれもと抱えすぎてしまっているようにクロードには見えた。そんなに焦《あせ》らなくてもいいのにとも思う。

何をしようとしているのか言ってくれれば手を貸すことだってできるし、手を貸したいと思う奴はきっと自分やフランツ以外にもたくさんいるだろう。

カエデはもう、この団にとってなくてはならない一人になりつつあるのだから。

「さあ。夕飯を作ってしまおう」

「そうだね。そろそろ日が暮れちゃう。急がなきゃね」

と、笑顔で頷くカエデ。

クロードも頷き返すと調理テーブルへと向かう。

今日の夕飯を楽しみにしている団員たちもきっと多いはずだから、期待に違《たが》わず彼らの舌を唸らせるものを作ってやろう。

そこでふと、そんなことを考えている自分にクロードは驚いた。

いままで遠征中に料理を作っていてそんなこと考えたこともなかったのに。いつの間にそんなに味に積極的に向き合うようになったのだろうか。

もしかすると彼女に意識を変えられたのは自分も例外ではないのかもしれないな、と内心小さく苦笑した。

第三章　騎士団壊滅《かいめつ》の危機!?

西方《せいほう》騎士団に拾われてから早《はや》二ヶ月。

私たちは王国の西側を南下して、次のキャンプ地へと向かっていた。

いつものように騎士団の列は長く続く。私たち救護班はその列の中ほど。いつものように、レインの操る荷馬車の荷台で揺られていた。

その道すがら、急に雨が降り出してきた。急いで荷物の中からテント用の布を引っ張り出すと、荷台全体に布を被せて雨避けにする。荷台に乗っている私とサブリナ様も、すっぽりとその布の下に隠れるように雨宿り。

布は雨でも平気なようにロウでコーティングされているから、水は染みこんでこないんだ。雨の雫が布にあたるパラパラという音と、馬たちが歩くたびに跳ね上げるピシャピシャという脚音だけが静かな景色の中に聞こえていた。

荷物の配置の関係で、今回はサブリナ様とくっつくように隣り合って座っている。季節は初夏にあたるらしく、日に日に気温は高くなっているけれど、雨の続く今日は少し肌寒い。雨に濡れないよう気をつけながら、肩のショールをかけ直した。

「次に滞在する場所って、どんなところなんですかね」

何気なくサブリナ様にそんな言葉をかけると、彼女は朗らかに笑った。

「次もまた、深い森の中ね。ああ、でも、あのあたりはこの時期、面白い花がたくさん咲くのよ。ポプリにすると良い香りがするの」

「ポプリですか！　うわぁ、素敵！」

サブリナ様はお洋服を木箱に仕舞うとき、いつも一緒にポプリの小袋を入れている。これが、とってもいい香りなんだ。女子力高くて、素敵。私もぜひとも見習いたい。よし、次のキャンプ地へ行ったら、ポプリを作ろう。

「ポプリ。懐かしいわねぇ。私も主人にあげたことがあるわ」

サブリナ様が、そんなことを言いながら昔を思い出すかのように目を細めた。

「サブリナさんのご主人さんって……昔、騎士団にいらしたんですよね？」

彼女はあまり自分のことを話さない。それでも、お茶をしたときなどぽつりぽつりと話してくれることはあった。それらを総合すると、ご主人はもう他界されていて、子どもたちもみんな独立しているようだった。ときどきとても丁寧に手紙をしたためてらっしゃるのは、子どもたちに宛てたもののよう。

サブリナ様は視線をこちらに戻すと、ふわりと柔らかな笑みを湛える。

「ええ。主人はこの西方騎士団にいたのよ。あと、三番目の息子もね」

「じゃあ、そのときはご主人さんと息子さんも、こうやって遠征をしてたんですか？」

「ええ、そうよ。二人ともあまり手紙も寄越さないから、いつも王都の屋敷でハラハラしながら帰りを待っていたわ」

そうだろうなぁ。この世界にはメールや電話なんていう便利なものもない。唯一《ゆいいつ》、手紙だけが遠く離れた人と交信できる手段だもの。それもなかなか届かないとなると、心配にもなるだろう。

「他の団員さんたちも、あんまり手紙とか書いてないですもんね」

日々の生活が忙しいのもあるだろうが、他の騎士団の人たちを見ていても、サブリナ様のように細やかに手紙をしたためている様子はあまり見た記憶がない。

「そうなのよ。みんな、王都やあちこちに大事な家族や友人を残してきているんだから、もっと手紙を出しなさい、って私はいつも言っているの」

そう話したあと、いつも穏やかな笑みを絶やさないサブリナ様の面差《おもざ》しから、ふいに笑みが消えた。愁眉《しゅうび》を寄せて何かに思いふけるように、雨に煙る森の景色をじっと眺めていらっしゃる。私は何て声をかけていいのかもわからず、黙って彼女と同じように流れゆく外の景色をただ眺めていた。

しばらくの沈黙のあと、雨音の中に再び彼女の穏やかな声が聞こえてくる。

「だって。いつ何があるかわからないもの。もしかしたらもう二度と、大切な人たちに会えないかもしれないんだから」

なんだか特別な重みを孕んでいるようにも感じられる言葉だった。それが胸の奥に小骨のようにチクリと刺さるようで気になったけれど、サブリナ様はもうそれ以上語ることはなかった。

再び雨音と、馬が水を蹴る脚音だけが辺りを満たす。雨はしとしとといつまでも降り続いていた。

＊　＊　＊　＊　＊

雨が上がってから半日ほど荷馬車に揺られたのち、私たちはようやく次のキャンプ地へと到着した。雨が上がってしまうと、急に気温も高くなりはじめる。もうショールはいらないね。ワンピースの袖も、ついめくりたくなってくる。

今度のキャンプ地は、ヴィラスという土地らしい。

このあたりも森に木々が多く繁る緑豊かな土地なのだけど、最初に私がグレイトベアーに襲われたウィンブルドの森とは少し植生が違うみたい。

ウィンブルドの森はどちらかというと針葉樹が多く茂っていたけれど、ここは日本の西の方の山に似た景色。森にはたくさんの広葉樹があおあおとした葉を茂らせていた。きっと、秋になると紅葉がすごいんじゃないかな。そんな時期に来てみたいものだけど、あいにく、西方騎士団がここに立ち寄るのはいつも温かい季節みたい。

荷ほどきとキャンプ地の設営を終えたら、大焚き火でお湯をもらってきて、外のテーブルでレインの淹れてくれた紅茶を手に一息ついた。

今日のお茶請けは、前のキャンプ地にいたときに焼いた堅焼きクッキーなの。全粒粉《ぜんりゅうふん》の小麦粉に少量のハチミツを混ぜて練った生地をフライパンで焼いただけのもの。でも、歯ごたえの良さが小腹を満たしてくれるし、素朴な味わいが紅茶によくあうの。

たくさん作ったんだけど、団員さんたちが美味しい美味しいと言ってつまんでいくので、あっという間になくなっちゃった。ここにある分は、あとでサブリナ様たちとお茶したときに食べようって思って、あらかじめハンカチにくるんで取っておいたもの。

ふふ。紅茶とクッキーの組み合わせって、なんでこんなに幸せな気持ちにしてくれるんだろうね。

美味しい。

なんて満喫していたら、一緒にお茶をしていたサブリナ様とレインがなんとも微笑ましそうに目を細めてこちらを眺めていた。

レインには、

「カエデは、ほんとうにいつも美味しそうに食べるよね」

と妙なところを感心されてしまう。

そんなに美味しそうな表情でクッキーを頬張ってたかしら。いかんいかん。アラサー女子としては、もう少し大人な雰囲気を醸《かも》し出さなきゃ。

「サブリナさんも、レインもどうぞ」

はやくしないと、うっかり私が食べ尽くしちゃいそうだもん！

そんな私の心の訴えが聞こえているかのように、サブリナ様はクスリと笑みを浮かべる。

「私たちも頂いてますよ。でも、もっとゆっくり食べていいのよ。今日はもう、それほどやることもないでしょう？」

「……そうなんですよね。ここにいる間は街には行けないんですよね？」

私の言葉に、サブリナ様は優雅にお茶を飲むと「ええ」と頷いた。

「自由都市『ヴィラス』には、王国関係者は入れないの」

ここヴィラスと呼ばれる地域を実質的に治めているのは、自由都市『ヴィラス』という都市国家なのだという。でも、このヴィラスは普通の街とは違って、商人ギルドが支配する街。そのため、一応王国の領土内ではあるけれど、かなりの自治が認められているんだって。半独立地域ともいえる街なのだそうだ。

自治を重んじるためか王国の支配に対して好意的ではないから、王の直属組織である西方騎士団の面々はこの街には入ることができないんだって。

このキャンプ地に着いたときに挨拶に行った団長たちも、中には入れてもらえずに壁越しに来訪とキャンプ地設営の旨《むね》を告げるのが精一杯だったたって言っていた。

だからここに来る前に立ち寄った街で、食材はたくさん買い込んできたから当分買い物に出る必要はないけれど、その街だってここから馬車で数日かかる距離だから簡単には戻れない。

なので、ここに駐屯するときはいつも、手前の街で必要なものは買い込んでおく必要があるの。

そんなに王国の人に干渉《かんしょう》してほしくないなら、自分たちで自警団でも作って周辺地域を守ればいいのにって思うけれど、ヴィラスは王国に多額の納税をしているとかでそうもいかないらしい。

王国と自由都市ヴィラスは、最小限の協力はしつつもお互いに自治は譲らない、微妙なバランスの上にたつ特殊な関係なんだね。

そんなわけで、今回は街へ出向くことができないので、時間は結構たっぷりあるの。

「ヴィラスって、どんな街なんでしょうね。商人がたくさんいるって聞きましたけど」

「そうね。商人の街だけあってここ西南地方の商業の中心だし、海もそんなに遠くないから外国との交易の中心にもなっているのよ」

「へぇ……」

外国かぁ。海の向こうにはどんな国があって、どんな交易品が入ってくるんだろう。想像するだけでワクワクしてくる。きっと、ヴィラスは異国情緒漂う街なんだろうな。行ってみたいなぁ。入れないけど。

「王国関係者としては入れないけれど、一般人としては他の地方の商人ギルドの許可証があれば入ることはできるのよ。でも、商人でもない私たちは遠征以外でここまで足を伸ばすこと自体、なかなかないわね」

この世界の交通手段は、馬か徒歩しかない。そうなると、一般人はなかなか遠方まで出かけることもないのだろう。旅行もそう簡単にはできないだろうし。

「でも、いつか行ってみたいです」

どんな街なんだろう。風光明媚《ふうこうめいび》な場所を見るのも好きだけど、人々が暮らしている街を眺めるのも大好きなんだ。ちょっとした路地とか見かけると、ついふらっと入り込んであちこち眺めたくなるもの。また迷子になったら困るからこの世界ではまだ一人歩きはできないけどね。

そんなことを思いながらクッキーをかじっていたら、サブリナ様が、

「街には行けないけど、ヴィラスには硝子草《がらすそう》が群生している丘があるから行ってみるといいわよ」

と、そう教えてくれた。

「硝子草……ですか？」

ガラスでできた草？　言葉の雰囲気から、どんな花なのか想像できないでいたら、サブリナ様は「そうそう」と席を立つと救護テントの中へと入っていく。すぐに出てきた彼女の手には、小さな麻の小袋があった。

これはたしか、彼女が服を入れている木箱に置いているものだ。

小袋はとても軽くて、触ると中に入れてあるものがカサカサと音を立てる。

そして、振ると良い香りがたちのぼった。薔薇《バラ》のようなしっとりとした甘みの中に、柑橘類のような爽やかな余韻《よいん》が残る素敵な香りなの。

「これも、硝子草を乾燥させたものなのよ。匂い付けの意味もあるけれど、虫除《よ》けの効果もあるの」

そっか、この小袋に入っているのは硝子草のポプリだったんだ。

「私も、作ってみます！　このポプリ！」

「ええ。硝子草の咲く丘はここから歩いてちょっとの所だから、誰か一緒につれていくといいわ」

「はいっ」

このポプリ、欲しかったんだ！　私もサブリナ様みたいに洗った衣服にポプリの小袋を挟み込んで香りをつけてみよう。うまくできたら、サブリナ様にもポプリをプレゼントするんだ。

楽しい予定ができて、紅茶とクッキーがますます美味しくなった。

早速翌日の朝に、フランツと一緒に硝子草の丘へ行く約束をとりつけた。花摘み用の桶を用意して、ちょうど時間の空いていたアキちゃんも誘って、フランツが迎えに来るのを救護テントで待っていたの。すると、やってきたのはフランツだけではなかった。

申し訳なさそうな顔をしたフランツの後ろに、数人の正騎士さんたちがついてきている。

「カエデ、悪い。その……こいつらが、あのお小遣い帳のことを教えてほしいって言ってて。今日はこのあと用事があるから駄目だって言ってんのに、ついてきちゃったんだ」

「えええっ⁉」

フランツが来たらすぐに出かけるぞと思って用意していた私は、桶を持ったままポカンとしてしまう。フランツの後ろには三人の騎士さんたち。どの顔も見覚えがあった。よくフランツやクロードとカードしたり話したりしているのを見かける、仲の良い人たちみたい。

「俺たちも、よく金欠になって困ってるんだ。お願いしますっ」

そう言って一斉に頭を下げられたら、無下に断ることもできない。すっかりお出かけ気分だったけど、仕方ないなぁ。まとめて面倒見ますか！

「あ、紙ならいっぱい持って来た」

あたふたとフランツが紙の束を差し出してくる。紙と書くモノがあれば、お小遣い帳はすぐに作れるものね。

私は救護テントのテーブルで即席のお小遣い帳講座を開くことにしたの。やり方は、以前、フランツに教えたものと同じ。私がやる手本どおりに紙に表を書いてもらって、書き方を手取り足取り教えながら、実際に彼らが持っている金額を記入していく。

あとは、お金を使ったときと新しく手に入れたときの書き方を教えれば、一通り記入できるようになると思うんだ。

今回は、既に書き方を覚えていたフランツも一緒に手伝ってくれたので、案外スムーズに教えることができた。そうやってフランツが教える側に回れるほどに身につけてくれていることが内心とても嬉しい。

そうそう。一緒に硝子草の丘に行くために救護テントで待っていたアキちゃんも、三人の騎士さんたちに混ざってお小遣い帳の書き方を習っていたよ。正騎士さんたちよりも飲み込みが早くて、しっかり覚えてくれたみたい。一番最初にお小遣い帳を作り終えたのもアキちゃんだった。

こうやってお金の管理の仕方をいろんな人が身につけてくれるといいよね。なんだかみんなの役に立てている実感が持てて嬉しいし。

一通り教え終わると、三人の騎士さんたちは大事そうに自分で作ったお小遣い帳を持って、

「ありがとう！」

と、何度もお礼を言うと、自分たちのテントの方へ戻っていった。

それを見送ると、さて。いよいよ今日の本来の目的。サブリナ様に教えてもらった、硝子草の咲く丘へと出発しよう！

改めて桶を手に取ると、キャンプ地を離れてフランツの案内で森の中を歩いて行く。

「フランツは、そこへは行ったことあるの？」

「ああ。前にここに遠征に来たときにね。静かだし、絵を描くのにちょうどいいから」

そう言うと、彼は肩にかけている小さな皮のカバンをぽんぽんと叩く。

その中には画材道具一式が入っているんだって。さっきちらっと中を見せてもらったけれど、いろんな細さの木炭に紙を巻いたものに、小さな小瓶に入った粉状の絵の具に、パレット。それとあとよくわからないものがいろいろと小さなカバンにコンパクトに入っていた。さらに、手に持っているのは数枚の紙と画板。これが、彼がいつも絵を描いている道具らしい。

私たちは花を入れる桶を持って、森の中の小道をフランツの案内で歩いて行った。ゆるやかな傾斜のある坂道を登っていくと、ふいに森が途切れる。

その先に広がっていたのは。

「うわぁ……きれい……」

目の前に続くのは、小高い丘が連なる一帯。その丘一面が、まるで薄桃色の絨毯が敷き詰められているのかと錯覚しそうなほど、柔らかな色彩に彩《いろど》られていた。

足元に目を落とすと、うっすらと色づいた花が無数に咲きほこっている。

タンポポくらいの大きさのその花には五枚の花びらがあって、一つ一つの花はほとんど透明といっていいほどの薄い色合いをしていた。なんと、花びらを透《す》けて下の細い茎まで見えているの。

でも、それらがたくさん集まると、丘全体がほんのりと薄桃色に染まって見えていた。

花に触れてみると、花びらは想像以上に硬くて驚く。透明度の高い色味と合わせて、本当にガラスみたい。だから、硝子草《がらすそう》って言うんだね。

丘の向こうから吹いてくる風に硝子草が撫でられると、花同士が触れ合ってシャラシャラシャラとなんとも耳に心地のいい音を奏《かな》でだす。

香りは、思ったより感じない。それでも、風が吹くと、ふわりと仄《ほの》かにあのサブリナ様が持っているポプリと同じ香りが鼻をくすぐってくる。

「ほんとうに、ガラスみたい……」

「な。綺麗だろ。硝子草自体は結構どこでも咲いているんだけど、こんなに群生しているのは俺もこの丘ぐらいしか見たことない」

きっと日本にこんな場所があったら、観光客がどっと押し寄せるんだろうな。でも、ここの世界の人にはそういう風習はないのか、見渡す限り誰もいない。ここにいるのは、私とフランツ、それにアキちゃんの三人だけ。

三人だけで、この景色を独り占めできるだなんて、なんて贅沢《ぜいたく》なんだろう。

丘の上を歩いて行くと、足が硝子草の花に触れてシャランシャランと何とも涼しげな音をたてる。

「なんか、こんなに綺麗だと摘んじゃうのがもったいないね」

私がそんなことを言うと、フランツは笑った。

「硝子草は花が長くもつ方だけど、それでもそのうち枯れちゃうからいいんじゃない？　前に遠征に来たときは、もう花が終わったあとだったから残念だった。今年は間に合って良かったな」

そっか。もうすぐ枯れちゃうんだね。なら、ポプリにして活用するのもいいよね。

アキちゃんはさっそくしゃがみ込んでせっせと花を摘んでいる。

私も良さそうな場所を見つけると、スカートを折ってその場にしゃがみ込んだ。

手で花を撫でると、シャラララと素敵な音が鳴るのがなんとも楽しい。その花を指で優しく摘むと、持ってきた桶に入れていく。

摘んだ花を手に取って鼻に近づけたら、ふわんと甘く爽やかな香りが鼻孔をかすめた。思わず香りを深呼吸。うん。やっぱり、サブリナ様のあのポプリの香りだ。ふふふ、これでポプリを作ればサブリナ様みたいに私の女子力アップも間違いなし！

そうやって夢中で花を摘んでいたら、少し離れたところで同じように花を摘んでいたアキちゃんが、ニコニコしながらこちらへ近寄ってきた。

「うん？　どうしたの？」

首を傾げてそちらを見ると、彼女はニコニコしたまま後ろ手に持っていたものをポサッと私の頭にのっけた。

「え？」

クスクスクスとアキちゃんは、軽《かろ》やかに楽しげな声で笑う。

「それ、カエデ様にさしあげます」

頭の上のものを手で触れると、シャランと優しい音がした。これ、花かんむり⁉

硝子草で作った花かんむりは、私が頭を揺らすたびに楽しげにシャラシャラと鳴る。

「ありがとう。アキちゃん」

礼を言うと、彼女は照れくさそうに少しモジモジしながらもニコニコ笑顔で返してくれる。手にはもう一つ花かんむりを持っていた。それを手に、彼女は少し離れた場所に座って絵を描いているフランツに視線を向ける。

「フランツ様にもあげてきますね！」

「うん。いってらっしゃい」

「はいっ」

元気な返事とともに、シャラシャラと足下の花を鳴らして、アキちゃんはフランツの元へと駆けて行った。赤いショートボブの髪が、足取りとともに跳ねる後ろ姿は何とも可愛らしい。私は弟しかいなかったけれど、妹がいたらこんな感じだったのかななんて密《ひそ》かに思った。

フランツは絵を描くことに夢中になっていたようで、アキちゃんに花かんむりを頭に載せられるまで気付いていないようだった。

ポンと花かんむりをのせられて、ここから見ていてもわかるほどビクッとしたあと、二人で楽しそうに談笑する声が聞こえてくる。

私も花を桶いっぱいまで摘み終えると、フランツたちの元へ行ってみることにした。

近づいてみると、花畑の中に腰掛けたフランツの手には、画板。その上に紙がのせられ、風で飛ばないように画鋲《がびょう》みたいなもので留められていた。

紙の上には、ここの花畑が描かれている。まだ黒い木炭でデッサンしただけなのに、もう色や香り、音まで感じられそうなほど繊細に描き込まれていた。

「あとは色をつけるんだけどさ。この硝子草の色って、なかなか上手く出せないんだよね」

そう言いながらフランツは足下に置かれていたケースから一つの小瓶を取り出した。それを開けて、パレットの上に少量をあける。粉状の絵の具が小さな山を作った。

彼はさらに何種類かの絵の具の粉を混ぜて色を調整したあと、そこに少し大きめの小瓶からトロッとした液体を垂らす。

「それも絵の具？」

「ううん。これは、ハチミツ。粉絵の具はそのままだと紙に色がつかないから、こうやって何か混ぜて、色がつきやすくなるようにするんだ。ハチミツを使うと、透明感のある色になるんだよ。卵を混ぜると、もっとペタッとした質感になる。ほかにも油とかいろいろ使うよ。つけたい色の質感によって、混ぜ物は変えるんだ」

へぇ……。フランツの手元を見るのは面白い。まるで魔法の道具でも作っているかのように、彼が何かを加える度に絵の具はどんどんと色を変える。そうやって、塗りたい色を作っていくのね。

色ができあがると、いよいよ絵筆を手に取って下絵に色をつけていく。彼の筆運びには迷いがなく、スッスッとどんどん色がついていった。白黒だった世界がいっきに色づいていく。それはまるで、絵の中の花たちに生命が吹き込まれたかのようだった。

「フランツ、絵描くの本当に上手だよね。子どものころから好きだったの？」

「そうだね。俺の実家……っていっても、俺が子どものころ育った母親の実家だけどさ。そこが壁画屋をやってたから、絵や画材は物心つく前から身近にあったんだ。小さいころに遊び半分で祖父を手伝うようになってから、いつのまにか自分一人でも描くようになった感じ。クロードから俺の家のことは聞いたんでしょ？」

　この前、ロロアの街でクロードがフランツの家庭事情を話してくれたときのことを言っているのだということはすぐにわかった。

　やっぱり、聞かれたくないことだったのかなと、申し訳なく思う。

「ごめんなさい。勝手に聞いちゃまずかったよね……」

「え？　あ、いや。別にそれはいいんだけど。クロードなら、噂とかじゃなく、正確に俺んちのこと知ってるからむしろ好都合だよ。妙な噂が先に耳に入ってなくてよかった。本当は俺からちゃんと話しておけばよかったんだけど……」

　言いたくないという気持ちはわかる。上手く行っていない家庭状況や自分が望んでいない生育状況なんてあまり他人に知られたくないよね。頭に浮かべることすら嫌だと思う。

「噂？　あ、ううん。言いたくないことは、言わなくていいよ。ごめんね」

「だから、いいって。ほら、俺、庶民からいきなり貴族にさせられたわけだろ？　そのせいで、俺を育ててくれた祖父母が父親にたかって多額の金を要求したんじゃないかとか。はじめからそれを目当てで、娘をハノーヴァー家のメイドにしたんだろ、とか。いろいろ口さがないことを勝手に言う人はいたから」

「そんな、酷い……」

「仕方ないよ。他人の口に蓋はできないからね」

フランツは、小さく苦笑して受け流す。ああ、またあの笑みだ。普段はしない、寂しそうな弱い笑み。

彼のそんな表情を見ていると、胸が痛くなる。でも、彼はすぐにくるっといつもの明るい表情に戻った。

「それよりも、花は摘めた？」

彼が話題を切り替えたので、私もすぐそちらに話題を移す。心の中のモヤモヤは花畑を通る風の香りにのせて吹き飛ばしてしまおう。

私は手に持っていた桶を彼に見せた。

「うん。こんなにいっぱい」

「そっか、良かった。でも、少し風も強くなってきたな。そろそろ戻る？」

「フランツの絵の方はもういいの？」

まだ色は半分も塗れていない。だけど、フランツはさっさと絵筆をしまい始めていた。

「下絵は描けたから、あとは記憶頼りにでも大丈夫。必要ならまた来るよ。それより、レディたちに風邪《かぜ》でも引かせちゃったら大変だろ？」

そう話してる間にも、フランツは画材の片付けをドンドンすすめ、あっという間にすべてを小さな肩掛けカバンにしまいこんでしまった。さすが、手慣れてるね。

彼が片付けをしている手元を何気なく眺めているとき、風が強く吹いた。彼の持っていた画板の絵を風があおる。そのとき、硝子草の絵の下にもう一枚別の絵が重なって隠れているのが見えたの。ちらっとしか見えなかったけれど、人物画のデッサンのようなものが見えた気がした。何の絵を描いていたんだろう。少し気になったけれど、

「さあ、戻ろう」

フランツはすっかり帰り支度を終えてしまったので、なんとなく聞けないままになってしまった。

アキちゃんも私もポプリ作りに使う硝子草は桶一杯に摘み終わっていたので、今日はこれで騎士団のキャンプ地へと戻ることにする。

帰る道すがらも、私とアキちゃんが手に持った桶の中の硝子草から、ふわりといい香りが立ち上って道に素敵な残り香を残していった。豊かな香りに包まれると、なんとも気持ちが華やいで足取りも軽くなる。

そしてキャンプ地へと戻ってくると、早速ポプリ作りを始めることにしたの。

サブリナ様に借りた大きな布をテーブルに広げると、そこに桶の中身をあける。布の上に、摘んできた硝子草がこんもりと山になった。それから、アキちゃんと一緒に丹念に花の部分だけをとりだした。

そして、キャンプ地から少し離れたところにある広葉樹の大きな木の下に布ごと二人で運んだの。ここなら、風通しもいいし、万が一雨が降っても少しの間なら濡れなさそう。木の下に布を開いて置くと、花びらが重ならないように丁寧に広げた。

よし、これでカラカラになるまで乾かせば準備は完了。もちろん、夜はテントの中に仕舞うよ。朝露がつくと、台なしだからね。そして朝になるとまた広げて乾燥させる。その繰り返し。

花を広げ終わると、アキちゃんと目があった。自然に笑みが零れて、お互い微笑みあう。

ポプリ、上手くできるといいなぁ。

そうそう、アキちゃんにもらった花かんむりは、サブリナ様に許可をもらって救護テントの柱に飾っておくことにしたの。このまま飾っておけば、乾燥が進んでドライフラワーになるでしょ？

テントの入り口の布が開いて外の風が入るたびに、シャランとわずかな音色と仄かな香りが漂うから、ちょっとした生活のアクセントになっていいもの。

もちろん救護テントに寝泊まりするような急病人や怪我人が来たら外すけれどね。それまではしばらく飾っておこうと思うんだ。

＊　＊　＊　＊　＊

そのころ。その丘から十数キロ離れた、とある村でのこと。

そこは畑の広がる、どこにでもある平凡で穏やかな村だった。

しかし、村人たちが昼食を食べるために畑から自宅に戻ろうとした時分にソレは起こった。

突然飛来した魔物たちに襲撃を受けたのだ。襲撃開始から小一時間後には様子が一変していた。

それはまるで地獄絵図。

すべての家と多くの村人たち、それにたくさんの家畜が燃やされた。村ごと火をつけられたのだ。

黒焦げになった死体が村中のあちこちに転がっていた。

燃え盛《さか》る炎からはいまも黒煙があがっている。そのうえ家や人が燃えた悪臭の中に、さらに胃を刺激する腐臭が混じっていた。

かろうじて生き残った男は全身に酷い火傷《やけど》を負いながらも、襲撃を終えて村を去っていくその小山のような背中に手を伸ばそうとする。

「逃げろ……厄災《やくさい》が……」

虚空《こくう》に向かってそう呟いたのを最期に、男はそのまま息絶えた。

その小山のような魔物は生命の絶えた村にはもう何の興味も示さず、しばらくくんくんと空気の匂いを嗅いだ後、西に進路を変えた。背中に畳まれていた翼《つばさ》を大きく広げると強く羽ばたいて飛び上がる。

小山のようなソレに付き従って周りを歩いていた鳥たちも、一様に翼を羽ばたかせて大地をけり飛びたった。

その死の行進が進む先には、西方騎士団のキャンプ地。そしてさらにその奥には、王国有数の人口を抱える自由都市ヴィラスがあった。

＊　＊　＊　＊　＊

ポプリを干したあと、私は調理班の食材整理を手伝っていた。一通り手伝いを終えて食材庫のテントを出ると、もうお日様が西の空に傾き始めていた。もう少ししたら暗くなる。その前にポプリを取り込まなくちゃね。そのままにしておくと夜霧や朝露を吸って湿ってしまうもの。

私は大焚き火の横を通り、キャンプ地を抜けてポプリを干しておいた大木の元へと向かった。

今日はキャンプ地全体に、のんびりした空気が流れている。

魔物討伐は明日からなので、騎士の皆さんも今日は思い思いに過ごしているみたい。なんだか休日のような雰囲気が漂っていた。

キャンプ地の外れにある大木の下まで来ると、干しておいたポプリは少し乾き始めていた。

ポプリを布の真ん中にかき集めて布を袋状にすると、こぼさないように気をつけて救護テントまで持って帰る。

でも、テントのところまで来たときだった。

大焚き火の方が、何やら騒がしい。そちらを見ると、馬が一頭、焚き火の傍に駆け込んできているのが見えた。その背には、西方騎士団の制服のシャツと胸当てをつけた男性が一人乗っている。

あの人は、たしか見回り役の人だ。

何事かと、焚き火の方へワラワラと団員たちが集まってくる。

「どうかしたの？　騒がしいわね」

救護テントから、騒ぎを聞きつけてサブリナ様も顔を出した。

「何か、あったんでしょうか……」

それまでキャンプ地を包み込んでいたのんびりとした雰囲気が一変、急に緊迫した空気が辺りに満ちはじめていた。

そのとき、大焚き火の傍で見回りの人から話を聞いていたゲルハルト団長が、ひとつ大きく頷くのが見えた。そして、彼は大きく鋭い声で団員たちに告げる。

「二時の方向から、こちらに飛来して接近する巨大な魔物あり！　全員、武器を取れ！　非戦闘員は全力で退避しろ！　救護班は一時退避して、戦闘終了後に再召集！」

その声に、団員たちは一斉に反応する。

武器を取りに行く騎士たち。避難を始める後方部隊の人たち。

何？　何が起きてるの？

何かしなきゃと思うのに、何をしていいのかもわからない。そうだ、逃げなきゃと思って後ろを振りむいたとき。

「きゃっ！」

「あ、すまないっ！」

武器を手に大焚き火の方へ向かう騎士の一人とぶつかってしまった。勢いで手に持っていたポプリを包んだ布を取り落としてしまう。足元に布が開け、花が散らばった。

その花びらの上を、大焚き火に向かう別の団員が踏んでいく。シャリッとガラスを踏むような音とともに花は砕けた。

花を拾おうと手を伸ばすものの、私はそのまま手を止める。違う。こんなことをしてる場合じゃない。逃げなきゃ。

そう思って顔をあげるものの、どちらに逃げていいのかすらわからなかった。

そのとき、ぐいっと手を引かれる。見ると、手を引いたのはサブリナ様だった。

「カエデ。さぁ、こちらに」

彼女の強い瞳に見つめられて私は我に返ると、一つ頷いて彼女と一緒に走りはじめた。そのとき、背後から悲鳴のような叫び声が聞こえてくる。

「来たぞ‼　しゃがめ‼」

え？　来た⁉　何が⁉　しゃがめ？

戸惑う私の頭をサブリナ様が地面に押さえつけるようにして、ともに伏せる。

その瞬間、身体中を焼くような熱波と赤い光が、さっきまで私の頭があった場所を覆うように走り抜けた。

「え………」

焦げ臭い匂いが鼻をつく。顔だけ上げて周りを見ると、近くのテントが火だるまになって燃えていた。その後ろにあった木々が何本も、火柱のようになっている。

何が起こったのか、頭がついていかない。

次いで、バリバリバリという木が砕けるような激しい音と、大地が揺れるような振動。

大焚き火の方に目をやると、焚き火の向こう側。いままで森の木々に覆われていた場所に、小山ができていた。

いや、小山にしてはおかしい。それはコウモリのような巨大な羽をいままさに畳もうとしているところだった。

空から突然飛来してきた、ソレ。

森の木々を踏み倒して、西方騎士団のキャンプ地に降り立ったソレは、黄色く濁《にご》った巨大な目でこちらをギロリと見ていた。

首が長く、トカゲのような翠色の肌。小山ほどもある巨体。馬車すら一噛みに砕いてしまいそうな大きな口と、そこからのぞく凶暴な尖《とが》った歯。その歯の間からはどろっとした黄緑色の液体が流れ出ている。

そして、鼻がまがりそうなほどの、酷い腐臭。

誰かが叫ぶのが聞こえた。

「アンデッド・ドラゴンだ！」

「こいつは生き物の気配に反応する！　向かってくるぞ！」

しかも、襲ってきたのはその巨大なドラゴンだけではなかった。少し遅れて、ドラゴンのもとにパラパラと小さな鳥たちが飛来する。小さいと言ってもドラゴンと比較するとそう見えるだけで、人の背丈の半分くらいはありそうな大きな鳥だ。

二十羽以上いる鳥たちは、よく見ると羽根が剥《は》げ落ち、翼が明らかにおかしな方向に曲がっているものもいた。

「気をつけろ、そいつらもアンデッド化してる。くそっ、このドラゴンの屍肉《しにく》を喰《くら》おうとしたハゲワシどもの成れの果てだ」

騎士の一人がそう言い捨てた。

騎士たちは既にそれぞれの武器を手に取って、臨戦態勢に入っている。ドラゴンに向かい合っているのは正騎士だけでなく、テオたち従騎士たちも同様だった。最もドラゴンと近い正面で剣を構えて立っているフランツの背中も見えた。

張り上げた団長の声が森に響く。

「こいつらは生きているものに反応して襲ってくる！　この先にはヴィラスの街もある！　いいな！　命に代えてでも、ここで仕留めろ！　絶対にこの先へは行かせるな！」

団長の声に、団員たちが呼応して声をあげた。

彼らはこんな巨大な魔物に対しても、臆《おく》する素振りはない。

そうだ。この人たちは、戦う人たちなのだ。たくさんの人たちを守るために、命を賭《と》して戦う人たちなんだ。

そのことを、いまさらながら思い知らされた気がした。いままでだって頭ではわかっていたはずなのに。戦いに行く彼らを見送り、帰ってくる彼らを迎えるのは日常の風景になっていた。でも、彼らが戦いに臨《のぞ》む姿を見たのはこれが初めてだった。

そのとき、背後から蹄の音が聞こえてくる。振り向くと、馬に乗ったレインがこちらに駆け寄ってくるところだった。

「さあ。早く！　避難を！」

レインが馬上から手を伸ばしてくる。先にサブリナ様に馬に乗ってもらった。

ついで私はレインに手を引かれて、彼の後ろに乗る。

そのとき、腹の底を揺らすような音が轟《とどろ》いた。

ガァアアアアアアアアアアアアアア

大地を揺らす衝撃。あたりに濃く立ちこめる腐臭。一瞬遅れて、それがドラゴンの咆哮だと気付く。

それとともに、ドラゴンの周りや身体に降り立っていたアンデッド鳥たちが、一斉に飛び立って団員たちに襲いかかった。こちらにも数羽が飛来してくる。

レインは馬を器用に動かしながら腰の細剣《レイピア》を抜くと、向かってきた一羽を切り落とした。しかし、まだ数羽がこちらを狙《ねら》ってくる。鋭い鉤爪《かぎづめ》で私は頭をひっかかれそうになった。

「きゃ、きゃあっ」

咄嗟に頭を手で守ろうとしたけど、それよりも早くアンデッド鳥は真っ二つになって地面に落ちる。

見ると、すぐ傍にいつの間にか馬に乗ったアキちゃんが来ていた。彼女の手にはロング・ソード。その長い刀身《とうしん》はべっとりとした血で赤黒く染まっていた。アキちゃんは、もう一羽、飛来したアンデッド鳥を馬上から切り落とすと、こちらに向かって声をあげる。

「私が援護しますから、どうかあなた方は逃げてください！」

「わかった。ありがとう！　君も、どうかご無事で！」

レインはそう返すと、馬の向きを変えて森の外に向かって走り出す。

高速で走り出した馬から投げ出されないようにレインの身体にしがみつきながらも、なんとか後ろを振り向いた。あのドラゴンの傍に、フランツの背中が見える。一瞬、彼がこちらを振り向いて、微笑んだような気がした。

こんなに遠いし、一瞬でそんな表情まで見えるはずがないのに、このときはそう見えたように思えた。

馬がキャンプ地から離れていく。どんどんドラゴンも団員の人たちの姿も遠くなる。

そして、森の木々に紛れて見えなくなってしまった。

どうか、ご無事で……。どうか……。

生きて帰ってきて!! お願い!! 神様、彼らを助けて!! フランツを!! みんなを!! 助けてください!! お願いします!!

レインの背中に頭をつけてぎゅっとしがみつき、泣きそうになりながら、そう何度も何度も心の中で祈った。

＊ ＊ ＊ ＊ ＊

アンデッド・ドラゴンが西方騎士団の駐屯地を襲撃したとき、フランツはすぐに自分の剣を手にドラゴンの元へ駆け付けていた。そして抜き身の剣を構え、最前列でその巨体を強く睨み付ける。

アンデッド・ドラゴンは討伐等級最上位に位置づけられる魔物の一つ。目撃すれば即、討伐と焼却《しょうきゃく》をしなければならない相手だった。

小山のように巨大な体躯《たいく》。その背中に畳まれたコウモリのような翼はあちこち破れかけていて、ここまで飛んでこれたのが不思議なくらいだった。両目は黄色く濁っていて見えているのかどうかもわからないが、的確にこちらを察知しているようでもあった。おそらく見えていなくとも、生き物の生命力そのものを察知して襲ってくるのだろう。

目の前の腐りかけたドラゴンはこちらを見据えたまま、威嚇《いかく》のような唸りを発していた。

ドラゴン種は本来、大半の個体が高度な知性を持っており、大部分は人との接触を避けて山奥の洞窟《どうくつ》などに棲んでいる。

そのため、人間とドラゴンが接触して被害が出ることはあまりない。

しかし数少ない例外が、これだった。

ドラゴン種の中に突如《とつじょ》、アンデッド化して人里に降りてくるものがいるのだ。何らかの病気に脳が冒されてアンデッド化するのではないかと言われているが、詳細はわかっていない。

アンデッド化すると、肉体は腐りだし、知性は失われる。そして生命のあるものに対して異様な執着で襲いかかってくる危険極まりない存在と化すのだ。

歴史上、アンデッド化したドラゴンに襲われて壊滅した街や村は多数存在している。それゆえ、『厄災《やくさい》』などと呼ばれることもあった。

今回、この遠征地が襲撃を受けたのも、近辺で最も生命の気配が感じられた場所だったからにほかならない。やつらはただ生命の輝きにのみ惹《ひ》かれてやってくる。それが多ければ多いほど、強ければ強いほど惹かれるのだという。

だから、もしここで食い止められなければ、このアンデッド・ドラゴンは次の地へと移っていくだろう。アンデッド・ドラゴンの身体が完全に腐って動かなくなるまで、この死の行進は止まることはないのだ。この先には自由都市ヴィラスがある。この地方でもっとも大きな都市だ。そこをアンデッド・ドラゴンに襲われでもしたら、どれだけ被害が出るかわからない。

なんとしても、ここから先へ行かせるわけにはいかなかった。

フランツは自分のロング・ソードを前に構えて、ドラゴンを見据える。別に怖くはない。そんな感情は、とっくに鈍《にぶ》ってしまっている。

それでも心の中にずっと気にかかっているのはカエデたちのことだ。

必ず守るといったのに、剣を取りに行ったときにすれ違ったアキに彼女たちのことを頼むことくらいしかできなかった。

正騎士であり、前衛担当である自分は魔物を真っ正面から叩くのが役目だ。それゆえこの場を離れることができないが、今日ほどそれを歯がゆく思ったことはなかった。

どうしても気になって一瞬振り向いたとき、馬で逃げるカエデの姿が見えた気がした。彼女の無事な様子を見て、心がほっと落ち着く。どうか、あのまま遠くまで逃げてくれ。ドラゴンの行かない遠方まで。

それに、

（これで、心置きなく戦える）

フランツはドラゴンに向けた剣を、ぐっと構え直す。柄《つか》を握る手を通して剣に魔力を注ぎ込むと、刀身の根元からしだいに赤いオーラで包まれていく。これが、フランツが使える力。魔力で武器を強化し、その威力を飛躍的に上げることができる能力だった。

将軍職を務めたという父方の祖父と似た能力らしいが、フランツが引き取られる前に亡《な》くなってしまったのでよくは知らない。

魔法を使える団員たちの声が一斉にそれぞれの呪文《じゅもん》を唱え始めた。

ドラゴンの背に火球が落ち、その後ろ脚が凍り付き、首に太いツタが絡みついた。騎士団の魔法士たちが一斉に攻撃を開始したのだ。ついでその他の攻撃要員たちもそれぞれの武器で攻撃を仕掛ける。

こういうとき、フランツの役目は敵を引きつけること。もっとも死にやすいポジションだが、迷いはなかった。剣を手にしたまま真っ直ぐにドラゴンの口へと走っていく。

ドラゴンは前脚を踏ん張り、一瞬伸び上がったかと思うとその大きな口を開けてフランツを噛み砕こうとしてきた。

後ろ脚を覆っていた氷をものともせず、首に絡んでいたツタも引きちぎって迫ってくる。

フランツはギリギリのところで横に転がってそれを避ける。ほんの数瞬前まで自分がいた地面を、ドラゴンの巨大な口が噛み潰して、土ごと咀嚼《そしゃく》していた。

ドラゴンは地面に勢いよく口をぶつけたことで、口の先が少し変形して赤黒くなり、体液が飛び散っていた。それでも、ドラゴンにひるんだ様子はまったくない。

（痛みを感じないのか、こいつ）

防御《ぼうぎょ》の姿勢をとることもなく、痛みを恐れることもなく、この巨大なアンデッドはただ生命を壊そうと全力でぶつかってくる。厄介このうえない。

ドラゴンは大地に噛みついた直後、その太く長い尻尾で樹木ごと辺り一帯をなぎ払った。

その被害を確認する間もなく、今度はドラゴンの口がフランツたちに向けられて肩があがる。息を吸い込む、ブレスを吐く前動作だ。

すぐに騎士たちはブレスを避けるために馬で散開した。フランツも、走り寄ってきたラーゴの手綱を掴んで跨がると、いったん、ブレスの射程の外まで離れる。

そのすぐ背後で、森が赤く光った。焦げた匂いが漂ってきて辺りに充満する。逃げ遅れたやつはいないか心配している暇もなく、炎が止むとすぐにドラゴンの元へとラーゴで戻った。

ドラゴンの武器は炎などのブレスを吐く口と、その太い尻尾だ。その二つを壊してしまえば、あとは踏み潰されないよう気をつけてジワジワ体力を削っていけばいい。

しかし口を攻撃するのは困難を極めた。なんせ近づけば簡単にその巨大な口の餌食《えじき》になってしまう。だからフランツがドラゴンを引きつけ、魔法士はじめ団員たちが一斉に攻撃を仕掛けている隙に、まずは団長が尻尾を切る予定だった。

しかし、尻尾はまだ健在。団長は切り損なったらしい。そのとき、ドラゴンの後方にいたはずの団長が馬でこちらに戻ってきたので合流する。彼は苦虫《にがむし》を噛み潰したような顔で言い捨てた。

「尻尾を斬り落とそうとしたが、落とし切る前に傷跡が再生した。これは、厄介だな」

団長の右手には、彼の背丈よりも柄《え》の長い大鎌《おおがま》が握られている。ゆるく弧を描く長い刃には、今はべっとりとドラゴンの赤黒い体液がついていた。

これが彼の武器。それゆえ、彼は『死神』とも呼ばれる。その見た目のせいもあるが、ひとたび彼が鎌を振るえば大量の死骸を生み出すからだ。

そんな団長をしても、厄介だと言わせるのがこの目の前の魔物だ。

すぐに各種の魔法が飛び、弓や槍、剣などで正騎士、従騎士問わず一斉に攻撃をかけるものの、ドラゴンは痛みを感じていないようでひるんだ様子はまったくなかった。

その後も騎士団員たちは総出で攻め立てたが、アンデッド・ドラゴンとの戦闘は苦難を極めた。

相手は疲れも痛みも感じず、また斬っても削ってもすぐに再生してしまう。

そのうえ攻撃力はすさまじく、尾の一振りで森が木々ごとなぎ倒され、炎のブレスは広範囲を焼き尽くした。

騎士団員たちの怪我人も次第に多くなり、もはや生死を確認できないものも多数いる状態になっていた。

「やはり、頭をいっきに切り落とすしかないな」

ゲルハルト団長が、元の色すらわからなくなるほどにドラゴンの体液に染まった大鎌を横になぎ払って、汚れを飛ばしながら言う。彼の斑《まだら》の馬も、すっかり黒馬みたいな色になっていた。

フランツの手元も似たようなもの。剣にも手にもべっとりと体液が染みついている。これが何を意味するのかは、今はとりあえず考えないことにする。

たしかにアンデッド系の魔物は、頭が弱点。頭を身体と引き離してしまえば、動かなくなり再生もしない。しかし、この暴れ続けるドラゴンの太い首をいったいどうやって落とすというのか。下手に斬りつけても、すぐに再生してしまうというのに。

「フランツ！」

「はい」

ゲルハルト団長に呼ばれて返事を返すと、ラーゴに乗ったままそばにつけた。

「俺がやれるのは下半分くらいか。お前、上半分をやれるか？」

団長は上からドラゴンの首を切り落とせという。それには、ドラゴンの身体の上に登る必要があるだろう。下手すれば振り落とされるし、そのまま喰われかねない。危険極まりない役目だった。

しかし、フランツは即答する。

「やります」

やれる、ではない。やるしかない。

「わかった」

「ただ、足場と、数秒でいいからドラゴンの動きを封じてほしいんですが」

そのフランツの言葉に、すぐにクロードが応じた。

「足場なら私が氷で作れる。動きを封じるのは、テオがもう一度ドリアードを呼び出すといって、さっきから精神集中に入っているぞ」

フランツは、少し離れた場所の馬上で頭を俯かせジッとしているテオを見た。彼は精霊を使役できる。ああやって森に集う精霊たちに呼びかけ、使役しようとしていた。

しかし、テオはもう先程から何度も精霊を呼び出している。精霊魔法は他の魔法と形態が違って特殊だから、彼の身体がもつのかどうか心配もある。

とはいえ、他に選択肢《せんたくし》もない今、これに賭けてみるしかなかった。

自分がさっさとドラゴンにとどめを刺せばいいんだ。そうすれば、これ以上怪我人が増えることも、テオの負担が増すこともない。

そのとき、テオが顔をあげて、こちらを見ると頷いた。使役の準備が整ったらしい。

「ドラゴンの傷の再生を少しでも遅らせられるよう、再度、炎の属性を付与しておきます」

ナッシュ副団長が、フランツの剣と団長の大鎌の刃に手を向けたとたん、ボッと刃が燃え出す。

彼は炎魔法の使い手だ。西方騎士団の魔法士の中ではもっとも攻撃力の高い攻撃魔法を撃つことができる。付与が終わると、彼はドラゴンに魔法を放つために再び攻撃ポジションへと戻っていった。

これで準備は整った。

あとは、実行するだけ。

「行こう」

そう言うと、フランツはラーゴを走らせた。クロードもすぐ後ろに馬でついてくる。二人は、ぐるっと迂回《うかい》してドラゴンの後方へと向かった。

その間に、最後の総攻撃とばかりに一斉に攻撃が開始される。各種魔法がドラゴンに向かって放たれた。また、他の前衛たちがドラゴンの尻尾に一斉に攻撃をしかける。おかげで、その肉の一部が削れ、一時的に動きが止まる。斬れた部分の再生を待っているのだろう。

そこに翠色のツタが無数に森から伸びてきたかと思うと、網のようにドラゴンに絡みついてその動きを封じた。テオの使役するドリアードの力だ。

あんなにたくさんのドリアードを一度に使役するのを見たのはフランツも初めてだった。早く終わらせなければ、テオの負担が心配だ。

みんなが必死で作ってくれた機会を無駄にするわけにはいかない。

「いくぞ。いいか」

クロードからの短い言葉。

「ああ」

フランツも短く返す。右手に持つロング・ソードにさらなる魔力を流すと、炎にまかれた刀身が赤く光り出す。この剣は実家から持って来たものだが、フランツにとって剣は魔力の通う芯にすぎない。剣の周りを覆うように赤い光が走り、さらに光の長さは伸びて一・五倍程度になる。より強度は増し、切れ味は金属では実現しえないほどに鋭くなったはず。さらにその刃はナッシュ副団長が付与した炎を纏《まと》っているため、まるで燃えているようだった。

馬を止めて、クロードが呪文の詠唱《えいしょう》を始める。

フランツはラーゴの向きをドラゴンに向けた。そこから助走をつけると、すぐに加速させていく。

「氷障壁《アイス・ウォール》」

クロードの声とともに、ラーゴの進行方向へ地面から柱のような氷の壁がいくつも生えてきた。氷の柱は段の粗い階段のように、手前から次第に高くなっていく。

ラーゴはひるむことも勢いを殺すこともなく、その氷の階段を登っていった。氷なのだから蹄が滑りそうなものだが、蹄の接する面が荒く削られているようで滑ることもなくラーゴはしっかり踏み込んで、次の柱、その次へと進んでいく。

そしてドラゴンの背に足を付けると、フランツはさらにラーゴを加速させた。左手には手綱をにぎり、右手には魔力を通したロング・ソード。

グッと柄をにぎり込むと、刀身を覆う魔力のオーラがさらに太く長くなる。

そのままラーゴはドラゴンの背中から頭へと一息に駆けていく。

そのとき、ドラゴンが抵抗しようとしたのか、拘束されているドリアードのツタをブチブチと引きちぎって上半身を起こそうとした。

フランツたちを振り落とそうというのだろう。

しかしそこに、森からさらに伸びてきた太いツタがドラゴンの首に伸びて絡みついて、再び地面に縛り付けた。テオがドリアードの召喚《しょうかん》を強化したようだ。

ラーゴがあっという間にドラゴンの肩口まで到達すると、フランツは鞍から飛び降りる。そのまま勢いを殺さぬよう剣に体重をかけると、ドラゴンの首元めがけて斜めに、魔力で強化されたロング・ソードを力一杯振り下ろした。

ラーゴはそのままドラゴンの頭の上を飛び越えて、向こう側に見えなくなる。きっと、あちら側にクロードが再び氷で足場を作って無事に地面へと着地させてくれていると信じておく。

フランツの刃に斬りつけられて、アンデッド・ドラゴンの首はどす黒い血しぶきをあげた。肉を切り裂かれ、剣に付与された炎の属性によって内側から焼かれたドラゴンは断末魔《だんまつま》の叫びをあげたが、それでもフランツは落下の勢いを利用してそのまま斬り下ろす。

けれど、ドラゴンの首が太すぎてすべてを一度に切り落とすことはできなかった。首の骨は切断したものの、首の右下三分の一ほどがまだ斬れずに残っている。すぐに再生が始まり、断面はアメーバのように蠢《うごめ》いてくっつこうとしはじめていた。

そこに下から愛馬に乗って走り寄ったゲルハルト団長が、その長い大鎌を振るって残っていた部分を完全に身体から切り離した。

フランツは地面に着地したあと休む間もなくすぐにその場を駆け出す。その一瞬あと、ドラゴンの首が地面へと落ちてきた。危《あや》うく、ドラゴンの頭に潰されるところだった。

完全に切り落とされたドラゴンの首は、もはやまったく再生の兆《きざ》しがなくなっていた。黄色く濁った目は虚空を睨んだまま動かない。少し遅れて、首を失った胴体がドウと地面を揺らして倒れる。

「なんとか、なったみたいだな」

団長の言葉に頷いた。

「そうですね」

フランツは自らの手を見た。べっとりとどす黒い体液のついた手。手だけではない。全身がアンデッド・ドラゴンの体液に塗《まみ》れて汚れていた。酷い腐臭で、頭が痛くなりそうだ。

馬に乗った団長が、鎌についた体液を払いながら傍にやってくる。彼も、全身が黒くなっていた。ドラゴンの首を切った際、頭から体液をかぶったのだろう。

アンデッド系の厄介なところは、体液などに触れた生物をアンデッドへ変えてしまうことだ。

つまり、これだけどっぷりと体液を浴びてしまったフランツもまた、アンデッドに汚染《おせん》されている可能性が極めて高いことになる。

それがわかっているので、アンデッド・ドラゴンを倒したあとも団員たちから喜びの声は湧かなかった。

すぐさま副団長が、動かなくなったアンデッド・ドラゴンに火を放って、遺体を焼き始める。

この戦闘でいったいどれだけの怪我人が出ているかわからない。生死不明の団員も多い。そして、フランツや団長を始めアンデッドに汚染された疑いのある者もまた、多いのだった。

＊　＊　＊　＊

「マダム。カエデ。この辺りまで来ればもう大丈夫でしょう。あまり遠く離れてしまうと戻るのに時間がかかってしまいますし、いったんここで待機しましょう」

アンデッド・ドラゴンの襲撃のあと、私たちはレインの馬でひたすら森の中をまっすぐに逃げてきた。もう西方騎士団のキャンプ地からどれくらい離れてしまったのか私には見当もつかない。

馬から降りたとたん、足に力が入らなくて崩れるようにその場に座り込んでしまう。寒くはないのに、身体の震えが止まらない。

その身体を、サブリナ様がギュッと抱きしめてくれた。すがりつくように彼女の手を握る。そのぬくもりだけが、折れそうな気持ちをここにつなぎとめてくれているようだった。

ついさっき見聞きしたことが、フラッシュバックのように途切れ途切れに頭に浮かんでくる。

切迫した団長の声。フランツの後ろ姿。血に濡れたアキちゃんの剣。そして、あの巨大なドラゴン。

あのあと、フランツたちはどうなったんだろう。

それを考えるたびに、思考が止まる。ぎゅっと胸が苦しくなって、息ができない。涙も出ない。

心の中が空っぽになってしまったようだった。

ただ、身体の震えがずっと止まらなかった。

耳にサブリナ様の声が届く。

「大丈夫よ。大丈夫。みんな、大丈夫」

そう何度も繰り返す声。それに頷くしかできない。

どれくらい時間が経ったんだろう。もう時間の感覚もすっかりなくなっていた。

日はとっくに落ち、森の中は暗闇に閉ざされている。

逃げてくるときにランタンを持ってくる余裕なんてなかったもの。それに、こんな暗闇で火を焚けば、万が一のときに自分たちがここにいることを魔物に知らせることになりかねないから、火なんてつけられない。

そこで、また思考が固まる。

万が一のとき、ってなに？

それは、騎士団のみんながあのドラゴンを倒せなかったとき？

もしそうなったら、フランツは？　クロードや、テオやアキちゃんや、ほかのみんなは？

最悪の事態を考え出すと、どんどん悪い方向に考えが進んでいってしまう。私は軽く頭を振るとその考えを振り払った。それでも、黒いタールみたいに心の中に染みこんでくる最悪の光景……。

そのとき、どこかでパシュッという炭酸が抜けるような音がした。

何の音だろう？

しばらくすると、もう一度同じ音が聞こえる。それに耳を澄ませていたら、暗闇の中から草を踏む音がこちらに近づいてきた。

「合図が聞こえました。そろそろ戻りましょう」

声で、近づいてきたのがレインだとわかる。周りの様子を見に行ってくれていた彼が戻ってきたんだ。

「わかりました。じゃあ、行きましょう。……カエデ。立てる？」

私をずっと抱きしめて手を握ってくれていたサブリナ様が、立ちあがるのが気配でわかった。私も彼女に手を引かれるように立とうとしたけれど、まだ上手く足が動かなくてよろけそうになる。

「ここに残っていてもいいのよ？　あとで迎えにくるわ」

そうサブリナ様はおっしゃってくださったけれど、私は必死に首を横に振った。

「一緒に行かせてください」

キャンプ地が今どうなっているのか、見るのは怖かった。

だけど、合図があったということは何らかの決着がついたのかもしれない。

私が行ったところで何の役にも立たないだろうけど、それでも一刻も早く戻りたかった。

フランツたちのことを、知りたかった。

置いて行かれたくない一心で両足をごしごしとマッサージすると、ようやく血が通い出したのか感覚が戻ってきた。

そして、レインにも手伝ってもらって立ちあがる。

三人で、西方騎士団のキャンプ地まで戻ることにした。

日の落ちた森の中を馬に乗って走るのは危ないので、馬はひいて歩いて行く。レインの話では、今いるここは森の外れだから少し歩くと草原に出られるらしい。

彼に先導されて暗い森の中を歩く。その間もずっと、サブリナ様が手を握ってくれていた。

しばらく行くと、本当に森を抜けた。目の前にはぼんやりと丘の輪郭が浮かびあがっている。夜空を見上げると、まん丸の月が浮かんでいた。今日は満月だったんだ。

森の中は木の葉に邪魔されて月の光は差し込んでこなかったけど、遮るモノのない草原は月の光に照らされてうっすらと明るい。

これならある程度視界がとれるので、再び三人で馬に乗って戻ることにした。レインが言うには、馬はこれくらいの明るさでも充分に走れるんだって。

レインの前にはサブリナ様、後ろには私がしがみつく形で馬に乗る。

馬に揺られながら空を見上げた。まん丸い月がずっと私たちのことを空高くから見下ろしている。

前に月を見たときは、フランツと一緒だったな。彼とあれこれ話しながら、青の台地で楽しく晩ご飯を食べたっけ。

ほんの少し前のことなのに、ずいぶんと遠い昔のことのようにも思えた。レインの背中に掴まりながら見上げる月がいつしか滲む。

どうか、無事でいて、フランツ。

早くキャンプ地に戻りたくてたまらないのに、その反面。いま、あそこがどうなっているのか。みんながどうなっているのか。フランツがどうしているのか。

知るのが、とても怖かった。

馬を走らせていくと、次第に前方に赤々としたものが見えてくる。目を凝らすと、それは大きな炎の塊だった。まるで山火事にでもなったのかと思うほど、大きな炎が燃え上がって、立ちのぼった煙が天を焦がしている。

「あそこは、我々がいた辺りです。急ぎましょう……」

そう言うと、レインは馬にムチを入れてスピードをあげた。

キャンプ地に戻ってきた私たちの目にまっさきに飛び込んできたのは、巨大な炎の塊となって燃えているあのドラゴンの死体だった。

レインが、アンデッドは燃やしてしまわないといけないのだと教えてくれる。彼は人の集まっているところへと馬を寄せた。

数時間ぶりに戻ってきたキャンプ地の景色は一変していた。

森の木々は、まるで大型台風が過ぎ去ったあとみたいになぎ倒されている。そのうえ黒く焦げて幹だけになった一帯や、まだ燃えているところもあった。大焚き火もテント類も壊され、踏み潰され、ぐちゃぐちゃになっている。

そんな中に戻ってきた私たち。

あまりの被害の大きさに私は言葉を発することができなかった。

サブリナ様は馬から降りながら、

「怪我人はどこ⁉」

と、周りへ声をかける。すぐに一人の騎士さんが近寄ってきて、彼女とレインを重傷者が寝かされているという一角へと案内した。その際、サブリナ様は私に「大丈夫よ。どこかに座ってゆっくりしてなさい」と声をかけてくださったけど、どうしていいのかわからなくて、結局私もあとについていった。

案内されたのはキャンプ地の外れ。そこには多くの団員さんたちが、地面に横たわり、うめき声をあげていた。

サブリナ様はぐったりと横になっている騎士さんのそばへ行くと、すぐに手をかざして治療を始める。傍目《はため》から見ても、その人は上半身全体に酷い火傷を負っているのがわかる。彼は目を瞑《つぶ》ったまま、肩でゼーゼーと大きな息をしていてとても辛そうだった。

レインもすぐに、別の重傷者のところに行って治療を始めた。

私も何かを手伝おうと思っても、何をしていいのかもわからない。おろおろと辺りを見回すしかできないでいると、すぐそばに見慣れた金髪の少年が横になっていることに気づいた。

「……テオ⁉」

横たわっている少年のそばに行く。やっぱりテオだ。彼は一見、どこにも怪我した様子はなかったので、ただ仰向けになって静かに眠っているようにも見えた。

そのとき、怪我した腕を抱えて近くに座り込んでいた別の騎士さんが教えてくれた。

「そいつは魔力の使いすぎだよ。自分の命の分まで使っちまったんだ。正直、生きているのが不思議なくらいだよ」

「……え。そ、そんな……。じゃあ、どうすれば⁉」

つい荒い言葉を投げてしまったけれど、彼は気の毒そうに肩をすくめただけだった。

そのときポンと肩を叩かれる。振り返るとレインが来てくれていた。彼はテオのそばに片膝をつくと、その額《ひたい》に手をあてて目を閉じる。

彼の手がボンヤリとあたたかな光をまとった。だけど、すぐにその光がスゥッとテオに吸い込まれるように消えてしまう。レインは目を開けると、もう一度テオの額に手をかざしてヒーリングの力を使うものの、彼の手に集まった光はまたスゥッと消えてしまった。

「……これは、まずいな」

レインが呻く。そして、私の方を見ると、申し訳なさそうに言った。

「テオが使う魔法は精霊魔法と呼ばれる特殊なものなんだよ。普通の魔法、たとえばフランツが使うものやクロードの氷魔法なんかだったら、使いすぎても体内から魔力がなくなって気絶するだけで済む。数日寝れば回復するものなんだ。でも、精霊魔法は違う。精霊たちは使役されたあと、自分の働きに応じて使役者の体内から魔力を持っていってしまうんだよ」

話しながらもレインは何度もテオに力を使おうとするけれど、結果は何度やっても同じだった。

「だから、自分の持っている魔力以上に使役して精霊を働かせると、生命維持に必要な魔力まで吸い取られてしまって死に至ることもある。今のテオは、辛うじて命を繋いではいるけれどほぼ仮死状態だ。おそらくまだ使った精霊魔法分の魔力を払いきれていないんだろう。だから魔法の力を入れれば入れるほど、どこかに吸い取られてしまう。いまだいぶ注ぎ込んだけど、まだ危ない状態にあるのは変わりないな。治療にはもっとたくさんの魔力が必要になってくるんだが……」

そして、レインはテオの髪を優しく撫でてやりながら、悔しそうに言葉を続けた。

「すまない。私の魔力は有限だ。サブリナ様も私より遥かに多くの魔力を持っているけれど、これだけたくさんの瀕死《ひんし》の人間が出ては……だから、テオの治療にだけ使うわけにはいかないんだよ」

彼の言いたいことはわかる。

どれだけの人が怪我をしたのかはわからないけれど、重傷の人もかなりたくさんいるみたい。それだけの人たちを治療するのに、きっととてつもない量の魔力が必要になるのだろう。だからテオにだけ魔力を費《つい》やすわけにはいかない……というレインの言葉は理解できる。

でも、頭ではそうわかってはいても、なんとか助けてほしいと願わずにはいられなかった。

「また、折を見てテオの治療に来るよ。それと……カエデ。これはよく聞いてほしいんだけど」

そう念を押すと、レインは森の一角を指さした。そちらにも十数人の団員が座ったり横になったりしているのが見える。

「君はあちらに近づいてはいけないよ。彼らは……アンデッド・ドラゴンの体液を浴びている。だから、アンデッド化する可能性がまだゼロじゃない」

「アンデッド化……?」

「あのドラゴンのように、脳や身体が腐りだして命あるものを襲い出すことをいうんだ。もしそうなったら……たとえ仲間であっても、討伐せざるをえない」

討伐……？

ごくりと生唾《なまつば》を飲み込もうとしたのに、上手く飲み込めない。口の中がカラカラになっていた。

体液って……魔物に直接立ち向かう人が一番浴びやすいってことはすぐに思い至った。だったら、フランツは……？

討伐、という言葉が何度も頭の中に谺《こだま》する。それはつまり、あのドラゴンのようになってしまう前に殺してしまうということ……？

「治療は……治療はできないんですか⁉」

気がつくと、レインの腕を掴んでいた。力一杯握ってしまっていたけれど、彼は振り払うことはせず、申し訳なさそうにこちらから目を逸らす。

「いったんアンデッド化してしまえば、治療は不可能だ。でもその前なら、浄化、という能力を使えばアンデッド化を防ぐことはできる。ただ、浄化というのはつまり高濃度の治癒魔法《ヒーリング》なんだ。アンデッド化の元になるものを高濃度の治癒魔法で根絶する。だから、使うには大量の魔力を必要とするんだよ。もっとヒーラーがいるか、ポーションが大量にあれば可能なんだが」

彼の言葉はつまり、ここにはそれだけのヒーラーも足りていないし、ポーションも足りていないことを意味していた。

「そんな……」

それ以上、言葉が出ない。

スカートの裾をぎゅっと握って、レインが別の怪我人の元へと向かったあともしばらく動けなかった。必死に治癒しているサブリナ様やレインの姿を眺めながら、ただそこに立ち尽くすしかできない私は、残酷な現実に押しつぶされそうだった。

風に乗って、誰かの話す声が耳を掠める。

「もう……西方騎士団は終わりかもしれんな」

「ああ……これじゃ、壊滅だ……」

その言葉が頭の中でずっと響いていた。

いつまでそうやって立ち尽くしていたんだろう。

ふと、そういえばポーションはどうしたんだろうと気にかかった。今朝見たときはまだ結構在庫があったはず。もしまだ未使用のものがあれば持ってこよう。少しでも治療の足しになればいい。

そう思ってポーションを保管していた救護班の倉庫用テントへと足を向けた。

なぎ倒され、燃やされて残骸《ざんがい》のようになったテントの間を縫って歩く。

足元がおぼつかなくて転びそうになりながらも、なんとか救護班のあった場所にたどりついた。

でもそこも、すっかり元の姿を留めてはいなかった。

「そんな……」

救護班のテントも、倉庫用テントも黒い燃えかすになっていた。周りには割れたものや燃えて変質してしまったポーションの小瓶も散乱している。しゃがんで割れた小瓶を手に取るけれど、中身はすべて流れ出てしまっていた。無事だったポーションは一本もない。それでもざっと数を数えると元々在庫にあった数とはあわなかったので、もしかしたら無事だったポーションは既に団員の人たちが持っていったのかもしれない。

それでも、それくらいのポーションで足りるはずがないことは私にもわかっていた。

ポーションがあれば。もっとたくさんのポーションがあれば。

フランツたちを助けることもできるし、テオの命を繋ぐこともできるかもしれない。

それにたくさんの怪我人を助けることもできるのに。

小瓶をぎゅっと握り込む。さっき耳を掠めた西方騎士団壊滅という言葉が何度も頭の中に蘇《よみがえ》ってきた。

こんなときなのに、私は何もできない。サブリナ様とレインは、いまも必死にみんなを治癒してまわっている。テオは魔力が尽きて命が危なくなっているし、レインが近づいてはいけないと言った一角にフランツがいることはたぶん間違いない。彼が生きているのかどうか、怪我をしているのか無事なのか、それすら確認に行くこともできないでいた。

なんて、私は無力なんだろう。ここにいたって、大切な人たちのために何をすることもできない。祈ることしかできない。それだって、ここの世界の神様のことすらほとんど知らない。

そのとき、森の奥にちらちらと灯りが三つ、こちらに近づいてくるのが見えた。

蹄《ひずめ》の音が聞こえる。ドラゴンに森の木々がなぎ倒されたおかげで、月明かりが差し込むので辺りが仄かに明るい。だからすぐに、その灯《あか》りが馬につけられたランタンのものだとわかった。

人が乗る三頭の馬がキャンプ地に走り込んでくると、私の前を通り過ぎ、大焚き火のあったあたりで止まった。その周りに人が集まっていくので、私も何となくそちらに足を向ける。

馬から降りてきたのは、ナッシュ副団長と二人の騎士団員だった。

周りに集まった人たちは「どうでした?」などと口々に副団長に尋ねているけれど、彼は険《けわ》しい表情でゆるゆると首を横に振る。

「自由都市ヴィラスからの助けは来ない。王国の組織に協力はできないと、その一点張りで街門の中に入ることすらできなかった」

その言葉に、集まった人々は落胆《らくたん》の色を濃くする。

そして、今度はあちこちで激昂した声が湧き上がった。

「なんでですか！　俺たちは、ヴィラスのためにも戦ったのに！」

「そうだ！　俺たちがあのアンデッド・ドラゴンをやらなきゃ、今度はあの街が襲われてたはずでしょう⁉」

そうだよね。みんな、ここで命を賭けて戦ったのはヴィラスを守るためでもあったのに。それなのに、その戦いで傷ついた彼らにまで堅く門を閉ざして死ねというのだろうか。それはあまりに酷い仕打ちに思えた。

「せめてポーションだけでも買えなかったんですか⁉　それかヒーラーの一人でも雇うことは⁉」

その言葉にも、副団長は首を横に振る。

「……アンデッド・ドラゴンとの戦いで汚染されているかもしれない金貨など、受け取れないとさ」

「そんな……」

みな一様に言葉をなくした。

ヴィラスの街に救援は求められない。ポーションの購入すら拒否され、門の中にすら入れてもらえない。

副団長たちはその場で、幹部の人たちと今後の対策を相談しだした。私はなんとなくこの場から立ち去る気にもなれず、彼らの話に耳を傾ける。

話し合いの中で、ここに立ち寄る前に買い物をしたあの街にポーションを買出しに行くという案も出た。ポーションを売っていたり、ヒーラーが常駐したりしているのはある程度大きな教会がある街に限られるのだそうで、この近辺でその規模の街となると、ヴィラスかその前に行った街ぐらいしかないらしい。だけど、前に行った街へは馬でさえ、行って帰ってくるだけで一週間近くかかってしまうのだそうだ。

もしアンデッド・ドラゴンの体液を浴びた人たちが汚染されていた場合、浄化しないでいると二日もするとアンデッド化してしまうらしい。一週間もかかるのでは遅すぎる、といって、団員の一人は悔しげに声をあげた。

それはみんな、同じ気持ちだったのだろう。

一人でも多く助けたい。誰もアンデッドになんてさせたくない。まして、いままで仲間だった相手を討伐するだなんて、想像することすら頭が拒否していた。

「フランツ……」

気付かず、口から彼の名前が漏れる。

彼に会いたい。私もアンデッドになってもいいから、彼にいますぐ会いたかった。

彼に触れたかった。彼が生きていることを確かめたかった。

不思議と、涙は浮かんでこない。もうたくさん考えすぎて、たくさん心配しすぎて、頭のどこかが麻痺《まひ》してしまっているみたいにぼんやりしている。

ふらりと、足が彼のいる方へと向く。そのまま足をもつれさせそうになりながらふらふらと歩いていたら、急に腕を掴まれた。

振り向くと、私の腕を掴んだのはクロードだった。いつからそこにいたんだろう。全然気がつかなかった。

「クロード……」

彼の視線が痛い。顔を上げられず、俯いたままじっとしていたら彼が尋ねてくる。

「どこへ行くつもりだ？」

「…………」

答えられなかった。彼はきっと、私がどこに向かおうとしているのか気づいていたのだろう。

一つ小さく嘆息すると、静かな声でこう言った。

「フランツなら、無事だ」

私は弾かれたように顔を上げる。けれど、彼の表情はかたく強ばったまま。

「だが、アイツはドラゴンの体液を大量に浴びている。ドラゴンにトドメを刺したのはアイツと団長だからな。そのとき、大量に浴びたのを私も見た。でも……もし、何かあっても、アイツは英雄として讃《たた》えられるだろう」

何かあったらって、何があるというのだろう。

何が英雄だろう。それは彼が望んだことだったの？

いつも絵を描くのが好きだと穏やかに笑っていたあの彼が、そんな風に英雄になることなんて望んでいるとは思えなかった。

くしゃっと歪めた両目から、ぽろぽろと涙がこぼれ落ちる。

そんなの酷すぎるよ。

涙が次から次へと溢れて、地面に落ちた。

一度溢れ出した涙はすぐには止まらない。

いつの間にかクロードが私のことを抱きしめてくれていて、私は彼の胸に頭を預けて泣きじゃくっていた。

フランツに会いたい。彼のもとに行きたい。彼の笑顔を見たい。

いつもの彼の笑顔がずっと胸の中にある。

彼は私をたくさん助けてくれた。ここまでずっと支えてきてくれた。

ドラゴンと対峙《たいじ》したときですら、私のことを心配して見守ってくれていた。

寂しいとき、辛いとき、悲しいとき。

いつも傍にいてくれたのに。

なのに。

私は彼に何をしてあげられたんだろう。

彼のために、何ができたんだろう。

思いっきり泣いたことで、頭の中に詰まって破裂しそうになっていた感情の渦《うず》が涙とともに流れ出してしまったのかもしれない。

少し気持ちが落ち着いてくる。

ほんの少しでもいい。彼のために。

そして、私を受け入れてくれた、みんなのために。

できるだけのことをしたい。

ううん。しなくちゃ。諦めることなら、そのあとでもできる。

力が抜けて崩れそうになっていた足を、なんとか踏ん張った。

クロードのシャツをぎゅっと握る。

顔をあげると、しゃくりあげながら、それでも一つ大きく息を吸い込んだ。

そしてクロードの青い瞳を強く見つめる。

「クロード。どうすれば、フランツを助けられるのかな」

涙に掠れた私の声に、クロードは驚いたようにこちらを見ていた。でも、はっと我に返ると少し考えたあと。

「そうだな……。大量のポーションと、できるかぎりのヒーラーの増員。それがあれば、フランツも、この西方騎士団も持ち直すだろう。しかし、今の団にそこまでの持ち金はないし、かき集めた金貨すら受け取りを拒否されたと聞く。そもそも街に入れない」

「あのヴィラスの街には、それがあるのね」

「ああ……おそらく。あれだけの規模と豊かさを誇る街だ。場合によっては王国と揉めたときに籠《ろう》城《じょう》することも考えて、大量のポーションやヒーラーを抱えている可能性はある」

あの街には、助かるためのモノがある。

考えよう。考えるの、カエデ。

どうしたらいい。どうやったら、それらを引き出すことができる。どうやったら街に入れてもらえる。どうしたら。

必死に頭を巡らせる。頭が痛くなるほどに、考える、思い出す、諦めない、逃げ出さない。

いままで自分が見聞きしたこと、知っていたこと、身につけてきたこと。そこに、ヒントはない？　どこかに……。

いつしか、涙も止まっていた。

「いくつか教えてほしいことがあるの。こんなときにって、思うかもしれないけれど。もしかしたら、何か手がかりになるかもしれないから」

クロードは、急にそんなことを言いだした私に、ただただ驚いているようだった。

彼にいくつか尋ねてみてわかったことがある。

まず、この国にはまだ銀行のような制度は存在しないこと。だから、融資《ゆうし》のようなものは受けることはできないみたい。

金貸しは存在するけれどとても高い利子をとられるうえ、個人でやっている小規模のものがほとんどらしい。大商人なら大金を用立てられないわけではないだろうけど、王国との微妙《びみょう》な関係もあって、自由都市ヴィラスにいる大商人に話をもちかけても断られる可能性も高そうだった。

そもそも街に入れないのだから、大商人を見つけて話をすることすらできないし。

「あそこは商人のギルドが支配する街だ。だから商人の掟《おきて》が何より優先するとは聞いたことがある」

そうクロードは教えてくれた。

「うん、わかった。ありがとう」

やっぱりここの経済システムは、私が元いた世界の中世ヨーロッパに似ている。

経済活動は活発になって商業は成長しつつあるのに、まだそこまでの金融システムが発生していない時代。

だからこそ、私の知識が役立つかもしれない。元いた世界では当たり前にあったもので、こちらにはまだないもの。

一つ、浮かんだ考えがあった。

上手く行くかどうかわからないけれど、賭けてみるしかないもの。

「クロード。団長さんと副団長さんに相談したいことがあるの。いますぐ話せるかな？」

「副団長なら、あとでまたヴィラスに行くといっていたが、馬が出てったのを見ていないからまだいるかもしれんな。団長は、フランツと同じで大量に体液を浴びているから、あそこの隔離《かくり》された一角にいる」

「じゃあ、まずは副団長さんとお話しできたらいいな」

「わかった。こっちだ」

クロードに連れられて、私は臨時の作戦本部になっている一角に向かった。そこには小さな焚き火が焚かれ、それを囲むように椅子を並べて副団長はじめ団の偉い人たちが頭を付き合わせて難しい顔をしていた。いつもならその真ん中にいるはずのゲルハルト団長の姿は、今はここにはない。

彼らは、突然近寄ってきた私とクロードに気づくと、一斉に顔を上げてこちらを見る。

「……どうした？」

私は副団長の傍へと、一歩進み出るとお願いした。

「副団長。聞いていただきたいことがあります」

「何を言ってるんだ！　これからヴィラスに向かわねばならん！　忙しいんだ！」

近くにいたベテラン騎士の一人が、声を荒げる。その声の大きさに、ついビクッとしてしまったけれど、ひるんでなんていられない。

話を聞いてほしいのは、あなたなんです。副団長。

この騎士団のお金を一手に握っている金庫番のあなただからこそ、聞いてほしいんです。権限を持たない他の人たちは、黙っててください。そういう気持ちで、ジッと副団長を見つめる。

その気持ちが通じたのか、副団長は椅子に座り直すと身体をこちらに向けてくれた。

「いいとも。話してごらん」

「はいっ」

私は副団長に自分が考えていることを伝えた。それを、彼は何度も頷きながら聞いていた。すべて聞き終わったあと、彼は黙って何かを考えているようだった。

彼がどう判断するのか、その答えを聞くのが怖かった。

永遠とも思えるほどの沈黙の後、ようやく副団長は静かに口を開く。

「そんなこと、考えたこともなかったな。……できないわけじゃない、とは思う。団長は何かあったときのために王の委任状を持っているし、王都にはこういうときのための緊急予算もある。ただ、いまそれを取りに戻る時間も手段もない。だから……そういう手を使えば、あるいは」

そう言うと、副団長は立ちあがった。

「よし。今から、団長のところへ行こう。彼の判断も必要だ」

周りのベテラン団員たちの中には副団長を止めようとする人もいたけれど、彼は他にも団長と相談したいことが山積みだしちょうど良かった、距離を取って話せばさほど危険はないとかなんとか言って他の団員たちを説得すると、すぐに団長と会う手はずを整えてくれた。

団長とは、副団長同伴のもと、キャンプ地から少し離れた森の中で会うことになる。

アンデッド・ドラゴンの体液を大量に浴びたと聞いていたけれど、数時間ぶりに目にした団長は顔や衣服に汚れなどもなく、こざっぱりとした姿をしていた。

なんでも、ついた体液は水魔法を使える団員の力で洗い流したんだそうだ。

「臭いがとれないのは、なんとも気が滅入るがね」

なんて言って、団長はいつものように笑っていた。なんて精神力の強い人なんだろう。数日後にはアンデッド化してしまうかもしれないというのに。きっと私だったら、不安で打ちのめされているにちがいない。

それでも万が一でも彼から汚染されてしまうリスクを減らすために、三メートルほどの距離をとって話すことになった。それぞれの足元に置かれたランタンがお互いをぼんやりと照らし出す。

私は先ほど副団長に話したことを、団長にも話して聞かせる。団長は木に寄りかかって、腕組みをしたままこちらの話をジッと聞いていた。私が話し終わると、団長は副団長に念のために聞きたいんだがと断ってから、金銭的にそういうことは可能なのかと尋ねた。

副団長は、

「いままで聞いたことがない話ではあります。ですが、王城の予算的には問題ありません。多少、手続きなどの問題があったところで、このままでは西方騎士団は壊滅を免《まぬが》れず、それを防ぐため仕方なかったといえば枢密院《すうみついん》も文句は言えないはずです」

と答える。それを聞いて、団長は大きく頷いた。

「王城の予算で支払いが認められるんなら、あとの問題はこっちでなんとでもできる。まぁ、最悪王城予算で認められなくても、貴族連中が金を出し合えばなんとかなんだろ。それよりまず、生きて王都まで帰ることが先決だ」

そして私の方に目を向けると、彼はニッと笑った。

「上手く行くと良いな。頼んだぞ、カエデ」

「はいっ」

この騎士団で一番強い権限を持っているゲルハルト団長。その彼に自分の考えを認めてもらえて、つい涙腺《るいせん》が緩みそうになってしまう。

団長はもう一度こちらに目を細めると、腕組みを解いて寄りかかっていた木の裏に声をかけた。

「ほら、話は終わったから、こっち来ていいぞ」

その声を合図に、木の裏側の暗がりから一人の青年が出てくる。

金色の髪をした長身の彼は、こちらを見て嬉しそうに翡翠《ひすい》色の瞳を細めた。

「……カエデ」

「フランツ……！　良かった、無事で……」

数時間ぶりの再会のはずなのに、なんだかもう長い間会ってなかったように思えた。幸《さいわ》い彼は怪我や火傷をしている様子もなく、しっかりした足取りで団長の横に歩いてくる。

「カエデも、無事そうで良かった。本当に」

懐かしい彼の声。

いますぐ彼の元に駆け寄って抱きつきたかった。でも、その距離を縮めることはできない。副団長は私が彼のところへ行ってしまいそうだと思ったのか、制するように私の前に右手を出していた。

「フランツ、怪我してない？　痛いとことかない？」

「ああ。ドラゴンの首を切って着地したときに、ちょっと足を捻《ひね》っちゃって、そこが少し痛いくらい。あとは何ともないよ」

彼もアンデッドへの汚染のことは言わなかった。でもそのことは、わざわざ口にしなくてもこの二人の距離が物語っている。

「ただ、テオが……あいつ、俺を助けるために無理して精霊魔法を使って……」

そう言って、フランツは顔を曇らせた。

テオはまだ、生死の境を彷徨《さまよ》っている。彼のためにも、たくさんのポーションやヒーラーがいる。

私は笑顔でフランツに言った。彼に言うことで、勇気を貰える気がしたから。

「私、ヴィラスの街に行ってくる。そして、ポーションたくさん買って、ヒーラーさんたちもたくさん連れてくる！　そうしたらテオもフランツもみんなも、きっと大丈夫だから。だから、それまで……」

フランツも私の言葉に頷くと、

「ああ。待ってるよ。でも、どうか無理だけはするなよ？」

そう言葉をかけてくれた。

こんなときでも、彼は私のことを心配してくれる。本当は、自分の身体のことだって心配でならないだろうに。

私は大きく頷き返した。

「うん。行ってきます」

もう、後には引けない。なんとしても、ポーションをたくさん買って、ヒーラーさんたちもたくさん連れてくるんだ。

フランツたちと別れた私たちは、準備を済ませるとすぐに自由都市ヴィラスに向かうことになった。メンバーは私と副団長、それにクロードの三人。私はクロードの馬の後ろにのせてもらう。

月の明かりがあるとはいえ、今は深夜。棒の先につけたランタンの仄かな灯りを頼りに、馬は進んでいった。

こんな時間に街の人たちは会ってくれるんだろうか。そもそも、門を開けてもらえるんだろうか。

不安はどんどん降り積もって今にも押しつぶされそうだった。

しばらく草原を走ると、目前に大きな街壁が見えてくる。背の高い街壁にぐるっと取り囲まれたヴィラスの街。以前行ったことのあるロロアの街とは比べものにならない大きさだった。

壁の上下には等間隔に篝火《かがりび》が焚かれ、大きな木製の両開き門は私たちを拒絶するかのように固く閉ざされていた。

＊　＊　＊　＊

カエデたちが自由都市ヴィラスに着いたころ、その壁の向こうにいる門番たちにも緊張が広がっていた。西方騎士団からの使者の来訪に気づいた門番長が急いで、門番の詰所で仮眠をとっていた街門管理者のダンヴィーノを起こしにいく。ダンヴィーノはベッドへ横になっていたものの西方騎士団の動きが気になって眠れないでいたため、門番長の報告を受けてすぐに起き上がった。

「くそっ。やっぱり、また来たか……」

ダンヴィーノは短い茶色の癖毛《くせげ》を撫でつけながら、壁に掛けてあった外套《がいとう》を手に取って門番の詰所から出た。

彼はここヴィラスの行商人ギルドでギルド長をしており、ヴィラスを治める評議会のメンバーの一人でもある。本来ならこんな時間にこんな場所にいる必要などない立場の人間だが、いまは緊急事態。そんなことは言っていられなかった。

近隣の森でアンデッド・ドラゴンが出たという情報は既に入っている。そしてそれをたまたま居合わせた王国の西方騎士団が討伐し、多数の負傷者が出ているということも知っていた。

もしアンデッド・ドラゴンがこの街を襲っていれば、とてつもない被害が出たことだろう。自分とて無事だったかわからない。だから、西方騎士団がこの地方に立ち寄る時期に、その襲来がたまたま重なったのは不幸中の幸いといえるだろう。

しかし、問題はまだあった。

ほぼ壊滅状態となった西方騎士団が、こちらに救援を求めてきたのだ。すぐに緊急評議会が開かれたが、出た結論は「彼らに関与しない」ということだった。西方騎士団は王国の組織であり、こちらから討伐を頼んだ覚えもない。彼らは勝手にドラゴンを討伐して勝手に負傷したのだ。こちらが関与する必要はない、というのが評議会の出した結論だった。

正直、ダンヴィーノはその決定をくそったれだと思っている。

助けてもらっておいて、なんて言い草だ。『厄災』と呼ばれる緊急事態に、国だの自治都市だのなんて言ってる場合じゃないだろう。この街が昨日と同じように明日も商売をできるのは、彼らが身体を張って守ってくれたからじゃないのか？　それを見捨てて見殺しにするっていうのか？

実際、評議員の中にも彼らを助けるべきだという意見も少なくはなかった。もしこれが普通の魔物による被害であれば、とっくに彼らに門戸を開いていたかもしれない。

しかし、今回の被害はアンデッド・ドラゴンによるものだ。アンデッドの襲来で最も怖いのは、アンデッドへの二次汚染。アンデッド・ドラゴンと直接対峙した西方騎士団の多くは汚染されている可能性が高かった。だから、関わりたくない。王国とは一定の距離感を保っている自由都市ヴィラスの実情を利用して、扉を閉ざしてしまえ。汚染源になりかねない彼らを入れるな、そういうことなのだろう。

そう考えると評議会の決定を愚《おろ》かだと決めつけることもできず、ダンヴィーノはその決議に異を唱えることはしなかった。

（まぁ、なんにしろ。俺たち行商人には関係のないことだけどな）

モヤモヤを抱えながらも、そう自分を納得させる。

行商人は、街から街へ、地方から地方へと商売を通じてモノと金を運ぶのが仕事。街と国との対立など、はなから知ったことではないのだ。

先程、評議会の決定に従って西方騎士団からの使者を一度は追い返したが、彼らが再びやってくることは予想していた。おそらく何度だって来るだろう。

なぜなら、この街にしか助けを求める場所はないのだから。

それを追い返すのが、この門の管理を一任されているダンヴィーノの役割だった。

夏が近いとはいえ、夜はぐっと気温が下がる。ダンヴィーノは薄手の外套を肩にひっかけると、正門へと足早に歩いて行った。

(さて。今回はどう出てくる。さっきはひたすら下手《したて》に出て、助けてくれと頼むばかりだったが。今度は王の委任状でもかざして開けろと上から強行してくるか?)

ドンドンと門が外から叩かれる音が聞こえる。

門番たちには、彼らが来ても自分が対処するから相手をするなと伝えてあった。

ダンヴィーノは門につけられたのぞき穴を開けて門の外を見る。

門の外には二頭の馬。それに、外套を被った者が三人いた。

それを見て、ダンヴィーノはおや？　とあることに気づく。三人のうち、一人はやけに小柄で華奢な姿をしていた。騎士団員は大柄《おおがら》な人間が多いものだが、従騎士か何かだろうか。

一人の騎士が外套のフードをあげて、声をはりあげる。あっちは、さっきも見た顔だ。たしか副団長とか言っていたか。

「お願いがあります。どうか、この門をお開けください。我々西方騎士団は、危機に瀕《ひん》しています。せめて、ポーションだけでも」

さっきも聞いた言葉を、あの男は繰り返す。なんだ、つまらない。そんなことを思いながらダンヴィーノは嘆息した。

いくら下手《したて》に出られても、開けられないものは開けられないのだ。

（さて、懇願《こんがん》も駄目となるとお前たちはどうする？　お得意の武力で突破しようとしてくるか？　そうなったら、こちらも応戦するしかなくなるんだよな）

相手はドラゴンを倒すような武力集団なのだ。こちらだって、街兵を呼び集め、いざというときに対処できる準備は整えてあった。

しかし、できることならそれは避けたい。傷ついた彼らにさらに弓を向けて追い払うようなことはしたくない。だからどうか、彼らには自《みずか》ら引いてほしかった。

「何度来ても無駄だ。この門は開けられない。頼むから諦めてくれ」

ダンヴィーノは抑揚のない声で、のぞき穴を通してそう告げた。

そのときだった。先頭にいた小柄な人物が、フードを取るとこちらに目を向ける。

篝火の灯りの中、その人物の顔が浮かびあがった。

それを見て、ダンヴィーノは驚く。

（女……？　それもまだ、若い娘じゃないか……）

女はこちらを真っ直ぐに見つめてきた。その黒い瞳に、吸い付けられるようにダンヴィーノは目が離せなくなる。

そして、次に女の口から出た言葉はさらにダンヴィーノを驚かせた。

「どうか話をさせてください。私たちは商売の話をしにきました。あなたがたに、決して損はさせません」

一瞬耳を疑ったが、女は確かにそう言った。

地面に這《は》いつくばって命乞いをするでもなく、上から武力で威圧して命令するでもなく。

（商売……だって？）

自分たちが生きるか死ぬかという、この瀬戸際《せとぎわ》に出てくる言葉とは思えなかった。

そこには王国も自由都市も関係ない。あるのは、ただ一人の商人として、人として、対等に取引をしようという意思。

それを見てとったダンヴィーノは、のぞき穴の蓋を閉じる。

おもしろいことを言いやがる、そう思うと自然と口角が上がった。

それまで心の中でわだかまっていたモヤモヤがスッと消えていくようだった。そうだ。相手が商売をしに来たというのなら、こっちもそれにのってやればいい。

そのとき門番長が次の指示をもらおうと傍にやってくる。

「ご面倒おかけして申し訳ありません。いやなに、放っておけばそのうち帰りま……」

その門番長の言葉を遮るようにダンヴィーノは鋭く言葉を重ねた。

「開けてやれ」

「…………は？」

門番長は、訳がわからないという顔で聞き返してくる。ダンヴィーノはもう一度、繰り返した。

「開けてやれ。俺は評議員たちを叩き起こしてくる。中央商館の部屋を用意しろ。ヒーラーもだ。やつらに浄化をかけて、部屋に通せ。いいな」

次々に命令を伝えると、外套のポケットに手を突っ込んで猫背のまま足早に馬車が置いてある方へと向かう。門番長があとを追いかけて、なおも食い下がってきた。

「で、ですが！　評議会決議では！」

ダンヴィーノはうるさそうに振り向くと、言い放った。

「ここは自由都市ヴィラスだ。街の憲章を思い出せ。第一条はなんだ？」

「え、あ……商人は対等であれ、機会は平等であれ、でしたっけ」

「そうだ。だったら、わかるだろ。商売をしにこの街にやってきた商人を、話も聞かずに追い返すほどの恥があるか？」

門番長に背を向けて、ダンヴィーノは再び歩き出す。門番長はそれ以上食い下がってはこなかった。

＊　＊　＊　＊　＊

堅く閉ざされていた、自由都市ヴィラスの門が開かれていく。

望んでいたことのはずなのに、私は信じられない気持ちで門が開くのを見ていた。

すると、ポンと背中を軽く叩かれる。見ると、クロードが門の方に視線を向けたまま、声に出さず口だけを動かす。

その形が、『やったな』と言っていた。大きく頷く。

「でも、これからだね」

ナッシュ副団長の言葉に、とりあえず第一関門を突破できた嬉しさでついほころびそうになっていた表情を引き締めた。

そうだよね。ようやく話し合いの席につけるだけ。大切なのはここからだ。

開いた門の内側からは、ローブを着た一人の白髪の男性が出て来た。彼は私たちに浄化の魔法をかけた。馬たちもしっかり浄化される。あらかじめ汚染の可能性のない人選をしてきたと伝えてあったにもかかわらず、この念の入れよう。それを見ても、街の人たちがアンデッド化をとても恐れていることがわかった。

そしてようやく街の中に入ることが許可される。

あんなに行ってみたかったヴィラスの街。あのときは街並みを見るのを楽しみにしていたけれど、いまはそんな余裕なんてない。ただ、案内の人に連れられて、その背中だけを見ながら石畳《いしだたみ》の通りを歩いて行った。

こんな真夜中には、さすがにすれ違う人はいない。けれど、通りのあちこちに街灯のように篝火が焚かれているので、足元はさほど気にせず歩けた。

連れて行かれたのは、三階建ての大きなお屋敷だった。

その三階にある部屋に私たちは通される。そこは学校の教室くらいありそうな大きな部屋だった。真ん中に一枚板の大きなテーブルとその周りに椅子が何脚か置かれているだけで、他に調度品はない。まるで会議室みたい。

そこでしばらく待っていると、ドアがノックされる。それを合図に私たちは椅子から立ちあがると、ドアが開いて次々と街の人が入ってきた。全部で十数人。

全員が全員、生地が厚くて縁取りなどの装飾の凝った丈の長いジャケットを着ていたので、偉い人たちなんだろうなというのは見てすぐにわかる。

彼らは順々に自己紹介してくれた。皆さん、この街を実質的に治めている評議会のメンバーだった。商業ギルドや行商人ギルドのギルド長たち。市場の管理者。教会の司祭長。地区会長たち……。

こちらも自己紹介を返す。ナッシュ副団長とクロードに続いて私も自己紹介しようとしたんだけど、どう名乗ってよいのかわからなくて口が止まってしまう。そうだ。私はただ、騎士団に居候《いそうろう》させてもらっているだけの人間なんだもの。肩書きなんて、あるはずがない。なんて名乗ればいいんだろう。騎士団に拾われた一般人です？　ダメダメ。それだと、なんでそんな奴がここにいるんだと言われそう。

すると、副団長が助け船を出してくれる。

「彼女は、カエデ。西方騎士団の金庫番補佐をしてくれています」

と、肩書きをでっち上げてくれた。この場限りのものだとわかっていても、ちょっと嬉しい。

「それで。我々に話したいことというのをお聞かせ願おうか」

自己紹介が終わった後、評議会会長だという一番年配そうな白髭の男性が話を切り出した。

副団長を見ると、彼はこちらに小さく頷いてくる。私が直接話して良いということみたい。頷き返すと、居並んだヴィラスの重鎮《じゅうちん》たちに自分の考えを話しはじめる。

「西方騎士団は今、私たちにお金を預けてくれる方を募《つの》っています。それじゃ、借金と同じだとお考えかもしれませんが、少し違います。これを見てください」

肩掛けカバンを開けると、そこから一枚の紙を取り出して評議員たちに見えるようにテーブルに置く。

皆の視線が、その紙に集まった。

その紙は真ん中に線が引かれており、その線の上下どちらにも同じ文面が書かれている。

『この証書を持って下記の期限内に王都　騎士団本部に持ち寄ったものに記載金額の一・三倍の金銭を支払う』

　そして、王立西方騎士団の名と、団長の直筆《じきひつ》サイン。さらに、西方騎士団の公式印が線の真ん中に押されている。いわゆる、割り印というやつ。

「この証書の文面にあるとおり、今ここで私たちにお金を預けていただければ、私たちが王都に滞在するこの期間に、一・三倍の金銭を王都でお返しします。私たちが王都に戻るのは、約三ヶ月後です」

　評議員たちはその証書を興味ありげに眺めていたが、怪訝そうな顔をしている人が大半だった。無理もない。クロードに聞いた限りでは、まだこの世界には債券《さいけん》という考えは存在していないみたいだったから、いきなりそんな話を聞かされてもしっくりこないのだろう。

　これは、いわゆる国債みたいなもの。ううん、騎士団が発行するんだから、騎士団債とでも言うのかな。三ヶ月で一・三倍になるのだから、かなり高い利率だと思う。そのあたりは、償還《しょうかん》場所がここではなく王都ということを考えて高めに設定してみた。予算的には大丈夫だと団長と副団長の許可ももらえたし。

　そのとき、一人の評議員が口を開く。

「その証書を持っていけば、払った金の一・三倍の金を王都で払うっていうんだな。でも、その証明はどうするんだ？　確実に金を貰えるんだろうな？」

　さすが商人の街。さっそく実務的な質問が飛んできた。

　私はテーブルの上で、その証書を線のところで折って切り離した。割り印した、騎士団印も二つ

に割れる。

「この証書の上の部分はこちらで保管します。下の部分をお渡ししますので、お支払いするときに持ってきていただければ、こうやって本物の証書かどうかを確認の上、きちんとお支払いいたします」

そういって、上下に離れた証書を再びくっつける。真ん中の騎士団印も、ぴったりとくっついた。

質問してきた男は、ほぉと唸る。

「とはいえ、我々は王都に行く用事は特にないしな……」

他の評議員が、そんなことを呟く。

彼らは証書に興味を持ったようだったが、王都で償還するという部分に難色を示しているようだった。

評議員たちが口々に周りの人たちと話しはじめる。どれも、王都は遠いとか、行くのもまた手間だとか、そんな話をしていた。

この点は実は悩んだところだったんだ。

一年後の償還にして、来年、西方騎士団がこの地域に戻ってきたときに償還するようにしようか、とも迷ったの。でもそうなると騎士団は来年、多額の金銭をここにくるまでの三ヶ月間ずっと持って移動しなければならない。それは難しいかもしれないと副団長が言うので、短い償還期間でしかも王都で受け渡しできる方法を選ぶことにしたんだ。

でも、それでは融資が集まらないなら、やっぱり償還期間を一年後にして、証書の文言《もんごん》を書き換えるべきかな。そう思い始めたとき、一人の男が「ちょっといいか」と声をかけてきた。

彼は、それまで評議員たちの後ろで壁に寄りかかってじっとこちらの話を聞いていた。どことなく鋭い雰囲気のある三十代くらいの男性だった。短い癖っ毛の髪に、無精髭《ぶしょうひげ》。その茶色い瞳で睨むようにこちらを見ながら、他の評議員たちを押しのけてテーブルの向かいに立つ。

「俺は、この街の行商人ギルドでギルド長をしているダンヴィーノ・キーンというもんだ。ちょっと聞きたいんだが。なんで、ここで金貨一枚だったものが、三ヶ月後に王都で金貨一枚と銀貨三枚に変わっちまうんだ。借金の利息ってことなのか？」

「そうですね。そう捉《とら》えてもらっても構いません。ただ借金とは少し性質が違います。たとえば、この証書は他人に譲り渡したり、売買することも可能です。私たちは誰であろうと、この証書を期間内に王都に持ってきた方に証書に書かれた金額をお支払いいたします。それから、この証書はたくさん用意してあります。ですので、少額から預けることも可能です」

少額からでも融資してもらえる。これはむしろ、こちら側の利点でもあったりする。大商人から大金を借金すると、どうしても恩を売った買ったの関係が生まれてしまうし、そんな相手をこれから探すのも難しい。でも、少額からでも融資を募ることができれば、それだけ債権者はたくさん増える分、個々の貸し借りの力関係は薄まるし、融資者を探しやすくなる。

ダンヴィーノさんは、無精髭の顎に指をおいてじっとテーブルの上の証書を見ながら私の説明を聞いている。説明が終わったあとも、彼は黙って証書を見つめていた。

証書については、クロードが文面を書いて団長がサインとハンコを押してくれたんだけど、二人とも念のためたくさんあったほうがいいと大量に用意してくれたんだ。

一人でも良いからまずは騎士団に融資してくれる人が出て来てほしい。そうすれば、後に続く人も出てくるかもしれないから。こういうのは、最初の一人を獲得するのが一番難しいもの。お願いだから誰か融資をしてくれる人が出て来てください。

そう心の中で祈る。

そのときだった。ダンヴィーノさんが、顔を上げてこちらを見ると、とんでもない金額を口にした。

「わかった。俺が金貨五〇枚を出そう」

「……え？」

いきなり出て来た予想外の大金に、思わず変な声が出てしまう。

最近ようやくお金の価値がわかってきたけれど、金貨一枚で、だいたい日本円の一〇万円くらいにあたるらしい。ということは、五〇〇万円⁉

「ん？　預ける金に上限があるのか？」

私が変な声を出したものだから、ダンヴィーノさんは怪訝そうに眉を寄せる。

どうしよう。どうなんだろう。どこまでなら騎士団は利息を払えるんだろう。

正直言って、いま騎士団に必要なお金が集められれば御《おん》の字だと思っていたから、その上限についてあまり明確な取り決めはしてなかった。

私が助けを求めて隣の副団長を見ると、彼はダンヴィーノさんを真っ直ぐ見つめたまま柔和《にゅうわ》な笑顔を彼に向けた。

「いえ。上限はございません。お受けいたします。ありがとうございます」

副団長はダンヴィーノさんにそう伝えると、私にこっそりと耳打ちしてくる。

「今後の遠征資金のこともある。だから受けられるだけ受けよう。いよいよ多すぎだとなったときは私の方から合図するから」

私は小さく頷いた。そう言ってもらえると心強い。

すると、ダンヴィーノさんはさらに言葉を続けた。

「じゃあ、行商人ギルドの連中を叩き起こしてくる。きっと他にもあんたらに金を預けたい連中は、うちのギルドには山ほどいるはずだ」

「え……、そうなんですか？」

自分から持ちかけておいてなんだけど、山ほどいるという彼の言葉がお世辞《せじ》や誇張には思えずそう聞き返した。

ダンヴィーノさんは、ニヒルな苦笑を浮べる。

「こっから動かない他の商人連中には難しい話だろうが、俺ら行商人にとっちゃこれほど良い話はない。俺らは金と商品を持って街から街へ、地方から地方へ移動しながら商売をするんだ。王都へ行く奴も多い。でも、どうしても移動中に野盗《やとう》や山賊《さんぞく》に襲われることもある。だからそんなとき、金をそのまま持っていると奪われる危険も大きい。ところがだ」

彼はテーブルの上におかれた証書のサンプルをぺらっと指でつまみ上げた。

「これなら、服の中にでも身につけておけるし、隠すのも簡単だ。安全性が格段に上がる」

……なるほど。そんな需要があるだなんて考えてもみなかった。でも、上手く彼らの需要に嵌《は》まったのなら、これほどラッキーなことはない。

「いままでも、両替商《りょうがえしょう》に金を預けて、別の街の両替商で金を引き出す制度はあるんだが、かなりな額の手数料を取られるんでな。よほどのことがないと利用はしなかった。それより傭兵《ようへい》でも雇った方が安くすむしな。でも、あんたらのコレは逆に王都に持っていけば金が増えるという。俺らにとっても願ったりかなったりだ。希望者が少ないはずがない」

早速彼は行商人ギルドの連中に希望者を募ると言って部屋を出て行った。

それから、小一時間後。

部屋には、まだ夜明け前だというのに手に手にお金の袋を持った行商人たちがたくさん押し寄せていた。

「え……こんなに？」

思わず副団長がそんな言葉を漏らすくらいの人数。テーブルの前に押し寄せてくる彼らをクロードが一列に並べて、私が預かった貨幣を数えて、副団長が証書に金額を書き込み下半分を切って相手に渡す、という流れ作業でなんとか捌《さば》く。

なぜかダンヴィーノさんも色々と便宜《べんぎ》を図《はか》ってくれたので助かった。

その盛況っぷりはたくさん書いてきたはずの証書があっという間になくなってしまうほどで、ダンヴィーノさんのように高額を預けてくれる人もいたけれど、少額の人も多かった。なかには、父親に手を引かれてやってきた子どももいた。そして、お小遣いなのか銅貨一〇〇〇イオを預けてくれたのが、なんだか無性《むしょう》に嬉しかった。

そのあとはひたすら三人で、預かり金を受け取り証書を渡す作業を続ける。

「これで最後です」

ドアから外の廊下を覗くクロードの言葉に、私と副団長はつい疲れの溜まった嘆息を漏らした。

ずっと休みなく預かり金の作業を続けてきて、外はもう白みはじめている。夜中にはまったく人の往来のなかった向かいの通りも、いまはあちこちから足音や人の声が聞こえていた。

集まったお金を集計してみると、当初これくらい集まったら良いなと三人で話した額より遥かに多くの金額になった。

そして最後に、ダンヴィーノさんが金貨五〇枚の入った袋を持ってきた。それを預かって、証書の下半分を渡すと、全部の作業が完了！

やったー！　という気持ちでいると、ダンヴィーノさんが腰に手をあてて呆れたようにこちらを見ていた。

「ほら。あんたらの仕事はコレで終わりじゃないんだろ？」

そうだった。お金を集めるのが目的じゃない。これでポーションやヒーラーさんたちを集めて、一刻も早く西方騎士団のキャンプに戻らなきゃ。

そう思っていたら、ダンヴィーノさんが一枚の紙をテーブルの上にダンと置いた。

「あんたらが欲しいと言っていたもののリストと金額だ。個数を書けば、すぐに用立ててやる。商業ギルドと教会にはもう話を通してあるからな」

その紙には、各種ポーションやヒーラーのランクと雇用代、荷馬車を借りる値段など私たちがいりそうなものが事細かに書かれていた。

つい驚いてダンヴィーノさんを見上げる。すると、彼は苦笑を浮かべて、

「相手が欲しいものを先回りして、提示していくのが商売の鉄則だ。そうだろ？」

そう、なんでもないことのように言ってのける。

きっと彼はとても優秀な商人なのだろう。評議員の中ではかなり若い方に見えたが、彼はこの歳で行商人ギルドの長なのだという。

でもそれにしたって。

「……なんで、こんなに私たちによくしてくれるんですか？」

素朴に思ったことを口にしてみた。

すると、彼はすっと表情を引き締めると、無精髭を撫でた。

「俺も商売はじめて長いが、この証書っていうのか？　こういうものは初めて見た。これを考え出したのは誰なんだ？」

彼の言葉に、クロードと副団長がスッと私の方を見た。その視線を追って、ダンヴィーノさんもこちらを見る。

え？　え？　ちょ、みんな視線をこっちに集中させないでよ。

あたふたしていたら、ダンヴィーノさんは小さく笑った。

「だろうな。そうだと思ってた」

「え？　……そうなんですか？」

「ほとんど説明してたのはアンタだったしな。それに……まぁ、いいや。とにかく、俺にはコレがここだけで終わるものだとは思えないんだ。もしかしたら、これはこれから起こる何か大きな変化の始まりなんじゃないかって……なんでか、そう思えてな。だからまぁ、協力しときゃ今後なんかうまい話にかめるんじゃないかって下心さ。あんまり気にしないでくれ」

彼はそう言って、肩をすくめると言葉を続ける。

「さあ、あとは買い物だな。教会の連中に、朝のお祈りを中断してもらわなきゃならねぇぞ」

そのあとの様子は、まさに壮観だった。

街の広場に何台もの荷馬車が用意されていく。

教会の倉庫の扉が開放されて、たくさんのポーションが次から次へと運び出され、荷馬車にどんどんと積まれていった。

ヒーラーさんも、いま教会にいる五人全員を雇うことができた。

そのほかにも、テント道具や、毛布、衣服、食材の他に、街の料理屋さんたちが作ってくれた温かいシチューや焼きたてのパンもある。

みんな、待ってて。いますぐ持ってかえるから。それまでどうか、無事でいて。

そう心の中で祈りながら、積み込み作業を手伝った。

さあ、もうヴィラスを出発できるぞ、という段になったとき。

私たちのもとへダンヴィーノさんが再びやってきた。

「ちょっと、いいかな」

そう声をかけてきた彼の後ろには、たくさんの街の人たちがいた。いままで荷物の積み込みを手伝ってくれた人たち。料理を作ってくれた人たち。教会の服を来た人たち。ほかにもたくさんの街の人たちがみな、じっとこちらを見ている。

なんだろう？　と私たち三人は作業の手を止めて彼らに向かい合う。すると、ダンヴィーノさんが一歩前に進み出た。そして、私の手を両手でしっかりと包み込むように握ってくる。

「この街を、人々を『厄災』から救ってくれて、ありがとう。いまもこの街がこのとおり無事でいられるのはアンタたち西方騎士団のおかげだ。評議会や街として正式に礼ができないのはふがいないが、俺個人としてはアンタたちに感謝してもしきれない。本当に、ありがとう」

そう言って彼は深く頭を下げた。その声に合わせて、集まった人たちからも「ありがとう！」の声があがる。それも一つや二つじゃない。あちこちから合唱のようにたくさんの声があがった。

そして街の人たちは代わる代わる私たちの手を握ってくる。感極まって抱き着いてくる人や、満面の笑顔で話しかけてくる人、若い人もご年配の人も、男の人も女の人も、みんな思い思いに感謝を伝えに来てくれた。

私もクロードも副団長すらも、街の人々の反応にはじめは戸惑っていたけれど、でも素直な感謝の言葉を伝えてもらえるのはとても嬉しかった。これは私たちだけへの感謝じゃない。西方騎士団みんなへの感謝なんだ。

みんな、あのアンデッド・ドラゴンを倒すために頑張ったんだもんね。その苦労が報《むく》われた気がした。キャンプ地に戻ったら、絶対にみんなに伝えるんだ。

この笑顔を、この言葉を、全部ちゃんとみんなに伝えなきゃ。

私は嬉しさとともに、こんなにたくさんの人たちから感謝を捧《ささ》げられる西方騎士団のみんなのことが心の底から誇らしかった。

＊　＊　＊　＊　＊

森の中を差し込んでくる朝日に、フランツは目を細めた。

薄暗かった周りが照らされ、肌寒かった気温もだんだん温かさを帯びてくる。

辺りが明るくなるとともに、西方騎士団駐屯地の惨状がしだいに明らかになってきた。

何もかもが壊され、あちこちに焼け跡が残る。その合間に、団員たちが座り込んだり横になったりしていた。

本来なら、アンデッド・ドラゴンが踏み荒らしたこの土地をすぐに離れなければいけないはずなのだが、あまりに怪我人が多くて移動すらままならないでいた。

テントも壊されてしまったため休む場所もなく、食材庫も破壊されて食料も尽きている。

それでも、いまのところ一人の死者も出さないで済んでいるのは、サブリナとレインの二人が夜を徹して団員たちの治癒を続けてくれたおかげだった。とはいえ、これだけの人数を二人で診て回るのは厳しいのだろう。なんとか命を繋いでいる状態の団員もまだ少なくない。

それに。

フランツは木の根元に座ったまま、自らの手を眺める。

全員の浄化までは、とうてい間に合わないだろう。もしアンデッドに汚染されていたら、あとどれくらいの時間が残されているんだろうか。

そんな事態にもかかわらず、フランツの心に浮かぶのは数時間前に見たカエデのことだった。

街に行くと言っていた彼女。泣きそうな顔で、でも無理やり笑うようなぎこちない笑顔でこちらを見ていた彼女のことが忘れられない。

街でつらい思いをしていないといいな。また、泣いたりしていないかな。

（また……会えるかな……）

もう一日でいいから、彼女に会いたい。

そんなことを思っていた、そのときだった。

周りに座り込んでいたほかの団員たちが、ざわめき始めた。同時に、馬の蹄《ひずめ》の音が遠くから聞こえてくる。

それも、一つではなく、いくつもの蹄の音がまるで地鳴りのように。

「え……」

フランツは弾かれたように顔をあげる。

遠目に見えたのは、森の中をこちらに向かって駆けてくる馬車だった。

一台ではない。何台あるのかわからないほど、多くの馬車がこちらに向かってきていた。

フランツはふらつきながらも、立ち上がってそちらに目を凝らす。

一番先頭の馬車、御者の横に立つ一人の女性が目に飛び込んできた。こちらに大きく手を振る彼女。

それが待ち焦がれていた相手、カエデだってことはすぐにわかった。

フランツも、すぐに大きく手を振り返す。

「おかえり！」

そう声をあげながらも、まだどこか信じられない思いだった。だって、彼女は本当にたくさんの物資とともに戻ってきたのだから。

あちこちから団員たちの歓声があがる。

「本当に、やりやがった……」

「助かった！　俺たち助かったんだ！」

「なんてことだ……神の奇跡だ……」

そう口々に叫ぶ声が聞こえてくる。

でもフランツにはわかっていた。

これは、奇跡なんかじゃない。

彼女が自分でもぎ取ってきた成果だ。

だけど、朝焼けの中、こちらに嬉しそうに手を振っている彼女の姿は、まるで女神のようにも見えた。

そのとき、人の気配を感じて隣を見ると、いつの間にか団長がそばに来ていた。

彼は、フランツの背中をバンと叩くと、くしゃっとした笑顔で言う。

「アイツは、本当にすげぇな」

その言葉に、フランツは大きくうなずいた。

「はい。……すごい、やつなんです」

久しぶりにフランツの顔にも心からの笑顔が浮かぶ。そして、もう押し止められないほどに高鳴る想いを自覚しつつ、彼女の姿を熱く見つめるのだった。

＊　＊　＊　＊　＊

たくさんの積み荷を積んだ数台の馬車とともに戻った私たちを、騎士団のみんなが大歓迎してくれた。

キャンプ地に帰ってくるとすぐにみんなに手伝ってもらって積み荷をほどく。一人一人に充分なポーションが渡され、重傷者の元へはヒーラーさんたちが治癒魔法を施してまわった。

そして、キャンプ地をアンデッド・ドラゴンに汚染された場所から少し離れた場所へと移し、そこで温かなシチューと毛布が配られた。

教会から来たヒーラーさんたちは、これだけの惨状と大量の重傷者にもかかわらず一人の死者も出さなかったサブリナ様とレインの働きにとても驚いていたっけ。

アンデッド・ドラゴンからの汚染のおそれがある団員たちは、ヒーラーさんたちから浄化の魔法をかけられたあと、念のため、症状が発現する時期を過ぎるまで治癒ポーションを飲み続けるように言われたみたい。

テオもヒーラーさん数人から同時に大量の魔力をいっきに注ぎ込まれて、ようやく目を覚ました。彼も、そのあと元気に動けるようになるまで飲むようにと、何本も回復ポーションが渡されていた。

私も料理を配ったりポーションを運ぶお手伝いをしたりと忙しくしていた。

それが一通り行き渡ったら、今度はみんなが休むためのテントを張らなきゃ。暖かい季節とはいえ、夜通し外にいた団員さんたちの身体は冷え切っているものね。

だから、手の空いた人たちと一緒にテントを張る作業をしていたら、誰かに肩をトントンと叩かれる。振り向くと、すぐ後ろに副団長がいた。

「少し休んだほうがいい。君も夜通し動き回って疲れているだろう。シチューは食べたかい？」

副団長が私のことを気遣ってくれているのはわかる。

「はい。でも、今はなんだか動いていたくて」

たぶん、いろいろなことがあったせいで、まだ身体が休める状態にないんだと思う。こうやってお手伝いをしているほうが、気が楽だった。あとで、どっと疲れがきそうだけど、いまはこうやって少しでもみんなの手伝いをしていたかったんだ。

すると副団長は「そうか」と言った後、

「じゃあ、あちらに行くといい。もう、全員の浄化も終わったって報告を受けてる。さっき、隔離も解けたよ」

副団長は、汚染の疑いのある人たちが集められていた一角を指さした。

じゃあ、もう……？

それを聞くと、いてもたってもいられなかった。

「副団長、どうしようこのテント。今、私が離れたら崩れちゃう」

あたふたしていると、副団長が笑いながら代わってくれた。

「代わりにやっておくから、行っておいで」

「はいっ、ありがとうございますっ」

張りかけだったテントをそのまま副団長に渡して、私はスカートの裾をまくるとその一角へと駆けていく。

大股《おおまた》で走っていくと、すぐに団員さんたちが集まっているのが見えた。

その中に、よく知っている金髪の青年を見つける。彼はこちらに背を向けてポーションを飲んでいるようだった。

「フランツ！」

足を止めてそう叫ぶと、彼はこちらを振り向いた。そして、ポーションを持ったまま、こっちを見つめて嬉しそうな、それでいて泣きそうにも見える微笑みを浮かべる。

「カエデ！」

もう、離れていなければならない距離はなかった。彼の元に走りよると、その身体に飛びつくように抱き着く。

「……良かった。良かった……無事で、良かった」

口からは同じ言葉ばかり出てくる。もっとたくさん話したかったことはあるはずなのに。呼吸するのももどかしくなるほど、言葉があふれてしまって上手くしゃべれない。

それでも、彼は私の背中に手をまわして、ぎゅっと抱きしめてくれた。

彼に包まれて彼の温かさを全身に感じられると、ようやくじんわりと心の奥が落ち着いてくる。

「カエデが無事で良かった。ずっと、会いたかったんだ」

そういう彼の言葉は少し震えていた。小さくうなずいて返すと、私も彼に言う。

「うん。私も会いたかった。ずっと、フランツのことを考えてたの」

彼がここにいてくれることが、生きていてくれることが何より嬉しい。

もう二度と遠くに行ってしまったりしないように、しがみつくように彼を抱きしめた。

「ありがとう、色々と。大変だったんじゃないか？」

そう言われて顔を上げると、ゆるゆると首を横に振る。

「ううん。ただもう無我夢中で」

そう言って笑おうとしたけれど、嬉しいはずなのに、なんでだろう。やっとそばで見ることのできた彼の顔がじんわりと滲んでしまう。

そのとき、フランツがハタとかたまった。ん？　どうしたの？　と、彼の視線の先を追って、私もかたまる。

団員の皆さんが、唖然《あぜん》とした様子でこちらを見ていた。ゲルハルト団長までいる。

そうだ、忘れてた！　ここには他のみんなもいたんじゃない！

なに、二人の世界みたいになっちゃってたんだろう！

急に恥ずかしくなって、私はフランツから離れる。どうしよう、顔が熱い。

すると、団長がポーション片手にいたずらっ子のような顔で言う。

「俺たちのことは気にしなくていい。勝手に見てるだけだからさ」

「見ないでくださいよっ」

すかさずフランツが顔を赤くして団長にそう言うと、団長は笑い出した。

「だって、目の前でやられたら見ちゃうだろ、やっぱり」

そんなやり取りを聞いて、他の団員さんたちからも笑い声が湧き上がる。

フランツはバツが悪そうに苦笑して、私はそんな団長とフランツのやりとりがおかしくて、つい笑い出してしまった。

笑顔の波が広がっていく。

良かった。みんなで笑える。また、前みたいにみんなで笑える。そのことが、なんだか無性に嬉しくてたまらなかった。

＊　＊　＊　＊　＊

その後、西方騎士団のキャンプ地はさらに数百メートル離れた場所へと移動した。そこでテントや大焚き火、カマドなんかを設営して、ようやくいままでと変わらない平穏な遠征生活が戻ってきた気がした。

幸い死者もアンデッドの発症者も一人も出ずに済んで、怪我をした団員さんたちもヒーラーさんたちの力とポーションのおかげで、襲撃前と変わらないくらいまで回復していた。

そして、襲撃から三日後にはもう、騎士さんたちはアンデッド・ドラゴンの被害を調べるために周囲の探索に出かけて行ったんだ。

本当に精神的にも、体力的にもタフな人たちばかりだななんて初めはびっくりしたけれど、たぶんそうじゃないんだよね。みんな、無理しているんだと思う。

でも、もし他にもアンデッド化した魔物がいたとしたら人や家畜を襲いかねないから、いまは無理してでも調査に出なきゃならないんだろう。

テオも死にかけていたのが嘘みたいにすっかり元気になって、もう調理班で忙しく働いている。その姿を見ると、本当に良かったなとじんわりしてしまう。ついいつまでも眺めていたくなってしまったけど、いけないいけない。ここには、薬湯に使うお湯をもらいに来たんだった。

「お湯、もらっていきますね」

そう声をかけると、テオが包丁で野菜を切りながら「どうぞ！」と、いい笑顔で返してくれた。

さっそく持ってきたポットに大鍋でぐつぐつ煮立っていた湯を分けてもらうと、救護班のテントへ大事に持って帰った。

「お湯もらってきました。いま、薬湯作りますね」

テントに戻ると、奥のベッドに声をかける。

「ありがとう。なんだか、申し訳ないわね」

そう答えてベッドからゆっくりと上半身を起こしたのは、サブリナ様だ。襲撃の際、休むことなくずっと治療に当たられていたため無理が祟《たた》ってしまったのか、あれからずっとベッドに伏せてらした。

ちょっと休めば大丈夫よ、なんて彼女は笑うのだけど、ご年齢のこともあるので心配なんだ。だから、せめてゆっくり休めるように労ってさしあげたかった。

薬棚から乾燥させた薬草の瓶を手に取ると、蓋をあけてスプーンでポットに直接入れる。充分に葉が開いて薬効成分が染み出してきたら、茶こしで葉が入らないようにティーカップに注いだ。

「はい、どうぞ。リリナスの葉で淹れた薬湯です」

リリナスの葉は滋養強壮や魔力回復に効くと言われている薬草で、ヴィラスの街のヒーラーさんから分けてもらったものだ。

差し出した湯気の上るカップを、サブリナ様はベッドに座り直すと両手で受け取る。

「ポーションも飲んでいるのに情けないわ。ああ、でもいい香り」

リリナスの薬湯は、草原のような香りがする。それを青臭いと言う人もいるけれど、私はこのみずみずしいハーブのような香りは結構好きだった。

「あれだけたくさんの人にヒーリングの力を使われたんですもん。疲れるのは当たり前ですよ。私ができることならなんでもやりますから、サブリナさんはゆっくり休んでてください」

薬湯がまだ余っていたので私もカップに注いで残りをいただくことにする。あまり薬草を浸しすぎると、濃くなりすぎて飲めなくなっちゃうものね。

テントの中には静かな時間が流れていた。

しばらく二人とも黙って薬湯を飲んでいたけど、その静寂にサブリナ様がポツリと言葉を投げた。

「正騎士さんたちは、みんなもう出かけたのね」

「はい。みなさん、もうすっかり怪我も火傷も良くなって、調査に出かけていきました。ヴィラスのヒーラーさんたちも驚いてましたよ。あれだけの被害にもかかわらず、よく一人の死者も出さずに持ちこたえられた、さすが元・王城仕えのヒーラー様が付いているだけあるって」

そう伝えると、サブリナ様は少し疲れた表情のままフフと小さく笑い声を漏らした。

「本当に一人の死者も出さずに済んで良かったわ」

それから彼女は、飲みかけのカップに視線を落とした。口元にはいつもと変わらず穏やかな笑みを湛えてらっしゃるのに、その緑の瞳に哀愁のような影がよぎる。

しばらくの沈黙のあと、彼女は再び口を開いた。

「前に私の主人と三男もこの騎士団にいたことがあったと、話したことがあったわよね」

昔話を語る穏やかな口調。

「はい」

私の相づちに、彼女は小さく頷く。その目は私を見ているようでもあり、その遥か遠くを見ているようでもあった。

「二人はね。遠征に出たまま、戻らなかったのよ。遠征の途中で亡くなったの」

「え……」

突然の重い言葉に、私は胸の奥をぎゅっと鷲掴みにされたように息が詰まってしまう。驚きのあまりそれ以上声も出なかった。

「それは、今回のような突然の襲撃があったときだったと聞いているわ。そういうことは時々あるの。何ヶ月も遠征するのに遺体を持って帰ることはできないから、そういうときはその地に埋めていくのよ。私の元へ帰ってきたのはあの人が使っていた剣と、あの子の使っていた手袋だけだったわ」

静かな声。彼女の緑の瞳は、いつもと同じく優しげな光を湛えている。でも、その奥にはいつもと違う、いやいつもは隠されている深い悲しみの色があるように思えた。

半年間。大切な人たちを待ち続けてようやく会えると思ったそのとき、その人が思い出の品に変わってしまった事実を突きつけられるだなんて。

そのときのサブリナ様の心の内を思うと、言葉を返すことすらできない。

「だからね。私は、みんなを無事に王都へ連れ帰りたくて、ここにいるのよ。もう誰も、私のような悲しい思いをしなくてもすむようにね。でも今回のことはきっと、私とレインだけでは抱えきれなかったわ。いまも西方騎士団があるのはあなたのおかげよ、カエデ。本当にありがとう」

そう言って、サブリナ様は目尻を緩めて優しく微笑んだ。

その笑顔を見ていると私はもう、湧き起こってくるいろいろな感情でぐちゃぐちゃになりそうで、ただもう俯いて首を横に振るしかできなかった。

サブリナ様は私のおかげだと言ってくださったけど、もしサブリナ様がこの団にいなかったら、こんな風に穏やかに薬湯を飲み合うような未来なんてこなかっただろう。被害が遥かに大きくなっていたことは間違いない。

でも、いつも優しく穏やかな彼女にそんな凄惨な過去があったなんて。もう出会って数ヶ月。ずっと一緒に生活しているのに、今になってようやく私は、彼女がこの騎士団に同行している理由を知ったのだった。

王国一だと言われる彼女は、王城での仕事だっていくらでもあっただろう。いや、もう仕事なんてする必要のないご身分だもの。ゆっくりお屋敷で過ごされていても少しも不思議じゃない。それなのに、そんな安全な暮らしも地位もなげうって、このお歳で騎士団の遠征に同行なさっている。

それは、彼女のご主人や、息子さんのような人たちを出さないようにするためだったんだ。

魔物討伐が仕事なんだもの。怪我をすることもあるだろう。それが命に関わるような怪我であることもあるだろう。

それでも、遠征に行ったみんなが、また大切な人の元へ元気に帰れるように。

彼女のご主人や息子さんのように、恋い焦がれた故郷に戻れなくなる人がいなくなるように。

彼女のような悲しい思いをする人が出ないように。

そのために、サブリナ様はここにいる。

それはなんて、すごい決意だろう。

なんて、壮絶で、そして愛に満ちた決意だろう。

私なんて、この前の襲撃のことを思い出すだけでまだ身体が震えてきて、逃げ出したくなる。

彼女はその最前線に今も立ち続けているんだ。

それを思うと、私はもう我慢できなかった。声を押し殺そうとするのに、漏れる嗚咽《おえつ》。涙が次から次へと溢れて、止まらなかった。

「あらあら。どうしたの？」

サブリナ様は突然泣きだした私を心配して、その小さくあたたかな手で背中をそっと撫でてくれる。けれど、涙はどんどん流れてきて止まらなかった。

私は小さく首を横に振る。

「すみません。……ひっく……止まらなくて」

彼女はいつまでも優しく私の背中を撫でてくれた。そして、ひと言。

「今回の遠征も、全員無事に王都まで戻りましょう」

そうかけられた言葉に大きく頷いた。何度も何度も頷いた。

帰ろう。みんな一緒に。一人も欠けることなく。

大切な人が待っている場所へ。

私には待ってくれている人なんていないけど、それでも親しくなった騎士団のみんなのことが好き。そしてみんなには帰る場所があるんだから、そこに帰れる日までお手伝いしたい。

私の涙が止まるまで、サブリナ様はずっと優しく私の背中を撫でてくださっていた。

その手がとても温かくて、サブリナ様を労るはずが結局また私のほうが慰められてしまうのだった。

そのあとサブリナ様は再びベッドに横になられたので、私は飲み終わったカップを持って救護テントを出ると洗い場へと足を向けた。

水でカップを洗いながら、ふと考える。

そういえば、フランツにも王都で待っている人はいるのかな？　たしか一応王都に家はあるはずだけれど、そこは彼にとって帰りたい場所なんだろうか。なんとなく違う気がする。

もしかすると彼も私と同じように、この騎士団こそがかけがえのない大切な居場所なのかもしれない。意外な共通点を見つけて、少しだけ気持ちがほっこりした。

だけど、私にはもう一つ気にかかることがあるんだ。

それは、アキちゃんのこと。

彼女はアンデッド・ドラゴンの襲撃のときに私たちを守ってくれたたし、そのあとも騎士さんたちに混じって討伐に参加していたようだった。そのときドラゴンのブレスを避けきれずに腕に火傷をしてしまっていたけれど、その傷もサブリナ様に治してもらっていまはもう跡も残っていない。

でも、あの日からアキちゃんはあまり喋らなくなっていた。ずっと俯き加減で、暗い顔をしているの。彼女はこれが初めての遠征だって言っていたから、たぶんあんな魔物に出会うのは初めてのことで、強いショックを受けたのかもしれない。

私も、あのときの恐怖がふと蘇ることがある。もしあのまま、お金を集めることができなかったら今頃どうなっていたんだろう、って考えると怖くて仕方がない。

身体の傷は治っても、心の傷まではそう簡単には治るものじゃないもの。

「よしっ。もう一回リベンジしてみよう」

じっとしていると怖い想像ばかりしてしまうから、私はアキちゃんを誘ってあの丘へもう一度行ってみることにした。あの日摘んだ花はドラゴンの襲撃で駄目にしてしまったから、もう一度、ポプリを作り直してみようと思ったの。

翌日、アキちゃんを誘って二人であの丘へと出向いてみた。

硝子草《がらすそう》の草原は、あの日と変わらずそこにあった。風が吹くたびに、涼しげな音をたてて仄かな香りを運んでくる。

持ってきた桶を花でいっぱいにすると、アキちゃんと見せあいっこした。

「いっぱいとれたね」

「はい」

アキちゃんはそう言って、ようやく、少し笑ってくれた。

それをキャンプに持ち帰ると、前と同じように花だけ取りだして風通しの良い木陰に広げた布の上で乾かすことにする。

夕方には取り込んで、朝にまた広げて乾燥させるというのを繰り返して一週間ほどすると、花はドライフラワーになった。

不思議だけどあんなに硝子のようだった硝子草の花は、乾燥させると逆にしっとりと柔らかくなって色味も濃い桃色になった。香りも、濃厚になっている。

私がOLをしていたときに本で見たポプリの作り方は、乾燥させたドライフラワーにアロマオイルを垂らして匂いを長持ちさせる方法だった。

でも、サブリナ様に教えてもらったのは少し違う。アロマオイルの代わりに、ポーションを垂らすんだ。どのポーションでも良いらしいけど、回復用ポーションが一番香りが長持ちするんだって。

布の上へこんもりとまとめた硝子草のドライフラワーに、回復用ポーションを数滴垂らしてアキちゃんと二人で手で混ぜ合わせた。ドライフラワーをすくい上げて混ぜる、またすくい上げて混ぜるというのを繰り返すと、あの薔薇のように濃厚で、それでいてオレンジのようなフレッシュな香りが立ちのぼってふわんとあたりを満たしてくれた。

「うわぁ。良い香り～！」

「あまい香りですね！」

アキちゃんの顔にも嬉しそうな笑顔が広がる。良い香りに包まれるのも嬉しかったけれど、なによりアキちゃんがそうやって自然と笑ってくれるのがまた輪をかけて嬉しい。二人でニコニコしながらポプリを混ぜ合わせて、良い香りを胸いっぱい吸い込んだ。

あとはこれを小袋に詰めて紐で結んだら、できあがり！

本当はリボンでも結べたら可愛かったんだけど、そんなものここにはないから仕方ないよね。

できた小袋はアキちゃんと私とで半分に分ける。

アキちゃんはできたポプリの小袋を胸に抱くと、ほっぺたを赤くして嬉しそう。

「はじめて作りました！　大事にします」

「うん。私もこっちに来てからはじめて。香り、長続きすると良いよね！」

「そうですね。ありがとうございました！」

アキちゃんはペコリとお辞儀すると、ポプリを胸に自分のテントの方へと帰って行った。

私もできあがったポプリの小袋を抱えると、甘い香りがふわっと広がる。なんとも幸せな香りに包まれて、気持ちまで華やいでくる。

どう使おうかなぁ。一つは自分の衣装箱に入れるでしょ。あとは、サブリナ様とレインにあげて。

あ、そうだ。

私はポプリの小袋を自分の私物を入れている木箱にしまうと、一つだけ手に取って騎士さんたちのテントがある方へと向かった。

騎士さんたちは午前中の調査を終えて帰ってきたところだったので、テントの周辺も賑やかになっていた。

その中にフランツの姿を見つけると、駆け寄る。

「フランツ！」

「あ、カエデ。どうしたの？」

胸当てをはずして、濡らした布で顔を拭いていたフランツがこちらを振り返る。

私は彼の胸に、ポプリの小袋を差し出した。

「これ。前に作りかけてたものは駄目になっちゃったから、アキちゃんともう一回作り直したんだ。硝子草のポプリ。上手くできたから、フランツもひとつどうぞ」

「え……？」

彼はそれを見てなぜか酷く驚いた顔をする。そして、急にどぎまぎしだした。緑の瞳を泳がせて、心なしか顔が赤い気もする。どうしたんだろう？

「あ、ありがとう……」

それだけ唸るように呟くと、フランツはそのポプリの小袋を受け取ってくれた。

「フランツ、体調悪いの？」

このところ急に暑くなったから、もしかして体調崩したのかな？　と心配になって顔を覗きこむと、

「な……なんでもないよ」

そう彼はぶっきらぼうに言って顔を逸らした。

「体調悪いんなら、午後の調査は休んだ方がいいんじゃない？」

心配でそんなことを口にすると、彼はなんでもないと言う。なんとなく腑に落ちないものを感じながらも、

「じゃあ、また。昼ご飯のときにね」

「ああ」

そう言葉を交わして、私は救護テントに戻った。

フランツ。本当に、どうしたんだろう？　朝に会ったときは、あんなに元気そうだったのに。

救護テントに戻ると私物入れの中からポプリの小袋を二つ取り出して、机で書き物をしていらしたサブリナ様のところへ持っていく。

サブリナ様はあのあと数日簡易ベッドで伏せてらしたけど、ここ最近はだいぶ回復されたようで、もう横になっていなくても大丈夫なようだった。でも、まだあまり無理はしてほしくない。

「サブリナさん。ランタンに火をもらってきましょうか」

私がそう言うと、彼女は鼻にのせていた丸眼鏡をあげて微笑む。

「ちょっと救護日誌をつけていただけよ。もう終わるから、大丈夫。ありがとう。あら。その手に

あるのは、ポプリ？　ついにできたのね」

「はいっ。教えてもらったとおりにしたら、とってもいい香りにできあがりました。サブリナさんも、どうぞ」

一つ彼女に手渡すと、あらあらと嬉しそうに受け取ってくださった。そして鼻に小袋を近づけると香りを吸い込む。

「ほんとう。とても良い香りね。ありがとう。あなたはポプリを作るのがとっても上手だわ」

えへへ。褒められちゃった。

「サブリナさんに教えてもらったとおりにしただけです」

「あら。教えたとおりにできるのも才能よ。私なんて、夜に取り込むのを忘れて、朝露で駄目にしてしまったことが何度もあるもの」

そんなことを言って二人で笑い合っていたら、救護テントの入り口の布が開いてレインが入ってきた。手に持ったカゴには薬草がいっぱい。

「昨日雨が降ったせいかな。青々とたくさん茂ってて、こんなに採れましたよ。夏リンゴももう生《な》っていました」

そう言いながらテーブルの上にカゴを置いたレインにも、ポプリの小袋を差し出した。

「私が作ったんです。案外上手くできたから、お一つどうぞ」

すると、レインは受け取ってはくれたものの微妙な微笑で返してくる。

あれ？　ポプリとか好きじゃなかったかな。そっか、男の人はあまりこういうもの使わないよねと思っていたところ、レインが躊躇いがちに言う。

「カエデ。あのね。たぶん、そういうつもりは全然ないんだとは思うんだけど。異性にあげるのは、気をつけた方がいいよ?」

「気をつける……?」

「いままで、他にも誰かにあげた?」

あげたのは、まだ二人だけ。

「サブリナ様と、フランツだけだけど……」

「そっか。じゃあ、まぁいいのか」

レインは、なぜかホッと安堵のため息みたいなものをついている。

「あと、テオにもあげようかと思ってたけど……」

「それは、やめた方が良い。刺激が強すぎる」

と、きっぱり言われてしまった。

ん? どういうこと?

意味がわからないでいたら、サブリナ様も立ちあがってそばにやってくる。

「ごめんなさいね。そんなにいろんな人に配っているだなんて思わなくて。ちゃんと教えていなかった私が悪かったわ」

そう申し訳なさそうにおっしゃるサブリナ様。訳がわからず二人の顔を見比べていると、彼女が教えてくれた。

「草花には花言葉というものがあるの。その花言葉の意味によって使い分けたりするのよ。硝子草の花の花言葉は『あなたを心から信頼して愛する』なの。だから、異性に愛の告白をするときに相手に渡したりするのよ。同性同士だと、友情の証《あかし》という意味になるから同性で贈りあったりもするのだけど」

なんと！　あれですね。バレンタインデーのチョコみたいなもの。好きな異性に渡したら本命チョコで、親しい同性に渡すと友チョコみたいなものなんだろうな。

そこで、はたと気付く。

……私、フランツに渡しちゃったよ⁉

それでようやく、渡したときの彼の反応の意味が理解できた。

顔の血の気が引いたと思ったら、今度は一気に熱くなる。自分の行動が急に恥ずかしくなって、意味もなく手をバタバタさせた。

どうしよう。どうしよう。あれ、絶対誤解してるよ、フランツ。

ううん、誤解じゃないんだけど。でも、そんなつもりで渡したんじゃなかったのに。

あああああ、どうしよう‼

「ちょっと、フランツのところに行ってきます！」

そう断ると、私は救護テントを飛び出した。

後ろからサブリナ様が、「ゆっくりしてきなさいな」と声をかけてくださったけど、どういう意味ですか⁉

とりあえず、大慌てでフランツのテントのところへ行ってみると、彼の姿はそこにはなかった。

どこへ行ったんだろう。キョロキョロ探していたら、飲み物片手に他の騎士さんと話していたクロードが、フランツならラーゴの世話をしに行ったぞと教えてくれた。

彼に礼を言うと、馬たちが放牧されているキャンプの外れへ向かう。

すると、向こうから金色の髪の青年が歩いてくるのが見えた。すぐにそれがフランツだとわかって、彼の元へと急ぐ。

「どうしたんだ？　そんなに急いで」

急に駆け寄ってきた私に驚いて、彼が立ち止まる。彼の前まで来ると、深呼吸して息を整えた。

「あのね、フランツ！　さっきのポプリなんだけど！」

勢いに任せて言うと、フランツは「ああ」という顔をした。そして、ズボンのポケットからポプリの小袋を出すと、こちらに差し出してくる。

「やっぱ、俺がもらっちゃいけないやつだったんだろ？」

そんなことを言う彼に、私はブンブンと首を横に振りながらポプリを渡してくる彼の手を押しとどめた。

「そうじゃないの。それはあなたにあげたモノだから。でも、あの、私その、硝子草の花言葉とか知らなくて。さっき、サブリナ様に教えてもらったの」

その言葉に、フランツは小さく笑った。

「そうだろうな、とは思ってた。……もしかして、それを伝えるためだけに走ってきたの？」

「だって、もしフランツが誤解したらって……」

誤解じゃない。誤解じゃないんだけど、それを伝える勇気はなくて。だから、誤解っていうことにしたかった。私のちっちゃな失敗だと笑って忘れてほしかった。

だけど彼ははにかむように笑うと、手の中のポプリを眺める。その目はとても優しくて、私の心

臓は一瞬ドキリと大きく打った。そのうえ、

「もし、そうだったらいいなって思ったけど」

小声でよく聞き取れなかったけれど、いま彼はそう言ったような気がした。

「……え？」

聞き返そうとしたのに、彼はポプリの小袋を大事そうにズボンのポケットにしまうと、

「ちょっと、ここで待ってて」

そうひと言告げたあと、キャンプの方へと走って行ってしまう。

「え？　あ、ちょっ……」

戸惑う私を置いて走っていくフランツ。しばらくしてこちらへと戻ってきた彼は、右手に丸めた紙のようなものを持っていた。

彼は私の前までくると、すっとその手に持っていたものを渡してくる。

「これ、お礼に」

ちょっと照れくさそうにするフランツ。

何だろう。

その紙を受け取って結んであった紐を解くと、紙を広げる。

「…………！」

それは、一枚の絵だった。

一人の女性の絵。柔らかなタッチで優しげに微笑む黒髪の女性が描かれている。薄桃色の花畑の中に座って、花を摘む女性の絵だった。

その花が何の花かはすぐにわかった。硝子草のあの花畑だ。そしてそこに描かれている女性が誰なのかも。

「……これ……!!」

そう口にするのが精一杯。驚いて彼に目で尋ねると、彼は大きく頷く。

「勝手に描いてごめん。君を描いたんだ。いつか渡そうと思ってたんだけど、よく考えたら硝子草の花畑だろ？　コレ渡したら誤解されるんじゃないかって、迷ってたんだ。でも、あのポプリのお礼なら、いいかなって……いらなかったら裏紙に使ってくれていいから」

そんなことをフランツは自信なさそうに言う。

なんで私がこんな素敵な絵を帳簿の裏紙に使うと思うかな。私はフランツの絵の一番のファンなんだよ？

でも、私、こんなに美人で優しそうだったっけ。何割増しか綺麗になっている気もするけれど、絵なんて貰うの初めてだったから、ちょっと照れくさくて心の奥がくすぐったい。

「ありがとう、フランツ。私、大事にするね」

絵を胸に抱くと自然と笑みが零れた。それを見て、フランツもようやくホッとした顔になる。

「俺も大事にするよ。ポプリ」

硝子草のポプリに、硝子草のたくさん描かれた絵。

花言葉がちらつくけれど、

「お互い同じ花のものを贈ろうとしていたなんて、面白いよね。サブリナさんもおっしゃっていたけど、友達同士で友情の証に贈り合うこともあるんでしょ？」

「ああ。そういうのも聞くよな」

「じゃあ、コレは私たちの友情の証ね」

そう笑うと、フランツもこちらを見て優しそうに目を細めた。

「そうだな」

ちょっと無理やり感あるけれど、友情の証ということにしてしまおう。

だって、彼のことを一番の友人だと思っているのは確かだもの。

彼への本当の気持ちは、こっそりポプリの袋の中に隠して。

今は、その友情を何より大切にしたいんだ。

「おっと。そろそろ戻らないと昼飯食い損《そこ》なうぞ」

そうフランツに言われて、私もようやく思い出す。そうだ、早く戻らないと食べ尽くされちゃう。

みんな、食いしん坊だから、ドンドンお代わりしてなくなっちゃうんだよね。

「大変、早く戻らなきゃ」

スカートをあげて走り出すけれど、膝上あたりまで伸びた下草が足に絡まって上手く走れない。

それを見かねたのか、

「抱きかかえて運んであげようか？」

なんてフランツが言いだしたので、

「それは遠慮します！」

初めてあの森でフランツと出会ったときのことを思い出して、慌ててお断りする。

すると、彼は笑って、

「じゃあ、こっち」

と言って私の手をとった。

「ほら。行こう」

「うんっ、きゃっ、フランツ待って」

彼に手を引かれて一緒に走りだす。

走っているうちに、つい二人とも笑い声が零れてしまった。

もうすっかり大人のはずの二人なのに、昼ご飯のために全力疾走なんてなんだかおかしくて。でも、これを食べ逃すと夕ご飯まで何も食べるものがないから、案外重大な問題なんだもん。仕方ないよね。

それから、これは彼には秘密だけど。

彼に引かれた手のぬくもりを感じながら、これからもずっとこうやって彼と一緒に過ごせたらいいなって、そんなことを思ったりもした。

だけど、急いで戻ったのに残念ながら昼ご飯のメインの鍋はすっかり空になっていた。見かねたテオが残ったパンを渡してくれたけどとっても硬《かた》くて、フランツと二人で頑張って齧るしかなかった。私、ここに来てからずいぶん、歯が丈夫になったと思うよ！

パンを齧っていたら、隣に座ったフランツがクスリと笑うのが聞こえてきた。

「そういえば、カエデと初めてウィンブルドの森で出会った日も、こうやってパン齧ってたよな」

あのときはシチューがあったのに、食べ方がわからなくて硬いパンに悪戦苦闘してたんだっけ。

それを思い出して、顔がほころぶ。まだ数ヶ月前のことなのに、もうずいぶん昔のことのようだね。

「あのころよりは、食べるの上手になってると思ったんだけどな」

「堅《かた》パンは食べにくいからなぁ。そういえば、ハノーヴァー家のコックの焼くパンは、ふわふわで美味《うま》いんだよ。カエデも王都に戻ったら食べにおいでよ」

ニコニコと笑顔で誘ってくれるフランツに、

「え？　ほんと⁉　ぜひ行ってみたい‼」

嬉々《きき》として返したあと、ふと気づく。それってフランツのおウチに遊びにおいでってこと？

一応、私も独身の女性なんだけど、その辺、フランツはどう考えているんだろう。そんなことを考えだしたら妙に彼のことを意識してしまって、胸のドキドキが止まらなくなってしまった。それを誤魔化《ごまか》そうとパンを齧るけど、やっぱり硬かった！

幕間三　ゲルハルト団長

「ちょっといいかな」

救護テントを訪れたゲルハルトは、入り口の布越しにそう声をかけた。ややあって中から聞こえた「どうぞ」という穏やかな声に導かれるように、布をあげると中へ入る。

テントの中は静まり返っていた。数日前までここにはたくさんの怪我人がいたはずだが、今は一人も見当たらない。テントの奥で書き物をしていたサブリナが顔をあげると、鼻にかけていた丸眼鏡を外して意外そうな視線をこちらに向けてくる。

「あら。ゲルハルト。珍しいわね、アナタが自分からここに来るなんて。それともまた二日酔い？」

ゲルハルトは、

「いや、さすがに今はぐだぐだになるわけにもいかないからな」

と苦笑を返した。ゲルハルト自身も戦闘で怪我をすることはあるが、救護班での治療は部下たちに譲って自分はポーションだけで治してしまうことが多いので、治療でここの世話になることは少なかった。

ただ酒に弱いので、ちょっと飲み過ぎるとすぐに二日酔いで立てなくなる。そういうときは、気がつくと部下たちにここへ担ぎ込まれてしまっていたりもする。

アンデッド・ドラゴンによる襲撃の被害が落ち着いてきたとはいえ、さすがにまだ周辺地域にアンデッドが残っている可能性がゼロではなかった。だから、調査が完了するまでは当分酒を控えるつもりだ。

西方騎士団の調査では、あのアンデッド・ドラゴンとその取り巻き以外のアンデッドは未《いま》だ見つかっていない。襲われたらしい村が二つほどあったが、あの大きさのアンデッド・ドラゴンが発生してその被害だけで済んだのは、不幸中の幸いとも言えた。たまたま西方騎士団が近くにいたことで、あのドラゴンがアンデッド化して日が浅いうちに討伐できたため、被害が広がらずに済んだようだ。

「ちょっと様子を見に来ただけなんだが、もう寝てなくても大丈夫なのか？」

「ええ、もう大丈夫よ。カエデが心配して細々したことは全部やってくれたから、充分休めたわ」

「そうか、良かった。そういえば、カエデは？」

ずっと立ったままなのもなんなので、近くにあった椅子を引っ張ってきて腰をかける。テントの中にはカエデの姿はない。思い返すとテントの周辺でも見かけなかったように思う。

サブリナは肩のショールをかけなおしながら、思い出し笑いをするようにクスリと笑みを漏らした。

「なんだか急いでフランツの元へ行ったわ」

「そうか、フランツのとこへ。……しばらく帰ってこなさそうだな」

「そうね。そうだ、お茶でも飲む？」

そう言ってサブリナが立ちあがろうとしたので、ゲルハルトは慌てて手で制する。

脇役令嬢に転生しましたがシナリオ通りにはいかせません！

著：柏《かしわ》てん　イラスト：朝《あさ》日《ひ》川《かわ》日和《ひより》

乙女ゲームの世界に転生してしまったシャーロット。彼女が転生したのは名前もない悪役令嬢の取り巻きのモブキャラ、しかも将来は家ごと没落ルートが確定していた!?

「そんな運命は絶対に変えてやる！」

ゲーム内の対象キャラクターには極力関わらず、平穏無事な生活を目指すことに。それなのに気が付いたら攻略対象のイケメン王太子・ツンデレ公爵子息・隣国の王子などに囲まれていた!?　ただ没落ルートを回避したいだけなのに！

そこに自身を主人公と公言する第2の転生者も現れて――!?

自分の運命は自分で決める！　シナリオ大逆転スカッとファンタジー！

どうも、悪役にされた令嬢ですけれど

著：佐《さ》槻《つき》奏《かな》多《た》　イラスト：八《はち》美《びす》☆わん

社交や恋愛に興味のない子爵令嬢のリヴィアは、ある日突然、婚約破棄されてしまう。伯爵令嬢のシャーロットに悪役に仕立て上げられ、婚約者を奪われてしまったのだ。

一向に次の婚約者が決まらない中、由緒ある侯爵家子息のセリアンが、急に身分違いの婚約を提案してきた!!

「じゃあ僕と結婚してみるかい？」

好意があるそぶりもなかったのになぜ？　と返事を迷っているリヴィアを、さらなるトラブルが襲って——!?

悪役にされた令嬢の“まきこまれラブストーリー”ここに登場！

アリアンローズ 既刊好評発売中!!

最新刊行作品

異世界での天職は寮母さんでした
～王太子と楽しむまったりライフ～
著／くる ひなた　イラスト／藤村ゆかこ

まきこまれ料理番の異世界ごはん ①～②
著／朝霧あさき　イラスト／くにみつ

おてんば辺境伯令嬢は、王太子殿下の妃に選ばれてしまったようです
著／しきみ彰　イラスト／村上ゆいち

異世界温泉であったかどんぶりごはん ①
著／渡里あずま　イラスト／くろでこ

薬草茶を作ります～お腹がすいたらスープもどうぞ～ ①～②
著／遊森謡子　イラスト／漣ミサ

見習い錬金術師はパンを焼く ①～②
～のんびり採取と森の工房生活～
著／織部ソマリ　イラスト／hi8mugi

どうも、悪役にされた令嬢ですけれど ①
著／佐槻奏多　イラスト／八美☆わん

脇役令嬢に転生しましたがシナリオ通りにはいかせません!
著／柏てん　イラスト／朝日川日和

騎士団の金庫番
～元経理OLの私、騎士団のお財布を握ることになりました～
著／飛野猶　イラスト／風ことら

コミカライズ作品

悪役令嬢後宮物語 全8巻
著／涼風　イラスト／鈴ノ助

誰かこの状況を説明してください! ①～⑨
著／徒然花　イラスト／萩原 凛

魔導師は平凡を望む ①～㉕
著／広瀬 煉　イラスト／⑪

観賞対象から告白されました。全3巻
著／沙川 蜃　イラスト／芦澤キョウカ

ヤンデレ系乙女ゲーの世界に転生してしまったようです 全4巻
著／花木もみじ　イラスト／シキユリ

転生王女は今日も旗を叩き折る ①～⑤
著／ビス　イラスト／雪子

お前みたいなヒロインがいてたまるか! 全4巻
著／白猫　イラスト／gamu

ドロップ!! ～香りの令嬢物語～ 全6巻
著／紫水ゆきこ　イラスト／村上ゆいち

復讐を誓った白猫は竜王の膝の上で惰眠をむさぼる 全5巻
著／クレハ　イラスト／ヤミーゴ

隅でいいです。構わないでくださいよ。全4巻
著／まこ　イラスト／蔦森えん

悪役令嬢の取り巻きやめようと思います 全4巻
著／星窓ぽんきち　イラスト／加藤絵理子

乙女ゲーム六周目、オートモードが切れました。全3巻
著／空谷玲奈　イラスト／双葉はづき

起きたら20年後なんですけど! 全2巻
～悪役令嬢のその後のその後～
著／遠野九重　イラスト／珠梨やすゆき

平和的ダンジョン生活。全3巻
著／広瀬 煉　イラスト／⑪

転生しまして、現在は侍女でございます。①～⑥
著／玉響なつめ　イラスト／仁藤あかね

自称平凡な魔法使いのおしごと事情 シリーズ
著／橘 千秋　イラスト／えいひ

聖女になるので二度目の人生は勝手にさせてもらいます 全3巻
著／新山サホ　イラスト／羽公

魔法世界の受付嬢になりたいです 全3巻
著／まこ　イラスト／まろ

異世界でのんびり癒し手はじめます 全4巻
～毒にも薬にもならないから転生したお話～
著／カヤ　イラスト／麻先みち

冒険者の服、作ります! ①～③
～異世界ではじめるデザイナー生活～
著／甘沢林檎　イラスト／ゆき哉

妖精印の薬屋さん ①～②
著／藤野　イラスト／ヤミーゴ

その他のアリアンローズ作品は http://arianrose.jp

書き下ろし小説＋ドラマCD

Otomo Books

オトモブックス

著者完全
書き下ろしの小説は
100ページ!!

好評
発売中

転生しまして、現在は侍女でございます。0

著者｜玉響 なつめ　イラスト｜仁藤 あかね

小説　1巻のストーリーを軸に、**王女宮発足当初のユリアとプリメラのほんわかエピソード**などが満載!

ドラマCD　小説1巻の一部ストーリーをドラマCD化！

Cast　ユリア／種﨑敦美　プリメラ／大久保瑠美
アルダール／駒田航　ディーン／石谷春貴
アルベルト／新垣樽助　メレク／田丸篤志 他

2020年秋
発売予定

転生王女は今日も旗を叩き折る 0

著者｜ビス　イラスト｜雪子

小説　1巻のストーリーを軸に、**レオンハルト、ルッツ&テオ、クラウスの過去エピソード**を書き下ろし!

ドラマCD　小説1巻の一部ストーリーをドラマCD化！

Cast　ローゼマリー／小澤亜李
レオンハルト／三木眞一郎
クラウス／松岡禎丞
その他のキャストは後日発表！

気になる詳細は公式サイトやTwitterをチェック!

http://arianrose.jp/

アリアンローズ
公式サイト

アリアンローズ
公式Twitter

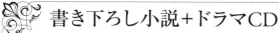

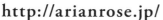

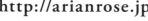

騎士団の金庫番 1

～元経理OLの私、騎士団のお財布を握ることになりました～

＊本作は「小説家になろう」（https://syosetu.com/）に掲載されていた作品を、大幅に加筆修正したものとなります。
＊この作品はフィクションです。実在の人物・団体・事件・地名・名称等とは一切関係ありません。

2020年8月20日　第一刷発行

著者 …………………………… 飛野 猶

イラスト …………………………… 風ことら
発行者 …………………………… 辻 政英
発行所 …………………………… 株式会社フロンティアワークス
〒170-0013　東京都豊島区東池袋3-22-17
東池袋セントラルプレイス5F
営業　TEL 03-5957-1030　FAX 03-5957-1533
アリアンローズ公式サイト　http://arianrose.jp
フォーマットデザイン …………………………… ウエダデザイン室
装丁デザイン …………………………… 鈴木 勉（BELL'S GRAPHICS）
印刷所 …………………………… シナノ書籍印刷株式会社